철혈백작 리카이엔

철혈백작 리카이엔

3

윤지겸 퓨전 판타지 소설

Chapter 1.

사라진 사람들

"지금 몇 명이라고 말했냐?"

"1만 명입니다."

재차 확인을 한 후에야 리카이엔은 자신이 잘못 들은 게 아니라는 것을 알 수 있었다.

하지만 몇 번을 들어도 믿을 수 없는 말이었다. 한두 명도 아니고 1만 명이나 되는 사람이 사라지다니?

"제대로 확인한 거냐?"

"물론입니다."

라울은 자기가 말을 하면서도 믿을 수 없다는 표정을 짓고 있었다.

리카이엔이 굳은 얼굴로 말했다.

"자세하게 말해 봐."

그 말에 깜짝 놀란 라울이 당황한 표정으로 리카이엔과 옆에 있는 테하스를 번갈아 보았다.

"이미 다 말해 놓고 이제 와서 뭔……. 얼른 말해."

"예? 예! 알겠습니다. 영지를 인수한 후 저에게 주어진 일은 토지대장(土地臺帳)과 호적대장(戶籍臺帳)의 정리였습니다. 그런데 뭔가 이상하더군요."

"뭐가?"

"성에서 관리하는 서류와 관리관들의 서류에 있는 수치들이 정확하게 일치하는 겁니다."

영지의 땅과 인구를 관리하는 토지대장과 호적대장은 보통 두 부를 만들어 한 부는 성에 보관하고 나머지 한 부는 각 마을이나 도시를 관리하는 관리관들이 보관한다. 성에서 관리하는 서류는 들어오는 세금이나 토지들을 파악하기 위해서, 관리관들이 관리하는 서류는 변동 사항들을 그때그때 수정하기 위한 목적이었다.

리카이엔이 고개를 끄덕이며 말했다.

"흠, 다시 말해 위조된 서류들이라는 말이군."

사람이 모여 있는 집단이라는 것은 아무런 변화도 없이 항상 같은 모습을 유지할 수 없다. 집단 안에서 새롭게 태어나는 사람이 있는가 하면, 죽는 사람도 있다. 혹은 해당 집단을 빠져나와 다른 집단으로 옮겨갈 수도 있다.

땅 역시 마찬가지다. 갑작스러운 천재지변이나 사람에 의해 끊임없이 변화한다. 그렇기에 토지대장이나 호적대장은 완벽

할 수 없다.

"그렇습니다. 그래도 그때까지만 해도 큰 문제라고 생각하지는 않았습니다. 리온 자작의 수탈을 생각한다면 그 아래에 있는 관리관들 역시 썩어 있는 것은 당연한 일이 아니겠습니다. 그들 역시 중간에서 세금을 착복하는 등의 부정을 저지르기 위해 형식적인 서류 작업을 했을 테니까요."

"그랬겠지. 거기에 영주가 바뀌는 만큼 서류상의 오차가 있어서는 안 된다는 생각도 했겠지."

"예, 저도 그렇게 생각을 했습니다. 그래도 그냥 넘어갈 수는 없는 문제였습니다. 어쨌든 제가 해야 할 일은 영지의 실제 상황을 파악하는 것이니까요. 그래서 어쩔 수 없이 성에서 가까운 마을과 도시에 대해 실사를 했습니다. 그걸 기준으로 서류상의 수치와 비교를 함으로써 어느 정도가 차이 나는지를 산출하기 위해서였습니다. 그런데 확실히 뭔가 잘못됐더군요."

눈치 빠른 리카이엔이 고개를 끄덕이며 물었다.

"실사 결과가 서류의 수치와 일치했던 모양이지?"

"예, 호적대장에 있는 숫자들은 단순히 서류에만 존재하는 것이 아니라 실제로도 그만큼의 인구가 있더군요. 한 치의 오차도 없이 말이죠."

"결과만 놓고 보면 나쁜 일은 아니지만……."

"네, 확실히 현실적으로는 있을 수 없는 일이지요. 결국 모든 관리관들을 소환할 수밖에 없었습니다."

"그래서 물어봤더니 사람들이 실종됐다?"

"예, 그것도 일만이나 되는 사람들이 정확하게 같은 날 사라졌습니다."

리카이엔의 표정이 한층 더 굳어졌다. 리온 자작령의 인구는 보통의 백작령 수준인 20만가량. 그중 1만이라면 5% 정도의 영지민들이 사라졌다는 뜻이다.

인구가 100명인 마을에서 다섯 명이 사라진 정도이지만 영지 전체를 놓고 보면 어마어마한 인구가 사라진 것이다.

"그래서 어떻게 사라졌는지 알아봤냐?"

"알아보려고 노력은 했습니다만, 누구도 알지 못했습니다. 대부분의 대답이 자고 일어났더니 보이지 않더라는 것이었습니다. 주변 사람들은 마침 전쟁 중인 것을 틈 타 달아난 것이라고 생각했던 것 같습니다."

리온 자작이 매기는 무거운 세금을 생각하면 그렇게 여기는 것이 당연하다고 볼 수도 있었다.

"그 외에는?"

"사라진 사람들은 모두, 약속이라도 한 듯 영주가 바뀔 것이라는 내용이 공표된 다음 날 사라졌습니다."

리카이엔이 잔뜩 가라앉은 목소리로 말했다.

"누군가 노리고 저지른 일이라는 말인데……. 도대체 무슨 수로 데리고 간 거지?"

넓은 지역에 고루 퍼져 있는 마을과 도시에서 똑같은 비율로 사람들이 사라졌다면, 그것도 모두 같은 날 사라졌다면 누군가 작정하고 벌인 일이 분명했다.

하지만 지금은 고민하고 앉아 있을 때가 아니었다.

리카이엔이 갑작스러운 일에 눈만 깜빡이고 있는 테하스를 향해 말했다.

"할망구, 큰일이 생겨 지금은 같이 못 있겠소."

"가 봐라, 버르장머리."

"그럼 나중에 봅시다! 라울, 따라와!"

말이 끝나기가 무섭게 리카이엔이 집무실을 박차고 뛰어나갔다.

리카이엔의 집무실에 우두커니 남게 된 두 사람 중, 프리엘라가 먼저 몸을 일으켰다.

"스승님, 우리도 가도록 하죠."

하지만 테하스는 심각한 표정으로 고개를 갸웃거릴 뿐 좀처럼 움직일 생각을 하지 않았다.

한참 동안 기다리던 프리엘라가 이상하다는 생각에 물었다.

"스승님, 무슨 생각을 그리 골똘히 하세요?"

"응? 아, 아니다. 뭐라고 했지?"

"네?"

테하스의 뭔가 당황한 듯한 모습에 프리엘라 역시 당황할 수밖에 없었다. 한 번도 스승의 이런 모습을 본 적이 없었기 때문이다.

"아니다. 우리도 얼른 네 방으로 가자꾸나."

§ § §

"1만 명이나요!"

안톤이 흠칫 놀란 표정으로 나지막하게 외쳤다.

"그래, 1만. 혹시 이런 비슷한 소문에 대해 들어본 적 없나?"

아무래도 용병으로 많은 곳을 떠돌던 안톤이다 보니 혹시 아는 것이 있나 해서 물어보는 것이다.

"글쎄요? 한 번도 들어본 적이 없습니다만……."

안톤은 고개를 저으며 옆에 있는 율리아에게 시선을 던졌다. 혹시 들어본 적이 있느냐는 표정. 하지만 율리아 역시 고개를 저을 뿐이다.

"만날 너 하고 같이 다녔는데 니가 모르면 나도 모르는 거지!"

순간 리카이엔의 시선이 율리아에게로 꽂혔다. 그리고 싸늘하게 한마디 뱉었다.

"주둥이 조심해라."

"네, 네?"

"안톤은 니 상관이다. 싸가지 없이 주둥이 놀리면 뭉개 버리는 수가 있다."

"아, 알았어요!"

움찔한 율리아가 고개를 홱 돌려 입술을 삐쭉이는 사이 리카이엔은 안톤을 향해 말했다.

"일단 어디로 갔는지 조사를 시작해."

"예."

"조사가 끝나는 대로 바로 쫓아갈 테니 최대한 빨리 조사를 끝내라."

"알겠습니다."

"자세한 내용은 라울이 알고 있으니 저 녀석이랑 같이 상의해서 조사해. 나는 나대로 따로 알아볼 테니."

말이 끝나기가 무섭게 리카이엔이 급히 자리를 떠났다.

"라울 행정관, 준비를 하고 올 테니 같이 가자."

안톤의 말에 멀찍이 서 있던 라울이 코를 틀어막은 채 고개를 끄덕였다. 방금까지도 안톤과 율리아, 세이나는 무장을 한 채 성벽을 돌고 있었기 때문이다.

안톤이 발걸음을 옮기려는데 율리아가 황급히 말했다.

"안톤!"

"응?"

"나, 나는 필요 없냐?"

실종된 사람들의 행방을 조사한다는 건, 이 지긋지긋한 성벽돌기에서 잠시나마 해방될 수 있다는 뜻. 율리아가 그런 기회를 놓칠 리가 없었다.

그런데 그 순간 안톤의 입가에 묘한 미소가 떠올랐다. 그 미소를 본 율리아가 갑자기 엄습해 오는 불안감에 주춤주춤 뒷걸음질 치며 물었다.

"왜, 왜 그래……?"

그리고 안톤은 한층 더 짙은 미소를 지으며 나지막한 목소리로 물었다.

"방금 뭐라고 물어…보셨나요? 기.사. 율리아 씨?"

"윽!"

눈치 빠른 율리아가 그 물음에 담긴 뜻을 모를 리가 없었다. 잔뜩 인상을 구긴 채 안톤을 노려보더니 이내 포기한 듯 불퉁한 목소리로 말했다.

"쳇! 데려가 주세요, 단.장.님."

그 말에 안톤이 아주 뿌듯한 얼굴로 고개를 끄덕이며 말했다.

"크흐흐, 그러지."

승자 안톤의 얼굴을 본 율리아의 표정이 무참하게 일그러졌지만 어쩔 수 없었다.

그런 두 사람의 모습을 본 세이나가 이 기회를 놓칠세라 다급히 말했다.

"안톤 단장, 나도 데려가!"

"네? 아가씨를요?"

안톤의 반문에 세이나가 간절하고도 열정적인 표정으로 세차게 고개를 끄덕였다.

"아가씨께서 조사를 도와주시겠다는 말인가요?"

"무, 물론이지!"

"하지만 아가씨가 도와주실 일은 없을 것 같습니다만……."

"시키기만 해 뭐든 다 할게~ 응?"

세이나는 정말 간절한 표정으로 말했다. 그만큼 이 훈련은 지루하고 혹독했다.

사실 세이나의 체력은 꽤 훌륭한 편이었다. 어려서부터 리카이엔을 졸라 검술 훈련을 받은 덕분에 여자치고는 강인한 체력을 가지고 있었다. 단순히 성벽을 따라 백 바퀴를 도는 것이라면 충분히 할 수 있을 정도의 체력이었다.

하지만 이 훈련의 핵심은 내성 성벽을 따라 백 바퀴를 '뛰는 것' 이다. 즉, 걸음을 디딜 때마다 두 발이 땅에서 떨어져야 한다는 뜻이다. 힘에 부쳐 걷는 것과 매한가지인 속도라도 일단은 뛰어야 했다.

일견 단순해 보이지만 상상을 불허하는 엄청난 운동량을 요구하는 것이었고, 그만큼 고된 훈련이었다.

애타는 세이나의 얼굴을 한참 동안 바라보던 안톤이 고개를 저었다.

"안 되겠습니다."

"응, 왜?"

"아무리 생각해도 아가씨께서 도와주실 만한 일이 떠오르지가 않는군요."

"정말 이러기야?!"

"저희를 도와주시려는 아가씨의 마음은 알겠습니다만… 어쩔 수가 없군요. 죄송합니다."

"이런 식으로 나오면 나중에 재미없을 줄 알아~ 아니면 오빠한테 안톤이 날 음탕한 시선으로 본다고 일러바칠 거야!"

하지만 이미 리카이엔의 성격을 다 파악한 안톤이었다. 안톤의 눈에 비친 리카이엔은 그 정도 거짓말에 속을 만한 위인이 아니었다. 오히려 그런 이야기가 나오면 세이나가 더 곤욕을 치를 것이다.

하지만 막상 안 데리고 가려고 하니 조금 안쓰러운 감도 없지 않아 있었다. 그 역시 이 훈련이 얼마나 괴로운지는 몸소 체험하고 있기 때문이었다.

결국 안톤이 세이나를 향해 위로의 말을 건넸다.

"이 조사로 훈련을 쉰다면 아마… 나중에 쉰 만큼 채워야 할 겁니다."

"응? 정말?"

"예, 공자님의 성격을 잘 생각해 보십시오."

"으음, 하긴 좀……."

세이나가 옛날에 알던 리카이엔이라면 그럴 리가 없다. 아니, 과거의 리카이엔이었다면 자신에게 이런 훈련을 시킬 리도 없을 것이다.

'오빠가 성격이 변했으니…….'

아무리 생각해도 일리가 있었다.

"알았어. 도움이 안 되는 나는 그냥 훈련이나 할게."

결국 체념한 세이나를 향해 안톤이 빙긋 웃으며 고개를 끄덕였다.

"잘 생각하셨습니다."

그때 가만히 이야기를 듣고 있던 율리아가 조심스러운 목소리로 말했다.

"저어기… 단장님. 저도 왠지 도움이 안 될 것 같은데 그냥 훈련이나 하면 안 될까요?"

하지만 이제 와서 빠지다니 있을 수 없는 일이다. 안톤의 억센 손이 율리아의 뒷덜미를 덥석 붙들었다.

"가자."

"싫어! 난 그냥 훈련할래!"

율리아가 거세게 몸부림을 치며 저항했지만, 그녀의 몸은 이미 안톤에게 질질 끌려가고 있었다.

"단장니임!"

"시끄러."

§ § §

"카악, 퉤! 오늘 재수 옴 붙었구만!"

소란스러운 도박장. 한 사내가 걸쭉한 가래를 뱉으며 구시렁거렸다. 그와 나란히 걷던 친구로 보이는 사내가 놀란 표정으로 물었다.

"응? 왜 그러나?"

그러자 사내가 뒤쪽을 가리키며 말했다.

"저거 못 봤나?"

"응?"

친구가 고개를 돌려 보니 후드를 깊이 눌러쓴 사람이 등을 보인 채 저쪽으로 걸어가고 있었다. 하지만 여전히 사내의 갑작스러운 행동을 이해할 수는 없었다. 결국 사내가 설명을 덧붙였다.

"사막 거지야."

그 말에 친구가 흠칫 놀라는가 싶더니 와락 인상을 일그러뜨렸다.

"빌어먹을! 가게 관리를 뭐 이따위로 하는 거야?"

"그러게 말이야."

사막 거지란 바이론 왕국의 땅이 사막으로 변해 버린 것과 그들이 난민이 되어 떠돌아 다니는 것을 한데 묶어 낮잡아 부르는 말이다.

바이론 난민들은 다른 왕국의 사람들에게는 멸시의 대상일 수밖에 없었다. 하루아침에 나라가 사라져 버린 불길한 사건의 당사자이기 때문이다.

"젠장! 그렇지 않아도 오늘 재수가 없나 했는데……. 난 그냥 집으로 가야겠네."

"나도 같은 생각일세. 재수 없는 사막 거지하고 마주쳤는데 제대로 된 패가 들어오기나 하겠어?"

두 사내가 끊임없이 구시렁거리며 도박장을 나서는 사이, 문제의 바이론인은 도박장 가장 안쪽 별실 중 한 곳으로 들어서고 있었다.

"왔나?"

바이론인이 안으로 들어서자 안에서 누군가 그를 맞이했다. 깊이 눌러쓴 후드로 얼굴을 가리고 있는 모양새가, 별실 안으로 들어서는 바이론인과 똑같은 차림새였다.

안으로 들어서던 바이론인이 후드를 벗으며 말했다.

"오랜만에 인사드립니다. 라호론 님."

후드 밖으로 드러난 바이론인, 그는 프로커스 백작령과 리온 자작령의 영지전 도중에 홀연히 사라진 베르무크였다.

베르무크의 인사를 받은 사내가 후드를 벗으며 말했다.

"그렇군. 갔던 일은 잘 마무리했는가?"

라호론이라 불린 사내 역시 황갈색 피부를 가진 바이론인. 베르무크가 라호론의 맞은편 자리에 앉으며 대답했다.

"물론입니다."

"처음 일을 나섰는데도 잘 처리한 모양이군."

"잘 처리한 정도가 아니지요. 꽤나 성과가 좋습니다."

베르무크의 자신만만한 표정에 라흐론이 고개를 갸웃거렸다.

"성과가 좋다고?"

"그렇습니다. 모두 1만 명 정도 됩니다."

"뭐! 1만?!"

깜짝 놀란 라흐론이 와락 인상을 구기며 나직한 목소리로 으르렁거리듯 물었다.

"한 영지에서 1%를 넘어서는 안 된다는 규칙을 잊은 건가?"

"설마 제가 그걸 잊었겠습니까? 하지만 원래 모든 상황은 유동적으로 움직이는 것 아니겠습니까? 어차피 리온 자작은 폭정을 일삼았던 영주. 전쟁 통에 영지민이 도망친 정도로 생각할 게 뻔합니다."

베르무크가 리온 자작을 도와주면서 요구했던 보상은 다름 아닌 사람이었다. 영지민들 중 흔적을 남기지 않고 1천 명의 사람을 빼내 주는 것.

그것에 대해 리온 자작은 별다른 고민 없이 수락을 했고 예상보다 일이 잘 풀린 것에 기분이 좋아져 처음 1천의 두 배인 2천 명의 영지민들을 준비해 놓았었다.

그런데 조금도 생각하지 못했던 일이 벌어졌다. 전력상 절대적으로 우위에 있던 자작군이 영지전에서 패배한 것이다. 전혀 예상하지 못한 결과였지만, 베르무크에게는 오히려 더 좋은 기회였다.

전쟁에 패한 영지가 혼란에 휩싸이는 건 당연한 수순. 종전 과정이 아무리 조용하더라도 그것은 피할 수 없는 일이다. 그리고 그런 혼란은 비밀스럽게 일을 획책하는 입장에서는 절대 놓칠 수 없는 기회일 수밖에 없었던 것이다.

득의양양한 베르무크의 표정과는 반대로 라흐론의 얼굴은 한층 더 일그러지고 있었다.

"1만이라는 숫자는 그렇게 단순하게 생각할 문제가 아니다."

"너무 걱정하지 마십시오. 실수 없이 처리했습니다."

하지만 라흐론의 표정은 여전히 잔뜩 굳은 채였다. 한참 동안 그 모습을 지켜보고 있던 베르무크가 잠깐 비틀린 미소를 짓더니 입을 열었다.

"수확물들은 현재 1차 집결지인 그론즈 평원으로 향하고 있습니다."

라흐론이 굳은 표정을 풀지 않은 채 딱딱한 어조로 답했다.

"배를 이용할 생각인가?"

"그 정도 대인원이라면 배가 가장 안전하지 않겠습니까?"

"배가 많이 필요하겠군."

"후후, 아마 그럴 것 같습니다."

고개를 끄덕이며 대답을 하는 사이 베르무크의 모습이 천천히 변하기 시작했다.

특유의 황갈색 피부가 서서히 밝게 변하는 동시에 바이론인의 특징들이 모두 사라지고, 구레나룻을 무성하게 기르고 키가 큰 대륙인 남자의 모습으로 바뀌었다.

그 모습을 본 라흐론이 물었다.

"앞으로 그 모습으로 움직일 생각인가?"

"그렇습니다. 우리는 아무래도 눈에 띌 수밖에 없는 모습을 하고 있으니까요."

"알겠네. 일단은 준비하도록 하지. 하지만 이번 자네의 돌발 행동 역시 상부에 보고 할 생각이라는 걸 잊지 말게."

"물론 그래야겠지요. 그럼 이만 가보겠습니다."

말이 끝나기가 무섭게 베르무크가 몸을 일으켜 방을 빠져나갔다. 라흐론은 그런 베르무크의 뒷모습을 노려보며 작은 목소리로 중얼거렸다.

"역시 저놈에게 수확을 맡긴 것은 상부의 실수였어."

§ § §

"흐음, 북쪽이란 말이지……."

안톤의 중얼거림에 율리아가 고개를 끄덕이며 말했다.

"북쪽이라면 역시 그론즈 평원 아닐… 까요?"

"아마 거기밖에 없겠지?"

두 사람의 대화에 아까부터 고개를 갸웃거리고 있던 라울이 불쑥 끼어들며 물었다.

"어째서 그론즈 평원이죠?"

실종된 사람의 수가 무려 1만이다. 그 정도로 많은 사람들이 살고 있던 지역을 이탈했다면 어떤 방식으로든 흔적은 남게 마련이다.

안톤과 율리아는 비교적 인구가 많은 마을이나 도시를 중심으로 조사를 했고, 대부분 사람들의 행적이 북쪽으로 향한다는 것을 알아낼 수 있었다.

그런데 그들이 북쪽으로 향했다는 것을 알아낸 후 안톤이 대뜸 그론즈 평원을 지목한 것이다. 그리고 율리아 역시 고개를 끄덕였다.

하지만 라울의 입장에서는 도무지 이해할 수 없는 결론이었다. 물론 그론즈 평원이 북쪽에 있기는 하지만 단순히 북쪽이라는 것 외에 아무런 연관이 없기 때문이다.

율리아가 스스럼없이 라울의 머리를 쓰다듬으며 말했다.

"어이구, 그게 궁금했어?"

"우씨, 이거 왜 이래요?"

라울이 짜증스러운 표정으로 머리를 피했지만, 율리아는 여전히 귀엽다는 표정으로 라울을 보았다. 리카이엔이 세 사람을 채용하던 날, 라울이 그 자리에서 울음을 터뜨렸기 때문인지 율리아는 항상 라울을 어린아이처럼 대하곤 했다. 물론 라울은 항상 질색했지만 율리아의 그런 버릇은 좀처럼 고쳐지지 않았다.

"녀석, 쑥스러워하긴."

"누가 쑥스러워한다고……."

라울이 또 한 번 기겁한 표정으로 말하려 했지만, 율리아가 냉큼 그 말을 끊고 설명을 시작했다.

"1만이나 되는 사람들이 사라졌어. 그것도 영지 전체에 똑같은 비율로, 같은 날. 자, 이건 분명 누군가… 이 정도 규모면 꽤 많은 놈들이 일을 꾸민 거야."

"누가 그걸 몰라서 물어봐요?"

"그러면 그 일만 명을 어떻게 할까?"

"당연히 원하는 곳으로 끌고 가겠죠."

"그렇지? 다른 특별한 목적이 없는 한 자기들이 원하는 곳으로 데리고 가려고 할 거야."

차근차근한 율리아의 설명에 라울이 신경질적으로 물었다.

"그건 다 아는 사실이잖아요. 그런데 그게 왜 하필 그론즈 평원이냐고요."

하지만 율리아는 그런 반응조차 싫지 않은지 여전히 생글생글 웃는 얼굴로 말했다.

"자, 어떤 목적에 의해서 1만이나 되는 사람을 끌고 갔어. 그럼 그 사람들을 한꺼번에 이동시키려면 뭐가 제일 좋을까?"

"그, 글쎄요?"

"히힛, 역시 천재라고 모든 걸 다 아는 건 아니네?"

라울이 뛰어난 기억력과 천재적인 수학 능력을 가지고는 있었지만, 그렇다고 해서 모든 방면에 천재일 수는 없었던 것이다.

"거기서 천재 얘기가 왜 나와요?"

"아무튼, 육로를 이용하면 완벽하게 통제가 안 돼. 중간에 빠져나갈 수도 있고 의외의 돌발 상황에 맞닥뜨릴 수도 있으니까. 그럼 남은 건?"

"그, 그야 배를 타는 거겠죠."

"그렇지? 자, 그럼 이곳 로베이노스 주에서 배를 탈 수 있는 곳은?"

"으음… 1만 명을 태울 수 있을 정도로 큰 배를 댈 수 있는 곳은 없는데요? 아니, 그보다 1만 명이나 탈 수 있는 배가 있기는 해요? 제가 알기로는 없는데요?"

"으이구, 이거 진짜 천재가 아니라 바보네, 바보."

순간 라울이 울컥한 표정으로 뭐라고 말하려 했으나, 율리아는 이미 다음 이야기를 이어 가고 있었다.

"당연히 1만 명을 한꺼번에 태울 수 있는 배는 없지."

"나눠 타도 마찬가지잖아요. 폴넨 강에 어지간한 배가 다 운항할 수 있다고는 해도 한 척에 탈 수 있는 승선 인원이 200명 정도인데 그렇게 따지면 최소 50척은 있어야 된다는 말이잖아요."

"바보냐? 끌고 간 사람들인데 편안한 여행으로 안내하시겠냐? 물건 안 싣고 식량도 그때그때 조달할 생각으로 우겨 넣으면 최소한 500명은 타. 그러면 대충 20척이면 뒤집어쓴다. 그리고 폴넨 강에서 20척 정도면 충분히 사람들 눈을 피할 수도 있잖아."

"그래도 그론즈 평원이랑 관계는 없잖아요. 그 정도 배를 댈 수 있는 선착장은……."

"아아, 끝까지 바보인 척할래?"

"자꾸 바보라고 할 거예요?"

두 번에 걸친 '바보' 라는 말에 라울이 도끼눈을 떴지만 그런 정도에 겁먹을 율리아가 아니었다.

"몰래 끌고 간 사람들을 인파가 북적대는 선착장으로 모시겠냐? 당연히 몰래 태울 수 있는 곳으로 가지."

그제야 라울이 이해했다는 듯 고개를 끄덕였다.

"아아, 선착장 없이도 배를 댈 수 있는 곳은 폴넨 강을 끼고 있는 그론즈 평원밖에 없다는 거군요?"

폴넨 강은 로베이노스 주의 젖줄로서, 주 동부 지역을 남북으로 가로지르는 거대한 강이었다.

"이제야 이해했냐?"

율리아가 피식 웃으며 하는 말에 라울이 뭔가 상당히 불만스러운 표정을 지었지만 더 이상 별다른 말은 하지 못했다. 왠지 자신이 정말 머리가 나빠서 그런 건가 하는 생각이 들었기 때문이었다.

그때까지 가만히 이야기를 듣고 있던 안톤이 두 사람을 향해 말했다.

"자, 얘기 끝났으면 이만 돌아가자."

그리고 잠시 후 라울은 진심으로 자신의 머리에 대해 깊은 고민을 하는 상황에 직면했다.

§ § §

"역시 배를 이용한다는 말이군."

단순히 그론즈 평원으로 갔을 것 같다는 말만 들은 리카이엔이, 대뜸 배 이야기를 꺼낸 것이다. 그것도 이미 예상하고 있었다는 듯이.

"그렇습니다."

"아무래도 영지민들을 되찾아 오는 것이 우선이겠지?"

"지금으로서는 그래야 될 것 같습니다."

"그론즈 평원이라……."

잠시 뭔가를 곰곰이 생각하던 리카이엔이 라울을 향해 물었다.

"일이 벌어진 지 며칠이나 됐지?"

갑작스러운 질문에 라울이 잔뜩 경직된 목소리로 대답했다.

"예, 정확하게 열흘 지났습니다."

그 말에 리카이엔이 다시 안톤을 향해 물었다.

"배를 타기 전에 따라 잡을 수 있을까?"

"훈련받은 군대가 아닌 1만 명이라는 사람들이 움직인다고 볼 때 아무래도 어렵지 않을까 싶습니다만, 그 많은 사람들을 같은 날 동시에 데리고 갔다는 것까지 생각해 보면. 일단은 이미 배를 탔다는 가정하에 움직여야 할 것 같습니다."

하지만 리카이엔은 쉽사리 결정을 내리지 못했다.

"흐음, 지금까지의 정황만 따진다면 그게 맞을 것 같기는 한데……."

이상하게도 신경을 건드리는 무언가가 있었다. 그렇게 한참을 고민하던 리카이엔이 안톤을 향해 조용히 물었다.

"도대체 이따위 짓거리를 이렇게 대놓고 저지른 저의가 뭐라고 생각하냐?"

"저의라니요?"

갑작스러운 질문에 안톤이 저도 모르게 고개를 갸웃거렸다. 거기까지는 생각해 본 적이 없었던 것이다.

"아무리 생각해도 그렇잖아. 사람이 1만이야, 1만. 그 정도면 일부러 흔적을 안 남겨도 어떻게든 흔적이 남을 수밖에 없단 말이다."

"그, 그렇기는 하지요."

"아무래도 그렇지? 그렇다면 이동 경로를 예상하고 앞질러

갈 게 아니라 뒤를 쫓아가야 하지 않을까? 이건 뭐 따라오라고 하는 거나 다를 바 없잖아."

"보란 듯이 쫓아오라고 하는 거라면 함정이 있을 수도 있습니다."

"그럴 수도 있기는 하지만……."

리카이엔이 갑자기 말끝을 흐리며 안톤과 율리아, 라울을 한 번씩 훑어보았다. 그리고는 피식 한쪽 입꼬리를 말아 올리며 말했다.

"가끔 함정이 있는 걸 알아도 빠져 줘야 할 때, 걸려 줘야 할 때가 있는 거잖아?"

"네?"

"이 빌어먹을 놈의 자식들이 도대체 나한테 무슨 수작을 부리려고 하는 건지 직접 봐야 될 것 같거든."

"그렇지만 이 정도로 일을 크게 벌인 놈들입니다. 자칫하면 큰 위험에 빠질 수도 있습니다. 그리고 어쩌면 리온 자작이 앙심을 품고 계획적으로 준비한 일일지도 모르지 않습니까?"

하지만 리카이엔은 고개를 저었다.

"리온 자작, 그놈은 아니야."

"네? 그건 어떻게……."

"눈을 보면 알아. 그놈은 영지를 넘기던 순간 이미 눈이 죽어 있었거든."

마지막 발악이라도 할 생각을 가진 눈과 목숨까지도 포기한 눈은 확연히 다르다. 전생에 전장에서 구를 대로 구른 리카이엔의 눈에는 그 차이가 분명하게 보였다.

그런 리카이엔이 보기에 리온 자작에게는 더 이상 무언가를 해 볼 의지가 남아 있지 않았다. 그러니 리온 자작이 벌인 일은 절대 아니었다.

"어쨌든 위험한 건 위험한 겁니다. 일단은 계획을 세우고 조심스럽게 상대를 하는 게 좋을 것 같습니다. 더군다나 놈들의 규모가 얼마나 될지도 모르지 않습니까?"

"그건 이제부터 네가 고민해 봐야지."

"네?"

"그럼 내가 할까?"

"아, 아니 그건 아닙니다만……."

"난, 아버지께 다녀 올 테니 준비해 둬!"

Chapter 2.

함정이 있다면 지나쳐 가라

연무장 한쪽 의자에 앉아 팔짱을 끼고 있던 안톤의 입가에 난감한 미소가 떠올랐다.

'이거 참, 사람을 믿는 건지 간을 보자는 건지……'

1만이나 되는 영지민들을 데리고 사라진, 규모도 정체도 알 수 없는 모종의 집단을 상대하라니.

하지만 리카이엔의 성격상, 안 뽑았으면 안 뽑았지 이미 거둬 놓고 간을 볼 것 같지는 않았다. 결국 안톤을 믿고 진짜 방법을 생각해 내라는 뜻이다. 하지만 그게 오히려 더 난감한 일이었다.

아무리 그래도 뭐라도 좀 있어야 방법을 만들어 낼 게 아닌가.

결국 안톤은 미소를 머금은 채 구시렁거리는 수밖에 없었다.

"쳇, 이거 시작부터 좀 너무하시는구만!"

그때 요란한 쇳소리와 함께 누군가의 외침이 들려왔다.

"단장님!"

이제는 굳이 확인하지 않아도 시원하게 터져 나오는 우렁찬 목소리의 주인을 알 수 있었다. 안톤이 오기 전까지 프로커스 백작군을 이끌었던 볼프였다.

"준비는 다 했나?"

"예, 기사들은 나오는 중이고 페르온은 병사들을 데리러 갔습니다."

막사 쪽으로 시선을 돌려 보니 일사불란한 동작으로 뛰어나오는 기사들의 모습이 보였다.

"일단은 쉬면서 대기하라고."

"알겠습니다."

대답과 동시에 볼프가 기사들이 모여 있는 곳으로 달려갔다. 그 볼프의 뒷모습을 보며 율리아가 혀를 차며 말했다.

"어이구, 뭐가 저렇게 좋을까?"

그 말에 전적으로 공감한다는 듯 안톤이 크게 고개를 끄덕이며 말했다.

"그러게 말이야."

볼프가 안톤을 대하는 태도에 대한 이야기였다. 안톤이 오지 않았다면 볼프가 단장 자리를 꿰차고 앉았을지도 모를 일이다. 그런데도 불구하고 볼프는 안톤을 볼 때마다 깍듯하게 단장님이라고 부르며 친근하게 대하는 것이었다.

아니, 오히려 안톤이 단장이 되어서 잘됐다고 생각하는 듯한 느낌이 들 정도였다.

율리아가 고개를 설레설레 저으며 말했다.

“저 정도로 속이 없으면 그냥 바보라고 불러야 되는 거 아냐? 남자가 말이야, 좀 욕심이 있어야지.”

“뭐, 이런 사람도 있고 저런 사람도 있는 거지. 그런데 말이야…….”

“어.”

“너 태도가 좀 불손하다?”

“응?”

“말이 갑자기 짧아서 말이지.”

“흡! 이, 이 치사한… 단장 놈을…….”

“뭐라고?”

“아하하하, 아니에요. 단장님!”

율리아가 이를 악물고 말을 했지만 안톤은 오히려 그 상황을 즐기는 듯 묘한 미소를 지을 뿐이었다.

“으흐흐, 그런데 단장님. 공자님이 말씀하신 계획은 다 세우셨나요?”

“아니, 아직.”

“조금 있으면 바로 출발해야 하는데 너무 느긋하신 거 아닌가요?”

“그러게 말이지. 도대체 뭘 어떻게 해야 될지…….”

잠시 잊고 있던 이야기에 안톤이 잔뜩 미간을 찡그렸다. 그 모습을 본 율리아가 고소하다는 표정으로 말했다.

"오호호호, 그건 뭐 제가 알 바 아니죠. 그럼 저도 기사들이랑 같이 대기할게요."

그러더니 쌩하니 기사들이 있는 곳으로 달려가 버렸다.

"휴우, 저 왈가닥을……."

그런 율리아의 뒷모습을 보며 한숨을 푹 내쉰 안톤이 천천히 고개를 외로 꼬았다.

"뭘 좀 알아야 방법을 생각하든 말든 하지. 이건 뭐 아는 게 있어야 말이지."

일을 벌인 놈들의 규모도, 목적도, 사람들을 끌고 간 방법도 알지 못하는 상황이다.

"놈들이 함정을 파고 기다릴 건 뻔한데……."

놈들은 아무런 거리낌도 없이 일을 벌였다. 리카이엔의 말대로 쫓아오라는 의미이거나, 쫓아와도 상관없다는 뜻이다.

"함정을 건너뛸 수도 없고… 음? 가만!"

갑자기 멈칫하던 안톤이 깊은 생각에 잠겼다. 그렇게 한참 동안 뭔가를 생각하더니 문득 묘한 미소를 지으며 중얼거렸다.

"흠, 그런 수가 있었군."

그리고는 벌떡 일어나 기사들이 있는 곳을 향해 외쳤다.

"율리아!"

갑작스러운 호명에 놀란 율리아가 뭔가 불안한 표정으로 달려왔다.

"예, 부르셨습니까요? 단장니임~"

율리아의 말에 안톤이 차분한 목소리로 말했다.

"페르온한테 갔다 와라."

"응? 아니, 네? 지금 오고 있다면서요?"

"병사들을 좀 고른 다음에 데리고 가야 될 것 같아서 말이야."

"리카이엔, 무슨 일이냐? 표정이 좋지가 않구나."

프로커스 백작이 집무실로 찾아온 리카이엔을 보며 걱정스러운 목소리로 말했다.

"아버지, 영지에 좋지 않은 일이 벌어졌습니다."

"좋지 않은 일이라니?"

"구 리온 자작령에 속해 있던 지역에서 도합 1만 명가량의 영지민들이 실종됐습니다."

"뭐, 뭐라고!"

깜짝 놀란 프로커스 백작이 벌떡 몸을 일으켰다. 1만 명이라니.

"그렇게 많은 사람들이 사라졌는데 여태 보고가 올라오지 않았단 말이냐?"

"호적대장을 정리하던 중 이상한 점이 보여 조사를 해 보니 그런 결과가 나왔다고 합니다."

"이상한 점이라니?"

"호적대장의 정리는 라울이 하고 있었는데 성에서 보관하고 있는 것과 관리관들의 것이 너무 정확하게 일치했다고 합니다. 그래서 조사를 시작했는데……."

"으음……."

리카이엔의 설명을 모두 들은 프로커스 백작이 손으로 이마를 짚으며 얼굴을 굳혔다.

"그러니까 관리관들이 자신들이 문책받을 것이 두려워 서류를 위조하고, 일을 덮으려 했다는 말이구나."

"그렇습니다."

"가만히 놔둬서는 안 될 일이구나."

"관리관들의 문제는 차차 정리하기로 하고, 지금은 사라진 영지민들을 되찾아 와야 합니다. 잘못하면 민심이 크게 동요될 수도 있습니다."

프로커스 백작이 굳은 표정을 풀지 않은 채 고개를 끄덕였다. 새로운 영주가 오자마자 1만 명이나 되는 사람들이 실종되었다는 것은, 남아 있는 사람들을 불안하게 만들기 충분한 사건이었다.

"하지만 실종된 사람들을 어떻게 찾는단 말이냐?"

"급히 조사를 해 보았는데 지금이라도 출발하면 가능성이 조금은 있을 것 같습니다."

"그래? 그럼 여기서 이렇게 얘기를 할 일이 아니구나. 어서 나가 보아라."

"알겠습니다. 아버님께서는 해당 관리관들에 대한 처리를 해 주십시오."

"그건 걱정 말고 어서 가 보거라."

"예, 다녀오겠습니다."

§ § §

폴넨 강은 브렌 왕국에서 가장 크고 긴 강으로, 왕국에서는 '어머니의 강' 이라는 별칭으로 불리기도 한다. 또 한편으로는 왕국의 북부와 동부를 긴 띠로 감싸고 있는 듯한 모양 덕분에 북부와 동부를 이어주는 수운의 중심이기도 하다.

그런 폴넨 강은 왕국의 북서부 국경 역할을 하는 인볼드 산맥의 중심인 인볼드 산에서 시작해 서에서 동으로 흐른다.

수많은 지류와 합쳐진 폴넨 강은 왕국의 북동부에 있는 발크스 주에서 남쪽으로 방향을 틀어, 왕국의 남동부의 렉두스 주에 있는 렉두스 만에서 바다와 이어진다.

이 중, 동부 지역은 폴넨 강의 중하류에 속하는 덕분에, 강 유역에 속해 있는 토지들은 대부분이 비옥한 땅이었다.

특히 로베이노스 주를 거치는 물길은 상당히 바다에 가까운 곳으로, 그 유역에 펼쳐져 있는 그론즈 평원은 브렌 왕국에서도 최대의 곡창지대 중 하나였다.

깊은 밤, 강 둔치에 깊은 후드를 눌러쓴 수십 개의 그림자가 모습을 드러냈다. 그중 가장 중심에 선 사내, 라흐론이 이제 막 보리 파종이 끝난 그론즈 평원을 노려보며 중얼거렸다.

"오늘쯤 도착한다고 하지 않았던가?"

그 말에 옆에 있던 바이론인 사내가 살짝 고개를 숙이며 대답했다.

"예, 척후들의 보고에 의하면 오늘 밤 이곳에 도착한다고 합니다."

"아직 시간은 많으니 괜찮겠지. 그나저나 바록, 내가 말한 준비는 다 된 건가?"

방금 라흐론에게 보고했던 사내가 지체없이 대답했다.

"물론입니다."

"좋아. 실수 없이 처리하도록."

"예!"

그때였다.

삐이이이익!

날카로운 피리 소리가 드넓은 평원을 길게 가로지르며 라흐론의 귓가에 울렸다.

"온 모양이군. 준비해라."

라흐론의 명령에 옆에 서 있던 바록이 재빨리 품에서 피리를 꺼내 불었다.

삐이이이익!

두 번째 피리 소리와 함께 주변에 있던 다른 바이론인들이 갑자기 분주하게 움직이기 시작했다.

이리저리 손을 움직이는가 싶더니 알 수 없는 소리를 중얼거리는 순간, 갑자기 평원 곳곳에서 불꽃들이 솟아오르기 시작했다.

평원 곳곳에 말뚝처럼 박혀 있던 홰에 갑자기 불꽃이 피어오른 것이다.

정확하게는 바이론 민족 특유의 술법, 클리머스를 이용해 평원 전체 박아 놓은 홰에 횃불을 붙인 것이다.

마지막으로 넓은 폴넨 강 한가운데서 불이 밝혀졌다. 그와 동시에 강 한가운데 20여 척의 범선이 모습을 드러냈다.

일련의 상황들을 확인한 바록이 라흐론에게 다가가 조용히 말했다.

"특별한 이상은 없습니다."

그때 점점이 횃불로 밝혀진 평원 위에 작은 점들이 하나둘 나타나기 시작했다. 쉬지 않고 발을 움직이며 강가를 향해 걸어오고 있는 사람 그림자들이었다.

그 모습을 본 라흐론이 미간이 깊은 주름을 접으며 두 눈을 가늘게 좁혔다. 그리고 바록을 향해 물었다.

"확인은 됐나?"

"조금 있으면 처리한 후 신호가 올 겁니다."

바록의 대답에 라흐론은 여전히 찌푸린 인상으로 고개를 끄덕였다.

'진작 이렇게 했어야 할 것을…….'

그렇게 얼마나 시간이 흘렀을까? 평원에 모습을 드러낸 사람들이 밭 사이로 난 여러 개의 길을 따라 줄을 이어 걸으며 평원 한가운데를 지났다. 까만 점으로 보이던 모습도 이제는 확실하게 윤곽을 나타내며 사람의 형태를 지니기 시작했다.

그중 한가운데서 이쪽을 향해 걸어오는 사람. 훌쩍 큰 키에 짙은 구레나룻을 기른 사내. 바로 베르무크가 변한 그 모습이었다.

베르무크가 잠시 걸음을 멈추고 주변을 둘러보았다. 그리고 평원을 중심으로 강 반대쪽에서 구름처럼 밀려들어 오는 인파를 확인하더니 만족스러운 듯 고개를 끄덕였다.

그때였다.

갑자기 베르무크의 앞에 있던 땅이 움푹 꺼지는가 싶더니 하나의 인영이 불쑥 솟아올랐다.

"흡!"

깜짝 놀란 베르무크가 황급히 뒷걸음질을 쳤지만, 뒤쪽에서도 두 개의 그림자가 솟아올랐다. 다른 바이론인들과 마찬가지로 깊은 후드를 눌러쓴 모습. 유일하게 다른 점은 그들의 손에 들린 시미터(Scimitar)였다.

베르무크가 당황스러운 목소리로 외쳤다.

"이게 무슨 짓이냐?!"

하지만 시미터를 든 사내들은 입을 열지 않았다. 오직 베르무크를 향해 시퍼렇게 날이 선 시미터를 휘둘렀을 뿐이다.

"끄아아악!"

단말마의 비명과 함께 사방으로 피가 터져 나갔다. 하지만 베르무크를 시체로 만든 사내들은 아무렇지도 않은 듯 덤덤한 동작으로 품에서 피리를 꺼내 입에 물 뿐이었다.

삐이이이이익!

긴 피리 소리에 바록이 고개를 숙이며 말했다.

"처리했습니다."

"확실하겠지?"

"그렇습니다."

바록의 대답에도 라흐론은 안심이 되지 않는 지 확인하듯 다시 물었다.

"혹시 중간에 사람이 바뀌었을 가능성은?"

베르무크라면 자신의 생각을 미리 알고 사람을 바꿔치기 했을 가능성도 있기 때문이다. 하지만 바록은 고개를 저었다.

"도박장에서부터 줄곧 미행을 했지만, 그에게 그럴 기회는 없었습니다."

"좋아, 그럼 어서 수확물들을 배에 태워라."

"알겠습니다!"

곧장 대답한 바록이 재빨리 강가로 다가가 피리를 물고 신호를 보냈다.

삐, 삐, 삐이이익!

신호와 함께 강 중심에 있던 범선들의 갑판 위에서 분주한 움직임이 시작되었다. 갑판 위에 쌓아 두었던 뗏목들이 차례차례 강 위로 내려졌다. 그중 가장 먼저 수면에 내린 뗏목이 천천히 둔치를 향해 다가왔다.

뗏목이 둔치에 도착하자 한 바이론인 사내가 두꺼운 밧줄을 들고 땅으로 내려섰다. 밧줄은 강에 있는 범선에서 시작해 둔치까지 길게 늘어져 있었는데, 사내는 밧줄 끄트머리를 쥔 채 곧장 평원 쪽을 향해 달려갔다.

그렇게 사내가 도착한 곳에는 거대한 말뚝이 박혀 있었고, 사내는 그 말뚝에 밧줄을 묶었다.

그러는 사이 강 위에서는 수면에 내려진 뗏목들이 밧줄을 향해 모여들더니, 둔치에서 범선까지 일렬로 늘어서서 뗏목에 솟은 돛대 같은 기둥에 밧줄을 잡아 묶고 있었다.

그렇게 진행된 일련의 과정들이 끝나자, 폴넨 강 위에는 육지와 배를 이어주는 다리인 도선교가 만들어져 있었다.

배 위에 있는 선부들도, 뗏목을 다루는 이들도 많은 경험이 있는 듯 도선교가 만들어지는 데는 극히 짧은 시간만이 소요됐을 뿐이다.

§ § §

어두운 밤에, 환한 방 안에 앉아서 창밖의 어둠 속에 있는 사물들을 구분하는 것은 지극히 어려운 일이다. 밝은 빛에 적응한 눈이 어둠에는 취약하기 때문이다.

리카이엔과 프로커스 백작령의 기사단 열넷, 그리고 50여 명의 병사들은 폴넨 강의 그 어두운 수면 위에 몸을 숨기고 있었다.

안톤이 고민 끝에 내놓은 방법은 정체불명의 그들이 만들어 놓고 있을 함정을 지나치는 것이었다.

그론즈 평원의 북쪽에 있는 선착장으로 가 배를 빌린 후, 폴넨 강을 타고 남쪽으로 내려오면 피해 없이 놈들이 하는 짓을 확인할 수 있으리라 생각했던 것이다.

그 덕분에 그들은 그론즈 평원의 북쪽 둔치에 몸을 숨긴 채 저 멀리 있는 범선과 평원을 살피고 있었다.

"보이냐?"

리카이엔의 물음에 율리아가 불이 환하게 밝혀져 있는 그론즈 평원과 강 위의 범선들을 살피며 말했다.

"평원에 대략 백여 명, 범선 한 척당 열 명, 그 외에 둔치에 서른 명가량이 있어요."

"꽤 많군."

도합 300명가량의 인원. 겨우 60여 명으로 상대하기에는 확실히 벅찬 숫자였다.

"음? 잠시만요."

"왜?"

"흡, 저, 저놈들!"

"왜 그래?"

"바이론인이에요!"

순간 리카이엔이 흠칫 놀라며 율리아를 보았다.

"진짜냐?"

"진짜예요! 후드를 깊이 쓰고 있어서 몰랐는데 방금 횃불에 후드 안이 보였단 말이에요!"

확신에 찬 율리아의 말에 리카이엔은 저도 모르게 영지전 당시의 상황을 떠올렸다.

페르온의 모습을 하고 나타나 자신을 암습했던 바이론인이 떠올랐던 것이다.

"설마 그……."

그 모습을 본 안톤이 궁금한 표정으로 물었다.

"혹시 짐작 가는 일이라도 있습니까?"

"아니야. 아무튼 언제 들어가는 게 좋을까?"

"네? 그것도 제가 정합니까?"

깜짝 놀라 묻는 안톤을 향해 리카이엔이 언젠가 들어본 것 같은 말을 돌려주었다.

"그럼 내가 할까?"

"아, 아니 그게… 아, 알겠습니다. 으음, 제 생각에는 영지민들과 저들 사이의 거리가 절반으로 줄어들었을 때쯤이 좋을 것 같습니다."

"절반이라… 좋은 생각이군."

저쪽에 있는 바이론인들의 입장에서, 거리가 절반으로 줄어들었다는 것은 일이 잘 풀려 간다는 생각이 들 만한 타이밍이라는 뜻이다.

§ § §

도선교가 완성되는 중에도 그론즈 평원 위의 사람들은 느릿한 걸음으로 도선교가 있는 곳을 향해 다가오고 있었다.

그 모습을 지켜보던 라흐론이 심히 마음에 들지 않는 표정으로 말했다.

"역시 1만은 너무 과하군. 자칫하면 일이 아주 커질 수도 있겠는데? 과연 제대로 끌고 갈 수나 있을지 모르겠군."

그 말에 바록이 조심스럽게 말했다.

"저들은 이미 암시에 걸린 상태입니다. 내버려 두고 갔다가 암시가 풀려 버린다면, 가능성은 희박하지만 우리에 대한 이야기가 새어 나갈 수도 있습니다."

라흐론이 고개를 끄덕이면서도 얼굴에는 의구심 가득한 표정을 지으며 물었다.

"그나저나 베르무크 그놈은 도대체 무슨 수로 저 많은 사람들에게 암시를 건 거지?"

그 말에 지금까지 곧잘 대답을 하던 바록이 멈칫 하며 난감한 표정을 지어 보였다.

"글쎄요? 그 부분은 저도 잘……."

"뭐, 네가 알 수 있는 부분은 아니겠지."

"일단 섬으로 가면 알아낼 수 있을 겁니다."

"그래야지. 그나저나 당분간은 이곳 동부 내륙 일대는 떠나 있는 것이 좋겠… 음?"

라호론이 갑자기 말끝을 흐리며 황급히 뒤를 돌아보았다. 귓전으로 절대 나와서는 안 될 이질적인 소리가 파고들었던 것이다.

두두두두두!

깜짝 놀란 라호론이 황급히 소리가 들려온 쪽을 돌아보며 외쳤다.

"뭐, 뭐냐?!"

"이, 이런!"

놀란 라호론이 당황하며 뒷걸음질 치는 사이, 바록이 먼저 대응을 시작했다.

삑, 삐이이이익!

어느새 꺼내든 피리가 고음의 긴 신호를 뿜어냈다. 하지만 이미 일은 벌어진 후였다.

쉑, 쉐에엑!

네 대의 화살이 어두운 허공을 가로질렀다. 화살들이 향하는 곳은 도선교를 잇고 있는 밧줄.

팟, 파바박! 툭!

꽤 두꺼운 밧줄이었지만 연달아 네 번의 화살에 명중당한 밧줄이 힘없이 끊어졌다.

"자, 잡아!"

뗏목을 지키고 있던 바이론인들이 깜짝 놀라 양손으로 끊어진 밧줄의 절단부를 붙잡으려 했지만, 이미 힘을 지지할 곳이 없는 도선교는 강물을 따라 하류를 향해 흘러가고 있었다.

"닻을 올려!"

"뭍으로 간다! 서둘러!"

범선 위에 있던 바이론인들이 뭍에 오르기 위해 허둥지둥하는 사이, 범선의 닻줄을 타고 오르는 그림자들이 있었다.

범선을 중심으로 상대적으로 어두운 반대쪽에서 헤엄을 쳐 다가왔던 프로커스 백작령의 병사들이었다.

리카이엔이 상대해야 할 자들은 어쨌든 배를 이용하는 자들. 그렇다면 배를 무용지물로 만드는 것은 당연히 해야 할 일이었다.

그렇기에 안톤은 병사들을 다 데리고 가는 대신 헤엄을 잘 치는 병사들만을 추려 내, 소수로 빠르게 움직이는 것을 택한 것이다.

차앙!

닻줄을 타고 순식간에 갑판 위로 뛰어오른 병사가 등에 메고 있던 방패와 아밍 소드를 뽑아 들었다. 그 모습을 본 선원들이 단검을 뽑아 든 채 병사를 향해 달려들었다.

"죽어라!"

악에 바친 외침과 함께 가장 선두에 있던 선원이 달려들었다. 하지만 아비규환의 전투를 겪어 본 적이 있는 병사를 향해 불리한 무기를 들고 달려드는 것은 자살행위나 마찬가지.

그으윽, 푸욱!

선원의 단검이 가죽을 긁는 소리를 울리는가 싶더니, 어느새 한 자루 아밍 소드가 그의 배를 관통하고 있었다.

그와 동시에 다른 병사들 또한 닻줄을 타고 갑판 위로 연달아 올라왔다.

다른 범선들의 상황 역시 다르지 않았다. 한 척에 다섯 명씩. 순식간에 열 척의 범선에서 불이 피어올랐다.

"율리아! 술법사들, 술법사들만 조져!"

리카이엔의 외침과 동시에 율리아의 장궁이 화살을 뿜어내기 시작했다.

슉, 슈슉!

화살 하나에 한 명씩. 단 한 번도 빗맞은 적이 없다던 율리아의 화살이 이번에도 그 위력을 유감없이 발휘했다. 순식간에 다섯 명의 클리먼들이 바닥으로 널브러졌다.

그 사이, 어느새 정신을 수습한 라호론이 자신의 토템을 집어 들고 외쳤다.

"꿇어라!"

순간, 그가 들고 있던 토템에서 사방으로 뿌연 빛이 폭사되었다. 그와 동시에 일어난 변화.

"어어어, 아악!"

기사들의 입에서 동시에 비명이 터져 나왔다. 질주하던 말들이 갑자기 멈춰 서더니 그대로 앞다리가 무릎을 꿇어 버렸기 때문이다. 당연히 그 위에 있던 기사들은 달리던 힘을 이기지 못하고 쏘아지듯 앞으로 내동댕이쳐질 수밖에 없는 상황.

"저 빌어먹을 주술!"

유일하게 말에서 떨어지지 않은 리카이엔이 급히 몸을 일으키며 버럭 소리를 질렀다. 그의 눈에 바이론인들이 쓰는 클리머스는, 전생에 도사들이 쓴다던 주술과 비슷했기 때문에 그렇게 부른 것이다.

"빨리 일어나!"

리카이엔의 호통에 기사들이 황급히 몸을 일으켰다. 모두들 지독한 훈련을 거친 덕에 갑작스러운 상황에도 잘 대처해 큰 상처는 없는 듯했다.

하지만 리카이엔은 섣불리 공격 명령을 내리지 못했다. 그리고 방금의 그 클리머스에 대해 생각했다.

'방금 꿇으라고 외쳤던 것 같은데?'

그 외침이 들린 순간, 타고 있던 말들이 갑자기 무릎을 꿇어 버렸던 것이다.

'짐승들을 조종하는 주술!'

단번에 상황을 파악한 리카이엔이 기사들을 향해 외쳤다.

"타고 온 말을 죽여!"

상대가 짐승을 조종한다면, 말은 더 이상 탈 수 없었다. 아니, 단지 탈 수 없는 정도가 아니라 공격을 하는 사이 뒤에서 아군을 향해 돌격해 올 위험까지 있었다. 그렇다면 안타깝더라도 죽이고 가는 것이 최선.

"네?"

"까라면 까!"

깜짝 놀란 볼프가 흠칫하는 순간, 리카리엔이 버럭 소리를 지르며 창을 찔렀다.

푸우우욱!

단번에 목을 꿰뚫린 말이 그대로 즉사하는 모습에 기사들은 움찔할 수밖에 없었다. 그러나 그것은 아주 찰나의 순간일 뿐. 누구의 명이라고 감히 거역을 하겠는가.

푹, 푸우우욱!

타고 왔던 말들이 순식간에 피를 뿜어내며 숨을 거두었다.

"우두머리인 듯한 놈이 짐승을 조종하는 술법을 쓴다. 모두 조심해라!"

그제야 리카이엔이 말을 죽이라고 한 이유를 알게 된 기사들이 굳은 표정으로 고개를 끄덕였다.

"우두머리는 죽여서는 안 된다는 걸 잊지 말도록!"

"예!"

우렁찬 대답이 터져 나오는 동시에 리카이엔이 땅을 박차고 달려 나가며 외쳤다.

"그럼, 뛰어!"

서로의 거리는 불과 100m 정도. 빠른 이동과 혹시 모를 수전(水戰)에 대비해 갑옷을 입고 오지 않았으니 단숨에 좁힐 수 있는 거리였다.

"제길!"

가장 선두에서 달리던 리카이엔이 와락 인상을 구겼다. 말들을 죽이느라 시간을 지체하는 사이, 그론즈 평원에 넓게 퍼져 있던 바이론인들 중 절반 정도가 모여 있었던 것이다. 그리고 그들 대부분은 시퍼렇게 날이 서 있는 시미터를 들고 있는 전사들.

'주술사와 검사의 조합! 제길 좋지 않군!'

리카이엔이 본 바이론인들의 클리머스는 마법보다 훨씬 상대하기 까다로운 기술이었다.

먼 과거 세상을 지배하는 힘이었던 마법은 대부분이 공격을 위한 것들이었지만, 클리머스는 그 외에 다양한 것들을 할 수 있기 때문이다. 조금 전처럼 타고 가는 말을 쓰러트린다던가 하는 의표를 찌르는 공격을 해 올 수 있는 것이다.

또한 토템이라는 것의 힘을 빌리는 덕분인지 마법에 비해 구현 시간도 확실히 짧았다.

"율리아, 술사들부터 조져!"

"알았어요!"

율리아가 금방이라도 울 것 같은 목소리로 대답하며 그 자리에 멈췄다.

"우두머리는 살려 놔. 그 자식은 생포해야 돼. 톰, 잭, 데릭! 율리아를 보호해. 나머지는 계속 뛰어!"

이미 상황은 난전에 돌입하기 직전. 이미 아군에 가려 적의 클리머스들은 보이지 않았다. 그런 상황에서 화살을 날린다면 아군 뒤통수에 화살을 꽂기 딱 좋았다. 그렇게 생각한 율리아가 급히 톰과 잭을 향해 외쳤다.

"톰, 잭! 나 무등!"

"응?"

"무등 태워서 올려 달라고!"

"어, 어!"

당황스러운 주문에도 불구하고 톰과 잭이 황급히 자신들의 어깨에 율리아를 얹고 몸을 일으켰다.

시선이 높아지자 전장의 상황이 확실하게 보였다. 시미터를 들고 리카이엔의 앞을 막아서는 바이론인들. 그 뒤에서 또 무언가를 할 것처럼 움직이는 우두머리. 그리고 그 뒤에서 허둥거리며 갈피를 잡지 못하는 술사들의 모습.

끼이이이익!

살을 머금은 시위가 팽팽하게 당겨졌다.

"둘 다 움직이지 마라. 한순간이라도 실수하면 공자님 뒤통수에 바람 구멍 뚫린다."

"크헉!"

율리아의 말에 깜짝 놀란 톰과 잭이 그 자리에 얼어붙은 듯 굳었다.

"후우우웁, 후웁!"

율리아는 천천히 호흡을 가다듬었다. 아무리 천하의 명궁이라도 이런 상황에서는 긴장이 될 수밖에 없었다. 그다지 높이 않은 위치에서, 적군과 아군이 뒤섞여 난전을 벌이고 있는 곳 너머의 적을 맞추는 것은 결코 쉽지 않은 일이었던 것이다.

"흡!"

한참 동안 적진을 노려보던 율리아가 갑자기 숨을 끊으며 그대로 시위를 놓았다.

핑, 쉐에엑!

세차게 허공을 가르는 화살이, 아군과 적군 전사들의 머리 위를 아슬아슬하게 스치듯 지나가더니 그 너머에 있는 한 클리먼의 목을 꿰뚫었다.

"크허어억!"

화살의 궤적을 끝까지 확인한 후에야 크게 숨을 몰아 쉰 율리아가 두 번째 화살을 시위에 걸었다.

그 사이 리카이엔과 기사들은 상대와의 거리를 50m로 줄여 놓고 있었다.

"이대로 돌격한다! 창 질끈 잡아!"

그때였다.

"으허어억!"

갑자기 요란한 비명과 함께 한 기사가 바닥을 뒹굴기 시작했다.

"뭐, 뭐야!"

갑작스러운 상황에 기사들의 돌격이 또 한 번 멈췄다. 동시에 안톤이 황급히 달려가 기사를 붙들었다. 그 순간, 기사의 앞섶에서 불쑥 튀어나오는 무언가.

"헉!"

안톤의 입에서도 신음이 터져 나왔다. 기사의 앞섶에서 튀어나온 짙은 갈색 뱀이 안톤의 팔을 휘감았기 때문이다. 그리고는 팔을 타고 순식간에 어깨까지 올라와, 안톤의 목을 향해 큰 아가리를 쩍하고 벌린 것이다.

"큭!"

대응할 사이도 없이 당한 일에 안톤이 두 눈을 질끈 감았다.

파앗!

그 순간 뱀의 머리가 날아갔다. 그리고 리카이엔의 짜증스러운 중얼거림이 들려왔다.

"제길, 저놈 저거!"

문제의 클리먼이 이번에는 물에 살던 물뱀을 조종한 것이다.

"그냥 물뱀이었기에 망정이지 독사였으면……."

늦가을, 잔뜩 독을 머금고 있는 독사라면 감당할 수 없는 상황. 어쩌면 이미 독사들이 이곳으로 몰려들고 있을지도 모를 일이었다. 그리고 그것은 기우가 아니었다.

"어억, 뱀!"

"여, 여기도!"

기사들이 화들짝 놀라며 황급히 바닥을 향해 창을 찔러 대기 시작했다.

"망할, 입이 방정이네!"

'어떻게 한다?'

그때였다.

쉬익!

또 한 대의 화살이 그들의 머리 위를 지나 상대 진영을 향해 날아가고 있었다.

그것을 본 리카이엔의 머릿속에 번뜩하는 생각. 그리고 그 생각을 지체없이 행동으로 옮겼다.

"율리아!"

거듭된 부름에 결국 율리아의 입에서 버럭 고함이 터져 나왔다.

"왜요?!"

"견제해라!"

"네?!"

"저놈, 저 우두머리! 저놈 노려! 집중을 못하게 만들어. 맞춰도 상관없으니 주둥이만 살려 놔!"

말이 끝나기가 무섭게 율리아의 화살이 방향을 틀었다.

쉬우우욱!

집중력을 분산시키는데 가장 좋은 것 중 하나가 바로 소리다. 목숨을 앗아갈 수도 있는 화살이라는 위협적인 물건이 내는 파공성이라면 신경이 쇠로 만들어지지 않은 한 버텨 낼 수 없다.

쉑, 쉐쉑!

율리아의 화살이 쉬지 않고 허공을 갈랐다. 맞출 필요 없이 견제만 하면 된다는 생각에 안정을 찾은 율리아가 자신감 있게 화살을 뿌려 댄 것이다.

그리고 얼마 지나지 않아 기사단을 위협하던 독사들이 사방으로 흩어지기 시작했다.

"이 개 잡노무 새끼들! 오늘 나한테 다 뒈졌다고 복창해라! 전원 돌격!"

외침과 동시에 리카이엔의 신형이 쏘아지듯 앞으로 튀어나갔다.

"흐아아아아!"

동시에 볼프를 포함한 기사들이 함성을 내지르며 그 뒤를 따라 달렸다.

Chapter 3.

영혼의 힘

화르르르륵!

수면을 붉게 물들이는 불길 사이로 매캐한 연기가 하늘 높이 솟아올랐다.

순식간에 타들어 가는 10척의 범선과 기를 쓰고 멀어지기 위해 움직이고 있는 다른 10척의 범선들. 그 배들은 닻을 끌어올리는 것을 포기하고, 오히려 닻줄을 완전히 풀어 물 밑으로 버린 채 움직이고 있었다.

한시라고 빨리 불에서 멀어지기 위함이기도 했지만, 그보다는 범선들을 불태운 병사들이 갑판에 오르는 것을 막기 위한 것이 더 컸다. 불타고 있는 범선의 선원들이 어떻게 죽었는지, 그들이 어떻게 배를 불태웠는지 두 눈 똑똑히 뜨고 보았기 때문이다.

닻줄을 푼 데는 그런 이유도 있었다. 다른 배에 올라탄 병사들이 어떻게 갑판으로 올랐는지 다 보았기 때문이다.

하지만 그들의 바람은 이루어지지 않았다.

병사들이 죽은 선원들이 떨어뜨린 단도를 집어 들고, 선체를 칼로 찍으며 기어올랐기 때문이다.

쿠웅!

"흐으으윽!"

"하, 항복입니다!"

"살려 주십시오!"

병사들이 갑판 위로 올라 온 것을 본 순간, 절망에 빠진 선원들이 그 자리에서 싹싹 빌기 시작했다. 하지만 병사들은 아무 소리도 들리지 않는다는 듯 아밍소드와 방패를 양손에 쥐었다.

"모두 죽여!"

거칠게 달려드는 병사들의 기세에 선원들은 황급히 뒤로 물러날 뿐이다.

풍덩, 풍덩!

일부 선원들은 급한 마음에 강물로 뛰어들고, 나머지 일부는 이를 악물고 병사들을 향해 덤벼든다. 그리고 이어진 것은 괴성에 가까운 비명과 갑판을 흥건하게 적시는 붉은 피.

배에 선원들이 남아 있지 않다는 것을 확인한 병사들이 재빨리 선실로 뛰어들었다. 무언가를 찾고 있는 듯 방이란 방은 죄다 뛰어들며 뒤집어엎었다. 리카이엔의 당부가 있었기 때문이다.

'배를 점령하고 나면, 일정을 기록한 일지를 손에 넣은 다음 배를 태워 버려라.'

하지만 범선 곳곳을 이 잡듯이 뒤져도 일지는커녕 종이 쪼가리 하나 나오지 않았다.

흩어졌던 병사들이 갑판 위로 모이면서 서로의 얼굴을 확인한다. 이번에도 일지 같은 것은 찾지 못했는지 모두 동시에 고개를 저었다.

"어쩔 수 없지. 철수하자!"

선임 병사의 외침에 병사들이 고개를 끄덕이며 물속으로 뛰어들었다.

§ § §

율리아의 화살에 바이론 클리먼들이 제대로 움직이지 못하는 사이, 리카이엔과 기사들은 서로 간의 거리를 완전히 좁혔다. 정면에는 그론즈 평원에 퍼져 있던 시미터를 든 바이론인들이 모두 모여 리카이엔과 기사들을 상대할 대형을 맞추고 있었다.

무려 100여 명에 달하는 전사들과 겨우 11명의 기사들. 단순 계산으로 혼자서 10명을 상대해야 한다는 결론이 나온다.

불과 10여 미터를 남겨둔 시점. 갑자기 리카이엔의 입에서 커다란 외침이 터져 나왔다.

"횡으로 전개!"

순간, 리카이엔을 중심으로 뒤따라 달리던 기사들이 앞으로 튀어나가더니, 리카이엔과 나란히 서며 순식간에 2열 횡대의 대형을 만들었다.

앞줄에는 리카이엔을 중심으로 꽤 넓은 간격으로 다섯 명이 나란히 섰고, 그들 사이로 두 번째 줄의 다섯 명의 기사들이 자리를 잡았다. 2열 횡대라기보다는 지그재그로 줄을 선 모양. 그리고 제일 뒤에 안톤이 섰다.

"간다아!"

대열을 확인한 리카이엔의 일갈. 그와 함께 앞으로 뻗어나가는 열 개의 발.

쿠우우우웅!

어두운 밤, 넓디넓은 그론즈 평원을 뒤흔드는 묵직한 충격이 터져 나갔다.

앞이나 뒤, 한 줄만 보면 서로 간의 간격이 꽤 넓지만 두 줄을 함께 놓고 보면 빽빽한 밀집대형이다. 그 밀집대형에서 동시에 진각을 밟으며 앞으로 창을 찌른다.

그것을 받아야 하는 적의 입장에서는, 창날이 날아들기도 전에 숨 막힐 듯한 압력이 먼저 전신을 휘감는 상황.

챙, 채챙, 카앙!

"끄아아악!"

그렇게 전투가 시작되었다.

콰득, 콰드득!

리카이엔과 기사들이 만든 대형이 끊임없이 진각을 밟으며 눈앞의 적들을 밀어붙였다.

장가창법은 극대화된 파괴력을 바탕에 두고 저돌적으로 돌진하는 것을 기본으로 하는 전장 무공. 그 저돌적인 힘들이 하나로 합쳐지면서 상상도 할 수 없는 위력을 발휘하는 것이다.

'좋아!'

리카이엔이 회심의 미소를 지으며 고개를 끄덕였다. 이로써 그가 기사단을 정비하며 계획했던 첫 번째 목표가 완성된 것이다.

대형을 짜고 통일된 동작으로 펼치는 장가창법. 그 응집된 위력으로 전장의 핵심을 제압한다는 것이 그가 그린 기사단의 첫 번째 그림이었다.

아직은 기사들의 수가 적기 때문에 큰 전투에서 위력을 발휘하기는 힘들지만, 차차 기사들의 수는 늘려 나갈 계획이었다. 그리고 그 수가 충분해졌을 때, 프로커스 백작령의 기사단은 그 어떤 전투라 해도 흔들리지 않는 중심을 만들 수 있게 되는 것이다.

캉, 카카캭!

"크하아아앗!"

무기와 무기가 맞부딪치는 날카로운 금속성 사이로 간간이 불똥이 튄다. 악에 바친 기합과 단말마의 비명이 어우러지고, 그 위로 뜨거운 선혈이 뿌려졌다.

순식간에 30여 명의 바이론인 전사가 바닥을 나뒹굴었다. 잔뜩 열이 오른 리카이엔의 입에서 사기를 돋우는 외침이 터져 나온다.

"이대로 밀어붙여!"

잔뜩 사기가 오른 기사들이 힘차게 창을 휘둘렀다. 쉼 없는 수련과 실전의 경험으로 다져진 그들의 창술은 유감없이 그 위력을 뽐냈다. 창을 한 번 휘두를 때마다 어김없이 쓰러지는 바이론 전사들.

100여 명이나 되던 머릿수가 순식간에 절반으로 줄어들었다.

§ § §

"제길!"

라호론은 연달아 날아드는 화살에 제대로 서지도 못하고 잔뜩 허리를 구부린 채 주변을 살피고 있었다.

"이, 이게 도대체……!"

그러다 갑자기 옆에 있던 바록을 향해 버럭 소리를 질렀다.

"주변을 경계하던 놈들은 도대체 무얼하고 있었던 것이냐!"

"그게 저도 잘 모르겠습니다."

"아랫것들도 제대로 관리하지 못하는 멍청한 놈!"

"죄송합니다."

그러는 중에도 앞에서는 끊임없이 비명이 터져 나오고 있었다. 보다 못한 바록이 급히 라흐론에게 말했다.

"일단은 이곳을 벗어나는 것이 좋겠습니다."

강에 있던 배는 불타고, 전사들은 파죽지세로 쓰러지고 있다. 이대로 가다가는 모두가 전멸당할 것이 너무나 뻔한 상황이다.

하지만 라흐론은 쉽사리 결정을 내리지 못했다. 이 정도로 크나큰 실수를 범했다면 살아남아도 조직에서는 도태될 수밖에 없다는 생각 때문이었다.

결국 보다 못한 바록이 먼저 움직였다. 라흐론의 팔을 잡아끌며 달리기 시작한 것이다.

"따라오십시오!"

그제야 라흐론도 어쩔 수 없다는 듯 달리기 시작했다.

"저기, 도망쳐요!"

뒤에서 들려온 고음의 외침. 흠칫 놀란 리카이엔이 앞을 가로막고 있는 전사들 너머를 살펴보니 우두머리인 듯 보이던 주술사가 도망치는 모습이 보였다.

"율리아, 저 새끼 잡아!"

말이 끝나기가 무섭게 율리아가 몸을 일으켰다.

"헉!"

자신들의 어깨에 올라타 앉아 있던 율리아가 갑자기 어깨를 밟고 일어서는 것을 본 톰과 잭이 화들짝 놀라며 그녀의 다리를 붙잡았다.

몸의 흔들림이 멎는 순간, 율리아의 장기인 연사가 시작되었다.

쉬우우욱!

순식간에 네 대의 화살이 허공을 꿰뚫었다.

"큭!"

한 대의 화살이 라흐론의 귓바퀴를 찢고 지나갔다. 화끈한 통증에 움찔 몸을 떠는 순간, 연달아 세 대의 화살들이 그의 몸뚱이 곳곳을 파고들었다.

오른쪽 어깨와 왼쪽 팔뚝, 그리고 오른쪽 허벅지에 틀어박힌 화살들.

"끄어어억!"

그대로 바닥에 꼬꾸라진 라흐론이 비명을 질러 댔다.

"바, 바록!"

앞서 달리던 바록이 발을 멈추며 뒤를 돌아보더니, 급히 이쪽을 향해 달려왔다.

"나, 나를 데리고……."

라흐론이 자신을 데리고 도망칠 것을 명령했으나 바록은 대답을 하지 않았다. 오히려 차분한 눈으로 라흐론의 상태를 살쳤다.

"뭐, 뭐하는 거냐!"

라호론이 버럭 소리를 지르는 순간, 바록의 얼굴에 싸늘한 미소가 어렸다.

"흐음, 이 정도면 충분히 장면들이 만들어진 것 같군요."

"뭐? 그게 무슨 말이냐?"

바록의 갑작스러운 돌변에 당황한 라호론이 악을 쓰며 외쳤지만, 바록은 미소를 지우지 않은 채 말했다.

"당신의 역할은 여기까지라는 말이야."

"뭐? 지금 그게 무슨……?"

화들짝 놀란 라호론이 뭐라고 말하려는 순간, 바록의 손에 들린 단검이 가차 없이 라호론의 목을 파고들었다.

푸우욱!

"끅!"

라호론의 죽음을 확인한 바록은 뒤도 돌아보지 않고 원래 향하던 곳을 향해 다시 달려갔다.

"주, 죽었어요!"

율리아가 깜짝 놀란 목소리로 외쳤다. 보통 사람의 몇 배나 되는 가공할 시력을 가진 율리아였다. 그녀에게는 바록이 라호론의 목에 단검을 찔러 넣는 것이 똑똑히 보였던 것이다.

흠칫 놀라 앞을 살펴본 리카이엔이 황급히 외쳤다.

"저놈이라도 잡아!"

리카이엔이 말하기도 전에 율리아는 시위를 당기고 있었다. 그리고 또다시 날렵한 궤적을 그리는 화살들.

"헉!"

화살의 궤적을 확인하던 율리아가 갑자기 헛바람을 들이켰다. 도망가는 바이론인을 노리고 날아가던 화살들이 벽에 부딪치기라도 한 듯 갑자기 뚝 하고 떨어졌기 때문이다.

"이, 이게 무슨!"

자신의 화살이 실패한 것에 자존심이 상한 율리아가 또다시 시위를 당겼다. 쉬지 않고 날아간 여덟 대의 화살.

"제, 제길!"

하지만 결과는 똑같았다. 하나도 남김없이 모두 바닥으로 떨어져 버렸다.

"헉!"

이를 악물고 전통으로 손을 밀어 넣던 율리아의 얼굴이 당혹감으로 물들었다. 가지고 온 화살을 모두 소진한 것이다.

"도, 도망가요!"

율리아의 외침. 동시에 전방을 살피던 리카이엔이 율리아가 화살을 모두 썼다는 걸 직감하고는 큰소리로 외쳤다.

"기사단, 산개! 죽이지 말고 생포해라!"

명령이 떨어지는 순간, 기사들이 급히 땅을 박차며 좌우로 흩어졌다.

그리고 리카이엔 역시 튕기듯 몸을 앞으로 날리며 정면을 막고 있던 두 명의 바이론 전사를 향해 그대로 철창을 휘둘렀다.

부우우웅, 채챙!

갑작스러운 공격에 깜짝 놀라 시미터를 들어 막던 두 바이론인의 무기가 허공으로 떠오르는 사이, 리카이엔은 두 사람 사이를 통과한 후 달리고 있었다.

"거기 서!"

팍, 파바밧!

힘차게 땅을 박차며 달려가는 리카이엔의 속도는 눈이 부실 지경이었다. 순식간에 죽은 우두머리의 시체를 지나 도망치는 놈의 뒤를 바싹 좇았다.

그때였다.

후아아앙!

묵직한 바람 소리가 퍼져 나오는가 싶더니, 정면에서 거대한 압력이 몰려왔다.

"흡!"

깜짝 놀라 앞을 본 리카이엔의 눈에 이상한 것이 보였다. 각양각색의 뿌연 안개 같은 덩어리들이 한데 뒤엉킨 채 무시무시한 힘으로 날아오고 있었던 것이다.

동시에 온몸의 신경을 잡고 긁어 대는 불쾌한 감각.

"트하아앗!"

높이 들어 올린 창에 달리는 힘을 더해 커다란 궤적을 그리며 안개 덩어리를 베어 냈다.

“헉!”

순간, 리카이엔의 눈앞에 놀라운 상황이 벌어졌다. 창에 베인 안개 덩어리가 갑자기 사방으로 흩어지더니, 리카이엔을 감싸듯 휘감으며 몰려오는 것이었다.

‘이, 이건 뭐야!’

황급히 바닥을 구르며 안개 덩어리들의 포위망에서 빠져나오는 순간.

빼억!

등판에 뻐근한 통증이 관통했다.

“흡!”

하지만 리카이엔의 얼굴에 떠오른 것은 고통으로 일그러진 표정이 아니라, 당혹감이었다.

‘방금 그건 뭐지?’

아주 찰나의 시간이었다. 하지만 리카이엔은 아주 선명하고 똑똑히 들었다. 여러 개로 흩어진 안개 덩어리 중 하나가 몸을 꿰뚫듯 치고 지나가는 순간, 리카이엔의 귓전에는 아주 분명하게 소리가 울렸다.

—크허엉!

‘울음소리?’

짐승의 울음소리, 정확하게는 짐승의 포효였다.

그 사이 안개 덩어리들이 다시 한 덩어리로 뭉치고 있었다. 그리고 그 모습을 지켜보던 리카이엔의 눈에, 무언가가 들어왔다.

한곳으로 모여드는 뿌연 덩어리들의 앞쪽에 눈과 입이라고 생각되는 흔적들이 얼핏 남아 있었던 것이다. 동시에 뇌리를 스치는 그 무언가.

'그러고 보니!

방금 들었던 짐승의 울음소리가 주는 느낌이, 언젠가 딱 한 번 경험한 적이 있는 것 같았기 때문이다. 그리고 그 느낌은 리카이엔에게서 지울 수 없는 기억의 한 장면이었다.

'리카이엔!'

이전의 리카이엔이 자신에게 몸을 주고, 영혼의 상태가 되었을 때 건넸던 말. 즉, 영혼 상태의 무언가가 내는 그 소리가 갖는 느낌이었던 것이다.

'그럼 저 덩어리들이…….'

덩어리들의 형태는 말 그대로 '덩어리' 였다. 앞부분은 둥글고 뒷부분은 꼬리처럼 길쭉하면서 앞부분보다 더 희미한 모양새.

하지만 리카이엔은 저 덩어리들이 영혼이라는 생각을 지울 수가 없었다.

하지만 지금 문제는 영혼인가 아닌가 하는 것이 아니라, 어떻게 상대하는가 하는 문제.

그 사이 이미 한 덩어리로 뭉쳐진 '그것' 이 다시금 리카이엔을 향해 날아들고 있었다.

시선을 정면으로 돌려 보니, 도망치던 바이론인이 이쪽을 보며 허공을 향해 손짓을 하고 있었다. 그것을 보고도 어떤 상황인지 파악하지 못하는 것이 오히려 이상하다.

'이것도 주술이구나!'

"빌어먹을!"

버럭 일갈을 터뜨리며 다시 앞으로 나서는 리카이엔.

"어디 한 번 해 보자!"

콰앙!

다시 진각을 밟았다.

지금 리카이엔이 할 수 있는 일은 끊임없이 진각을 밟고, 문제의 덩어리들이 사라질 때까지 공격하는 것밖에 없었다.

챙, 챙그랑!

기사단의 힘은 압도적으로 우위에 있었다. 남아 있던 스무 명 남짓 한 바이론인은 순식간에 들고 있던 무기를 잃고 바닥에 주저앉고 말았다.

주변을 확인하던 안톤이 볼프를 향해 말했다.

"볼프, 다섯 명만 데리고 공자님을 도와. 나머지는 이놈들을 포박……."

사아악!

안톤의 말이 끝나기도 전, 싸늘한 소리가 울려 퍼졌다. 깜짝 놀라 소리가 난 쪽으로 시선을 돌려 보니, 바닥에 무릎 꿇려 있던 바이론인 하나가 품에서 단검을 뽑아 들고 있었다.

"저놈 잡……."

하지만 이번에도 안톤의 말은 이어지지 못했다. 단검을 뽑아 든 바이론인이 이쪽을 향해 싸늘하게 웃는 듯하더니 아무 거리낌도 없이 자신의 목을 갈라 버린 것이다.

상황은 뻔하다. 생포될 바에는 자살을 택하는 것이 비밀스러운 놈들의 고질적인 특징. 단번에 상황을 파악한 안톤이 다급하게 외쳤다.

"허튼수작하지 못하도록 막아!"

하지만 이미 일은 벌어지고 있었다.

푸우욱, 푹.

"끅!"

"크헉!"

찰나의 순간이었다. 안톤이 볼프에게 명령을 내리던 그 짧은 시간에 잡혀 있던 바이론인들이 모조리 자살해 버렸다.

"제, 제길!"

"크으윽!"

리카이엔의 입에서 신음이 터져 나왔다.

"제기랄!"

영혼 덩어리들은 그의 창으로는 도저히 벨 수가 없었다. 매번 창으로 잘라 내지만 잠시 흩어졌다가 금세 원래의 덩어리로 돌아올 뿐이었다.

—크헝, 크허엉!

쉴 새 없이 괴성을 내지르면 달려드는 영혼 덩어리들의 공격에 리카이엔은 온몸에 성한 곳이 한 군데도 남아 있지 않았다.

다시 한 번 바닥을 나뒹군 리카리엔이 힘겹게 몸을 일으키며 앞쪽을 노려보았다. 여전히 그 자리에 서서 손을 놀리고 있는 클리먼.

"너, 이 새끼 잡히면 죽는다!"

"후후, 과연 날 잡을 수 있을 것 같은가?"

놈이 자신만만한 목소리로 말을 내뱉는 순간, 리카이엔이 살짝 몸을 숙인 상태에서 앞으로 쏘아져 나갔다.

콰드드득!

땅이 움푹 파이는 순간, 리카이엔의 몸은 문제의 클리먼을 향해 쏘아져 나가고 있었다.

빠아아악!

"크윽!"

하지만 어느새 앞을 가로막은 영혼 덩어리에 막혀 또다시 바닥을 뒹굴 뿐이었다.

"후후, 이대로 날 보내 주는 것이 목숨을 부지하는 길일 텐데?"

바록이 여유 만만한 표정으로 말했다. 하지만 사실 속으로는 매우 놀라고 있었다.

'도대체 어떻게 내 영력을 확인하는 거지?'

영혼이라는 것은 자신들처럼 특별히 클리머스를 익히거나 하지 않는 한 눈으로 확인할 수 없는 성질의 것이다. 가끔 감이 좋거나 영감이 발달한 사람이 그 존재를 느끼는 경우가 종종 있기는 하지만 그것도 그리 흔한 경우는 아니었다.

그런데 지금 눈앞에 있는 리카이엔은 정확하게 자신의 영력의 움직임을 눈으로 보고 있었다. 아니, 단순히 보기만 하는 것이 아니다.

그의 공격에 짧은 시간이기는 하지만 영혼들이 갈라지기까지 했다. 보통의 물리력으로는 절대 있을 수 없는 일이었다.

그렇다고 그 역시 영혼과 관련된 클리머스를 익혔다고 보기는 무리가 있었다. 그랬다면 자신의 영력에 저렇게까지 고전할 리가 없기 때문이었다.

'일단 이 내용은 보고를 해 두는 게 좋겠군. 이제 슬슬 이 자리를 벗어나야겠어.'

리카이엔은 바닥에 널브러진 채 거친 숨을 몰아쉬고 있었다.

이제 영력을 거두고 이 자리를 빠져나가기만 하면 될 일, 하지만 바록의 바람은 이루어지지 않았다.

"크흐윽, 이 새끼 어디 토끼려고, 응?"

리카이엔이 억지로 몸을 일으키며 창을 들어 올리는 것이었다.

"제길!"

바록을 와락 인상을 구길 수밖에 없었다. 마음 같아서는 이 끈질긴 놈을 당장 죽여 버리고 싶었다. 하지만 따로 명령이 있었던 만큼 그럴 수는 없는 노릇.

그러던 바록의 얼굴에 싸늘한 미소가 어렸다.

'죽이지만 않으면 되는 일…….'

마음을 먹은 순간, 바록의 두 손이 힘차게 허공을 휘저었다.

"크으윽!"

창을 집어 들고 있던 리카이엔이 저도 모르게 이를 악물었다. 허공에서 거세게 날아드는 영혼덩어리들에 담긴 힘이 지금까지와는 격이 다르다는 것을 눈치챘기 때문이다.

"이런, 씨부럴!"

입으로 버럭 욕을 내뱉으며 있는 힘껏 진각을 밟았다.

'흡!'

그리고 그 순간 리카이엔의 표정이 기묘하게 변했다.

'또?'

예의 그 힘이었다. 테하스의 마법을 밀어내고, 지터라는 괴물을 죽였던 그 근원을 알 수 없는 힘이 또 한 번 솟구친 것이다.

그런데 이번에는 뭔가 달랐다.

'서, 설마 이건!'

몸속에서 솟구치는 기운이 자신을 향해 날아드는 영혼 덩어리들과 그 느낌이 너무나 흡사한 것이었다.

그 사이 몸속의 경맥을 타고 휘돈 그 힘이 리카이엔의 철창에 실리고 있었다. 그리고 철창은 날아드는 영혼 덩어리들을 향해 커다란 궤적을 그렸다.

부우우우웅!

묵직한 바람을 안은 채 공간마저 베어 버릴 듯한 힘찬 창격. 순간, 놀라운 일이 벌어졌다. 아무리 잘라도 다시 합쳐지던 영혼 덩어리들이 단번에 흩어지더니 그대로 사라져 버린 것이다.

"어, 어떻게!"

경악에 찬 외침은 바록의 입에서 터져 나왔다.

'어떻게 놈이 영력을!'

믿을 수 없는 일이었다. 그리고 이상한 일이었다. 저렇게 강력한 영력을 쓸 수 있다면 왜 진작 사용하지 않았단 말인가? 하지만 지금은 그런 고민을 할 때가 아니었다.

"제길!"

바록은 황급히 방향을 틀어 달리기 시작했다.

"거기 서!"

리카이엔이 버럭 소리를 지르며 놈의 뒤를 쫓았다. 아니, 쫓으려 했다.

"끄윽!"

너무 과한 힘을 쓴 탓인지, 혹은 너무 많은 공격을 몸으로 받은 탓인지는 모르지만 몸이 움직이지가 않았다. 그 사이 놈은 뒤도 돌아보지 않고 도망을 치고 있었다.

"고, 공자님!"

안톤의 목소리에 뒤를 돌아보니 기사단이 이쪽으로 달려오고 있었다.

가장 먼저 도착한 안톤이 리카이엔을 부축해 일으켰다.

"괜찮으십니까?"

"별로 괜찮은 것 같지는 않은데? 그나저나 나머지 놈들은 어떻게 됐지?"

"그, 그게……."

대답을 머뭇거리는 안톤의 모습에 리카이엔이 그럴 줄 알았다는 듯 인상을 찌푸리며 말했다.

"아무튼 그런 놈들 하는 짓이란 게 죄다 똑같아. 젠장!"

"죄송합니다."

"됐어. 난 여기 앉아서 좀 쉴 테니, 넌 병사들을 데리고 영지민들을 모아."

"혼자서 괜찮으시겠습니까?"

"놈도 도망갔고… 이제 뭐 별다른 위험은 없겠지."

"알겠습니다."

안톤과 기사들이 병사들과 함께 평원으로 나가는 모습을 확인한 리카이엔은 다시 바닥에 드러누웠다. 앉아 있기에도 힘에 부쳤던 것이다.

"후우, 이상한데? 지금까지는 이런 적이 없었는데……."

방금은 갑작스러워 생각을 못했는데, 차분하게 상황을 더듬어 보니 지금 몸을 움직이기 힘든 이유가 기억이 났다. 문제의 그 '힘' 을 사용하던 순간 전신의 기력이 그 '힘' 에 함께 쭉 딸려 나가는 느낌이 들었던 것이다.

"그나저나 이 힘은… 역시 리카이엔의 그 능력과 관련이 있는 건가?"

원하는 조건의 영혼을 불러낼 수 있는 능력. 장윤명 역시 그 힘에 의해 완전히 다른 이곳 세계까지 오지 않았는가.

"그래도 도대체 무엇 때문에 이런 힘이 몸 속에 남아 있는 거지?"

그동안 수십 번도 더 이전 리카이엔의 기억을 훑어보았다. 하지만 이런 힘과 관련된 기억은 없었다. 다시 말해 이전 리카이엔 역시 모르고 있었다는 뜻이다.

"확인을 해 봐야 되는데 그 방법도 모르니. 쯧."

§ § §

폴넨 강을 중심으로 그론즈 평원의 맞은편, 비교적 높은 지대의 어두운 바위 그림자에 100여 개의 그림자가 평원을 내려다보고 있었다.

그중 가장 선두에 선 사내가 묘하게 만족스러운 목소리로 중얼거렸다.

"이로써 '써클루스' 도 외부의 눈으로부터 완전히 자유로울 수는 없겠지."

그때 누군가가 그들을 향해 달려왔다. 그리고는 사내를 향해 한쪽 무릎을 꿇고 고개를 숙이며 말했다.

"문제가 생겨 조금 늦었습니다!"

"괜찮다. 지시했던 일들은 다 처리했겠지?"

"물론입니다. 써클루스 내에서는 라흐론은 물론 주인님도 죽은 것으로 알고 있을 것입니다."

"좋아. 일어나도록."

"감사합니다."

인사를 하며 천천히 몸을 일으키는 사내. 그는 방금까지만 해도 리카이엔을 궁지에 몰아넣었던 바록이다. 그리고 바록에게 명령을 내리는 사내는, 그론즈 평원에서 죽었다고 생각했던 베르무크였다.

베르무크와 바록은 이미 오래전부터 모종의 이유로 주종 관계에 있었기에 오늘 같은 일을 꾸밀 수 있었던 것이다.

몸을 일으키던 바록이 갑자기 무언가에 생각이 미쳤는지 조심스럽게 물었다.

"그런데… 리카이엔 프로커스가 영력을 사용한다는 사실을 알고 그를 이용하기로 하셨던 겁니까?"

순간 베르무크의 얼굴이 딱딱하게 굳었다.

"뭐라? 그가 영력을?"

"그렇습니다. 제가 사용하는 영혼들보다 훨씬 강력한 영력을 사용했습니다."

"리카이엔이 영력을?"

베르무크는 의구심 가득한 표정으로 강 건너편을 노려보았다. 그가 이번을 기회로 일을 꾸민 이유 중 하나가 사실은 리카이엔이었다. 리카이엔 정도 되는 인물이라면 작은 단서만 던져 주어도 '써클루스'에 대해 파헤치기 시작할 거라 생각했기 때문이다. 1만이라는 엄청난 수의 사람들에게 암시를 걸어 끌고 온 이유도, 리카이엔이 빠르게 반응을 하도록 만들기 위해서였다.

하지만 영력은 금시초문.

"흐음, 우리들 외에 영력을 사용하는 자가 있다니……."

놀라운 일인 한편으로는 흥미로운 일이기도 했다. 잠시 무언가를 생각하던 베르무크가 바록을 향해 말했다.

"프로커스 백작가에서 조만간 사람을 뽑을 것이다. 그 안에 우리 사람을 심어 놓도록."

"알겠습니다."

"그리고 의식 준비는 어떻게 진행되고 있지?"

"네, 절반 정도 진척을 보이고 있습니다."

"3년 만에 절반이라… 생각보다 빠르군. 좋아, 그대로 진행하도록. 다음 소집은 브렌 왕국의 수도 '에델슈트' 다."

"알겠습니다."

"그럼, 해산해라."

"예!"

대답과 함께 모여 있던 100여 명의 사람들이 순식간에 어디론가 사라졌다.

홀로 남은 베르무크가 팔짱을 낀 채 중얼거렸다.

"리카이엔, 놈이 내 인식의 클리머스를 꿰뚫어 본 것도 영력을 사용할 수 있기 때문인가?"

충분히 생각해 볼 수 있는 일이었다. 영력을 사용한다는 것은, 사람을 대할 때 영혼의 기운을 인식할 수도 있다는 뜻. 당시 베르무크는 쉽게 접근하기 위해 측근의 인물로 모습을 바꿨었는데, 영력을 쓰는 리카이엔이라면 진짜와 가짜의 차이를 충분히 알아 볼 수 있었을 테니까.

"흐음, 여러모로 신기한 놈이로군. 흐흐, 생각보다 훌륭한 사냥개를 얻은 셈이로군."

Chapter 4.

전가의 보도

"그, 그게 무슨 말이냐?"

여간해서는 놀라지 않는 테하스의 얼굴에 경악의 빛이 서렸다.

영지민들이 없어졌다며 병사들을 이끌고 나갔다가, 사라진 영지민들을 데리고 돌아온 리카이엔이 꺼낸 말은 그녀에게는 머리를 커다란 망치로 두들겨 맞은 듯한 충격을 주었다.

리카이엔이 아무 말 없이 자신을 바라보자, 테하스는 천천히 호흡을 가다듬으며 애써 차분한 표정으로 물었다.

"그러니까… 우리 바이론인들로 이루어진 조직이 있고, 그들이 이 영지 사람들을 끌고 갔다는 뜻이냐?"

그제야 리카이엔이 피식 웃으며 말했다.

"흐흐, 할망구 귀도 멀쩡하구만 뭘 다시 묻고 그러슈?"

"이놈아, 지금이 농담할 때냐?"

"아아, 좀 진정하고… 일단 이것 좀 확인한 다음에 마저 이야기합시다."

"확인?"

테하스의 시선이 자연스럽게 리카이엔 앞에 놓인 주머니로 향했다. 리카이엔이 방으로 들어오면서 가지고 와 테이블 위에 올려놓았던 물건이다.

리카이엔이 고개를 끄덕이며 말했다.

"한번 열어 보슈."

조심스럽게 주머니를 집어 든 테하스가 주둥이를 열어 안에 있는 물건을 꺼내 들었다.

"음, 이건?!"

테하스의 손에 들린 물건은 나무로 만든 괴이한 모습의 동물 조각상이었다. 바이론인들이 클리머스를 펼칠 때 쓰는 매개체인 토템이었다.

굳은 표정의 테하스가 황급히 주머니를 뒤집어 안에 있는 물건들을 테이블 위에 쏟았다. 쏟아져 나오는 것들도 죄다 클리머스에 쓰는 각양각색의 토템들.

"죽은 주술사 놈들한테서 가지고 온 거요."

"도대체 어쩌다가……."

테하스가 심각한 표정을 지으며 말끝을 흐렸다. 하지만 리카이엔은 당연한 일이라는 듯 말했다.

"바이론 왕국이 사라진 지 무려 100여 년이요. 그 정도 세

월이면 충분히 생길 수 있는 일이지."

"후우~ 보통 심각한 일이 아니구나."

"그래서 말인데, 한 가지 제안할 게 있는데 들어 보시겠소?"

"제안?"

테하스의 반문에 리카이엔이 피식 웃으며 고개를 끄덕였다.

"그래, 어디 한 번 해 봐라. 그 제안."

"할망구가 나를 대신해서 이놈들 좀 캐 보쇼. 자금이든, 사람이든 필요한 만큼 제공하겠소. 조엘을 시켜서 정보도 좀 구해 볼 생각인데 그것도 다 내놓을 테니. 당분간은 내가 영지 일로 몸을 빼기가 힘들 것 같아서 말이야."

이야기를 다 들은 테하스가 고개를 갸웃거리며 물었다.

"네가 그렇게까지 그 비밀 조직을 파헤칠 필요가 있는 것이냐?"

"음? 프리엘라한테 못 들었소?"

"듣다니, 뭘 말이냐?"

"아, 이 여자 진짜! 아무리 정신이 없어도 그렇지 그걸 까먹나?"

리카이엔이 와락 인상을 구기며 중얼거리자 테하스가 답답한 표정으로 물었다.

"그건 나중에 이야기하고 도대체 뭘 말하는 건지 말해 봐라."

"뭐, 얘기해 주는데 돈 드는 것도 아니고. 리온 자작과 영지전을 하던 중에 날 암살하려던 놈이 있었소."

"암살?"

"그런데 그 암살하려던 놈이 바이론의 그 주술사였단 말이오. 그것도 인식의 클리머스라는 금지된 술법을 쓰는!"

"뭐? 인식의 클리머스?!"

"그런데 당시 상황을 보아하니, 우리 영지에 전쟁이 일어난 계기도 왠지 그놈이 만든 것 같더라고. 그리고 이번에 영지민들을 끌고 갔던 놈들과 그 암살자는 한패일 거라고 생각하고 있거든."

"끙!"

테하스가 답답한 표정으로 신음을 흘렸다. 금지된 술법을 쓰는 바이론인이 전쟁의 계기에 관여했다니, 보통 심각한 일이 아니었다.

대륙 곳곳에 자리 잡고 있는 바이론인은 대략 8, 90만 정도였다. 테하스의 목표대로 바이론 왕국을 재건하기에는 무리가 있는 숫자였다. 하지만 시작이 미약하다 해도 일단 힘을 합쳐 나가면 언젠가는 제대로 기틀이 잡힌 나라를 세울 수 있을 거라 생각하고 있었다.

그런데 거기에 큰 걸림돌이 생긴 것이다. 아무런 이유도 없이 사람들을 끌고 가는 것도 모자라, 전쟁을 일으키고 암살을 일삼는 바이론인 무리가 있다니.

힘들게 바이론 왕국을 재건했는데 그 국민들 중에 저런 거대한 비밀 조직이 섞여 있다면?

테하스가 저도 모르게 어깨를 부르르 떨었다. 생각만 해도 끔찍한 일이었다. 그렇게 만들어진 나라라면 제대로 뭔가를 시작해 보기도 전에 망할 것이 분명했다.

그런 테하스의 모습을 보며 리카이엔이 말을 이었다.

"할망구한테도 심각한 일이겠지만, 내가 보기에도 그놈들은 뭔가 있어. 전쟁만 해도 왠지 우리 영지만 당한 게 아닌 것 같고 말이야. 그리고 결정적으로……."

리카이엔이 잠시 말끝을 흐리며 숨을 가다듬었다. 그리고는 갑자기 싸늘한 미소를 지으며 말했다.

"프로커스 백작가를 엿 먹인 놈들은 무슨 일이 있어도 내 손으로 박살을 내야 속이 좀 풀릴 것 같아서 말이야."

그 말을 들은 테하스가 혀를 차며 말했다.

"그놈의 버르장머리에 성질머리 하고는… 끌끌!"

"아무튼, 어쩔 거요? 싫으면 내가 따로 조사를 하는 방법도 있는데."

"됐다, 이놈아. 우리 바이론인들 중에 그런 집단이 있다는 건 네놈보다 나한테 더 심각한 문제다. 그런 걸 내가 남한테 맡겨둘 성싶으냐?"

"흐흐, 그럼 제안은 수락한 거요?"

"물론이지. 그런데……."

"응? 뭐 할 말이라도?"

“조엘이 순순히 정보를 주겠다고 하더냐?”

그 말에 리카이엔이 낮은 웃음을 터뜨리며 말했다.

“크큭, 그건 이제부터 제공하게 만들어야지.”

“예끼, 도둑놈보다 더 심한 도둑놈이로구나!”

“뭐, 그건 내가 알아서 처리할 일이니 신경 끄쇼. 일단 갑시다.”

“응? 어딜 말이냐?”

“얼굴부터 확인해 보슈. 우두머리인 것 같은 놈 시체를 가지고 왔는데 혹시 아는 얼굴일 수도 있잖소.”

“그래, 가 보자.”

§ § §

“자, 이제는 네가 말한 길드 장악하는 법이라는 걸 말할 때가 된 것 같은데?”

조엘이 평소보다 더 굳은 표정으로 말했다. 그의 가장 궁극적인 목적은, 대도 클레우스의 정식 후계자로서 아트룸 길드의 마스터가 되는 것. 그것 때문에 클레우스의 던전을 찾아 클레우스의 대거까지 찾았다.

그런데 정작 그 방법을 알려 주겠다던 리카이엔은 끊임없이 자신을 부려 먹을 뿐, 별다른 이야기를 하지 않는 것이다.

심각한 표정의 조엘을 보며 리카이엔이 은근한 표정으로 입을 열었다.

"말해 주는 건 어렵지 않아. 단, 네가 상당히 싫어할 것 같아서 말이야."

"니가 언제부터 내 취향까지 신경 써 줬다고."

"그럼 뭐 말해 주지. 사실 지극히, 아주 간단해."

조엘이 공부하는 학생이라도 된 것처럼 리카이엔의 말에 귀를 기울였다. 하지만 리카이엔의 입에서 나온 이야기는, 방금 그가 한 말처럼 간단하기 짝이 없었다.

"뺏어."

순간 조엘이 멍한 표정으로 리카이엔을 보았다. 그리고는 확인하듯 물었다.

"뭐라고?"

"뺏으라니까."

"장난치냐? 그게 좋은 방법이라고 나한테 말하는 거냐!"

쉬이 흥분하지 않는 조엘이 벌떡 일어나며 버럭버럭 소리를 질러 댔다. 하지만 리카이엔은 미소를 지우지 않은 채 당연하다는 듯 말했다.

"아트룸 길드의 상황도, 체계도 모르는 내가 자세한 방법을 알려 줄 수 있다고 생각하는 것 자체가 이상한 것 아니냐?"

"이, 이게 진짜……."

순간 조엘의 온몸에서 싸늘한 살기가 피어올랐다. 그리고 리카이엔은 그제야 다시 입을 열었다.

"대륙에서 가장 큰 나라인 제국, 그리고 수많은 중소 왕국들의 긴 역사. 그중에는 수없이 많은 반정(反正)과 반란(反亂)이 있었다."

그리고 조엘의 몸에서 뿜어져 나오는 살기가 한층 더 짙어졌다.

"지금 나하고 역사를 논할 때가 아닐 텐데?"

"닥치고 대답이나 해 봐. 반정과 반란의 차이가 뭐지?"

너무 당당한 리카이엔의 태도에 조엘이 저도 모르게 기세를 누그러뜨렸다. 그리고 자신을 빤히 보는 리카이엔을 향해 입을 열었다.

"반란은 역모고, 반정은 나쁜 왕을 몰아내는 거 아니냐?"

"틀렸다."

"응?"

"성공하면 반정이 되는 것이고, 실패하면 반란이 되는 거다."

어느새 리카이엔의 이야기에 말려든 조엘이 흥미를 보이며 자리에 앉았다.

"그래서 나보고 어떻게 하라고?"

"네가 아트룸 길드의 마스터가 되려면 한바탕 싸움을 필연적이다. 거기에서 이기는 싸움을 하면 되는 거지."

"자꾸 뜬구름 잡는 소리 할래?"

"자세한 건 네가 생각해라. 그런 거까지 내가 알려 줄까?"

"그래, 알려 줘라. 내가 너한테 해 준 일이 얼만데."

너무 당당하게 나오는 조엘의 모습에 리카이엔이 잠시 흠칫하더니 갑자기 웃음을 터뜨렸다.

"크흐흐흐, 네가 이렇게 애달파 할 때도 다 있구나."

"시끄럽고, 빨리 말해."

"뭐, 사실 더 해 줄 얘기도 없다. 일단, 넌 클레우스의 대거라는 아주 훌륭한 명분을 가지고 있다."

"그래서?"

"명분을 이용해서 사람을 모아. 그리고 때를 기다려."

"끝이냐?"

"응."

순간 조엘이 와락 인상을 구기며 주먹을 치켜들었다.

"지금 장난 칠 기분 아니다……."

"후우, 이 답답한 놈을 봤나? 내가 그 방법을 자세히 말해 주려면 아트룸 길드의 속사정을 전부 알아야 된다는 거 모르겠냐? 그런데 너 그거 나한테 말해 줄 수 있냐?"

"음! 그, 그건……."

그럴 수는 없었다. 도움을 받았고, 밉지 않은 친구로 생각하지만 그렇다고 길드의 속사정을 낱낱이 말해줄 수는 없는 노릇이었다.

"방금 말했지? 넌 명분이라는 전가의 보도를 들고 있다고. 그걸 한 번 잘 써 봐라."

하지만 조엘은 쉬이 고개를 끄덕이지 못했다. 아무리 생각해 봐도 뾰족한 수가 나오지 않는 것이다.

그런 조엘의 모습을 한참 동안 바라보고 있던 리카이엔이 묘한 미소를 지으며 물었다.

"자신이 없냐?"

"제길, 너같이 속이 시커멓지가 않아서 그런 흉계는 못 꾸미겠다."

"쯧쯧, 그런 놈이 정보 길드를 삼키겠다고……."

"칫!"

조엘이 팔짱을 끼더니 고개를 홱 돌려 버렸다. 그 모습을 본 리카이엔이 어쩔 수 없다는 얼굴로 말했다.

"후우~ 친구인 죄로 조금만 더 도와주마."

순간 조엘이 반색을 하며 다시 리카이엔 쪽으로 고개를 돌렸다.

"진짜냐?"

"내가 언제 거짓말 했냐?"

"하긴, 죽이려고 들기는 해도 거짓말을 안 했지. 그런데 어떻게 도와줄 거냐?"

"일단 가자."

"응, 어딜?

"따라와 보면 알아."

리카이엔이 조엘을 데리고 간 곳은, 기사단 막사에 임시로 만들어 놓았던 자신의 집무실이었다.

"여긴 왜?"

조엘이 고개를 갸웃거리며 집무실을 훑어보는 사이, 리카이엔은 자신의 책상 밑에서 작은 상자 하나를 꺼내 들었다.

"이거, 받아라."

"응? 뭐냐?"

"열어 보면 알지."

조엘이 상자를 열어 보니, 두꺼운 세 개의 솜뭉치가 보였다.

"음?!"

고개를 갸웃거리며 그중 하나를 집어 들던 조엘이 갑자기 고개를 갸웃거렸다. 솜뭉치의 무게가 꽤 묵직했던 것이다. 그리고 살짝 벌어진 틈으로 보이는 광채.

"야! 이, 이건……."

솜뭉치를 풀어헤치던 조엘이 두 눈을 크게 뜨고 리카이엔을 보았다.

"마저 확인해 봐라."

그 말에 다른 솜뭉치들도 황급히 풀어 본 조엘은 차마 말을 잇지 못하고 리카이엔만을 멍하니 바라보았다.

세 개 모두 휘황찬란한 광채를 간직한 커다란 다이아몬드. 하지만 조엘이 놀란 이유는 다른 데 있었다. 세 개의 다이아몬드는 그가 잘 알고 있는 물건이기 때문이었다.

푸른빛을 띠고 있는 다이아몬드는 바다의 눈물, 불타는 듯

붉게 빛나는 다이아몬드는 그로니스의 별, 그리고 짙은 남색을 띠면서도 반대편이 훤히 보일 정도로 뛰어난 투명도를 지닌 심연의 기억.

모두 역사상 최고의 평가를 받은 다이아몬드들이다. 그리고 대도 클레우스에 의해 더 이상 세상에 등장하지 못하는 물건들이기도 했다. 다시 말해 클레우스의 던전에서 얻은 물건이라는 뜻이다.

"이걸 왜……?"

조엘이 의구심 가득한 표정으로 물었다. 이 물건들은 엄청난 가치를 지닌 물건이기는 하지만, 그것이 아트룸 길들을 장악하는 것과 무슨 관련이 있단 말인가.

"일단 그걸 처분해라. 반드시 너희 길드를 이용해서."

"야, 야……. 이게 엄청난 가치를 지닌 물건인 건 분명하지만 엄연히 장물이다. 처분하는 게 쉬운 줄 아냐? 그리고 길드 얘기하다가 왜 뜬금없이 보석 얘기야?"

"너희 길드가 가진 정보망이라면 그걸 처분하는 게 어렵지는 않을 텐데?"

"물론 그건 그렇지. 그런데 웬 뜬금없는 장물 처리야?"

답답하다는 표정을 짓고 있는 조엘을 보며 리카이엔이 저도 모르게 한숨을 길게 내쉬었다.

"후우~ 이거 정말 답 안 나오는 놈이네. 이렇게 멍청한 놈이 아니었는데……."

"자꾸 말 돌릴래? 얼른 말해!"

"그 자식 거 차분한 척하더니 의외로 다혈질이네. 자, 들어봐라. 이 물건들은 대도 클레우스가 훔쳐 간 걸로 아주 유명한 것들이다. 그런 물건들을 니가 가지고 나타나서, 길드의 힘을 이용해 처분하면… 길드 안에서 널 어떻게 생각할 것 같으냐?"

"응? 그야 클레우스의 던전을 찾았나 보다 하겠지."

"거기서 끝이냐?"

그제야 조엘이 뭔가 생각난 듯 아차 하는 표정을 지으며 말했다.

"아아! 그러니까 내가 클레우스의 던전을 찾았다는 소문이 날 것이고, 그렇게 되면 자연스럽게 클레우스의 대거도 가지고 있을 거라는 얘기가 돌 거라는 거지?"

"그래, 그리고 그런 소문이 돌기 시작하면 네 주위로 모이는 놈들이 있을 거야. 길드 마스터가 될지도 모르는 사람이니까. 물론, 그걸 뺏으려고 덤비는 놈들도 있겠지만 그건 니가 알아서 잘 처리하고."

리카이엔의 이야기에 쏙 빠져든 조엘이 연방 고개를 주억거리며 말했다.

"어, 그런 다음에는?"

"어느 정도 시간이 지나면 길드 내에서는 클레우스의 대거를 가진 정식 후계자, 혹은 공석인 마스터 자리의 주인, 뭐 그런 식으로 소문이 돌기 시작하겠지. 그리고 그렇게 되면 권력을 잡고 있는 놈들은 당연히 널 죽이려고 들 거다. 니가 클레우스의 대거를 가지고 있는지 없는지는 몰라도, 일단 가능성이 있다면 죽여 버리는 게 처리하기가 편할 테니까."

"그렇겠지."

"그 시점에서 넌 뭘 가지고 있는 거냐?"

리카이엔의 물음에 조엘이 곰곰이 생각을 하더니 급히 대답했다.

"명분하고 사람."

"그럼 남은 건 뭐냐?"

"그야 적당한 시기겠지."

리카이엔이 크게 고개를 끄덕이며 말했다.

"그래 시기다. 그럼 그 시기는 언제가 좋을 것 같냐?"

"응? 그거야 충분할 정도로 사람이 모였을 때……."

하지만 리카이엔은 고개를 저었다.

"위에 있는 놈들이 널 죽이려고 할 때. 혹은 널 죽이려고 하는 증거를 잡았을 때."

"응? 그건 왜냐?"

"윗대가리들이 널 죽이려고 하는 순간, 지금까지 아무런 힘도 발휘하지 못하던 전통이 엄청난 힘을 갖게 되거든."

"뭐?"

"윗대가리들이 널 죽이려고 한다는 건, 다른 길드원들이 볼

때 이렇게 보일 거다. 상층부에서 전통을 무시하고 정식 후계자를 죽이려고 든다. 이는 길드의 근원을 송두리째 뒤흔드는 만행이다. 어때? 그럴싸하지 않냐?"

"호오, 그렇군."

"물론 모든 길드원들이 네 손을 들어 주지는 않을 거다. 보통의 경우를 따져 보면 아마 반반으로 나뉘겠지."

"절반? 그럼 소용이 없잖아."

"마저 들어 인마. 길드의 의견이 반반으로 갈리려고 할 때 니가 비장의 카드를 꺼내는 거다."

"비장의 카드?"

"클레우스의 대거. 니가 진짜 마스터의 자리에 앉을 자격을 가진 사람이라는 걸 증명해 보이는 거지. 그 순간 니가 가지고 있는 세력이 윗대가리들보다 더 우위에 서게 되는 거다. 그리고 그 다음은 알겠지?"

리카이엔의 말이 끝나자, 조엘은 방금 들은 이야기들은 연달아 몇 번이나 되뇌며 머릿속에 새겨 넣었다. 그리고는 리카이엔을 보며 진심이 가득한 표정으로 감탄을 터뜨렸다.

"와아~ 너 진짜 속이 시커멓기로는 당할 사람이 없겠다!"

"뭐?"

"그만큼 엄청난 계획이라는 말이다."

"도움이 좀 될 것 같냐?"

"후후, 물론이지. 고맙다."

한층 밝은 표정으로 인사를 하는 조엘을 향해, 리카이엔이 은근한 목소리로 말했다.

"그런데 말이야……."

"응?"

자리에서 일어서려던 조엘이 멈칫하며 다시 자리에 앉았다. 아직 뭔가 이야기가 남은 건가 싶었던 것이다. 그런데 리카이엔의 얼굴에 떠오른 미소가 상당히 묘했다. 그와 동시에 왠지 모를 불안감이 엄습해 왔다.

"길드로 돌아가거든 부탁할 게 하나 있는데 말이다."

역시 안 좋은 예감은 항상 잘 들어맞는 법.

"이 빌어먹을 놈, 도와줄 거면 끝까지 그냥 도와주지. 그거 가르쳐 주고 또 일 시켜 먹을 거냐?"

"그 다이아몬드 원래 내 거다."

조금의 주저함도 없이 당당하게 자신의 물건이라고 말하는 리카이엔의 모습에 조엘은 질린 표정을 지을 수밖에 없었다.

"알았다. 그래 그 부탁이라는 게 뭔데?"

"길드를 장악한 다음에 한 가지 알아봐 줬으면 하는 게 있다."

"뭘?"

"어떤 비밀 조직에 대한 건데……."

리카이엔은 그렇게 이야기를 꺼내, 영지민들을 끌고 가려던 바이론인 조직에 대한 설명을 간단하게 풀어놓았다.

"흐음, 알았어. 한 번 알아볼게."

"그리고 말이야……."

"아! 또 뭐?"

"그 다이아몬드들 처분하고 남은 돈, 절반은 내 거다."

"윽, 줬으면 그걸로 끝낼 것이지 그것까지 뺏어 가냐?"

"크큭, 친구 좋다는 게 뭐냐?"

"니가 언제부터 나하고 친구냐?"

"그리고 마지막으로 한 가지 더."

"허! 또 뭐?"

조엘이 이제 거의 포기한 듯한 표정으로 물었다.

"그 다이아몬드에 나 혹은 프로커스 백작령이 연관되어 있다는 사실은 절대 외부에 새어 나가지 않도록 할 것. 만일 우리 사이의 연관성이 밝혀지면 이곳 영지가 위험해질 수도 있다."

"훗, 그런 건 걱정하지 마라. 내가 이래 봬도 길드에서 힘 좀 쓰는 편이니까."

§ § §

"리크, 오늘은 시간이 생겼던 모양이구나!"

저녁 식사를 위해 정찬실로 들어서던 힐더가 반색을 하며 말했다. 영지 인수 업무와 더불어 영지민 실종 사건 등으로 얼굴을 보기가 힘들었던 리카이엔이 식탁에 자리를 잡고 앉아 있었기 때문이다.

"하하하, 그동안 너무 바빠 자주 찾아뵙지를 못했네요. 죄송해요, 어머니."

리카이엔이 서둘러 자리에서 일어나더니 힐더에게 다가가 손바닥을 위로 향한 채로 내밀었다. 힐더가 빙긋 웃으며 리카이엔의 손 위에 자신의 손을 얹으며 말했다.

"그래서 봐 달라는 뜻으로 직접 자리까지 안내를 하겠다는 거니?"

"설마요. 당연히 할 일이죠."

가벼운 걸음으로 자리에 도착하자 리카이엔이 얼른 힐더의 의자를 빼 주었다. 힐더가 기분 좋은 표정으로 빙긋 웃어 보인 후, 가볍게 허리를 숙이며 말했다.

"고마워요."

"별말씀을."

그때 또다시 정찬실의 문이 열리더니 이번에는 세이나가 안으로 들어왔다. 그리고는 힐더와 리카이엔의 모습을 보더니 잔뜩 샘이 난 표정으로 외쳤다.

"오빠! 나는, 나는!"

당장 와서 안내해 주지 않으면 바닥에 주저앉아 떼를 쓸 기세였다. 리카이엔이 얼른 세이나에게 다가가며 고개를 끄덕였다.

"아, 알았다. 이 녀석아."

마지못해 해 주는 척 세이나의 손을 잡아 주었지만, 속으로는 아주 큰 편안함을 느끼는 리카이엔이었다. 좀 더 정확하게 말하면 그가 유일하게 완전히 마음을 놓고 편안함을 즐길 수 있는 시간이 가족들과 함께하는 시간이었다.

"그런데 오빠가 어쩐 일이야? 저녁 정찬에 다 참석하고 말이야?"

"이 녀석, 내가 못 올 곳에 온 거냐?"

"응? 그건 아니고, 너무 오랜만이라 신기해서."

"자자, 자리에 앉으시지요, 레이디~"

"감사해요."

세이나가 자리에 앉고, 프로커스 백작까지 들어오자 하인, 하녀들이 음식을 가지고 들어오기 시작했다.

15억 아르겐이라는 거금은 차치하고서라도, 기존에 리온 자작이 수탈했던 엄청난 돈이 있음에도 불구하고 백작가의 정찬은 꽤 수수한 편이었다.

다양한 야채로 만든 샐러드와 신선한 계절 과일, 따뜻한 빵과 스프, 그리고 과하지 않은 크기의 스테이크.

딱 알맞은 정도의 식사였지만, 과도하게 음식들을 쌓아 놓고 맛을 탐닉하는 여느 귀족가의 정찬에 비하면 꽤나 소박한 수준이었다.

오랜만에 리카이엔이 함께 자리한 덕분인지 정찬 시간은 꽤 화기애애하게 흘러갔다.

이제는 성벽 돌기에 꽤 적응이 된 세이나가 엄살을 피운다거나, 그런 세이나에게 힐더가 과한 수련으로 근육이 붙으면 몸매가 망가질지도 모르니 적당히 하라고 말하는 정도의 가벼운 이야기들이 오갔다.

그리고 식사가 끝난 후에는 오랜만에 힐더의 수제 차로 티 타임이 있었다.

"부인."

따뜻한 차를 한 모금 삼킨 프로커스 백작의 부름에 힐더가 시선을 돌리며 대답했다.

"네, 여보."

"이제는 슬슬 때가 된 것 같은데… 부인은 어찌 생각하시오?"

"때가 됐다니요?"

"리카이엔에게 작위를 물려주고 나는 이만 쉬는 게 좋을 것 같다는 말이오."

그 말에 힐더가 반색을 하며 말했다.

"하긴 당신이 그동안 고생을 많이 하기는 했지요. 리크, 이젠 네가 아버지 짐을 좀 덜어 드려야 되지 않겠니?"

작위를 계승하는 것은 두 사람 사이에 이미 이야기를 끝낸 상황. 지금은 그 이야기를 자연스럽게 진행시키기 위한 자리인 셈이었다.

리카이엔이 짐짓 놀란 표정으로 말했다.

"아버지가 아직 저렇게 정정하신데 제가 작위를 계승하라니요. 말도 안 돼요."

그러자 세이나가 불쑥 끼어들며 말했다.

"말이 안 되긴 왜 안 돼? 사실 오빠의 능력을 생각하면 지금도 늦은 감이 있단 말이야."

그 말을 들은 프로커스 백작이 갑자기 서운한 표정을 지으며 말했다.

"세이나, 이 녀석. 지금 이 애비를 두고 그런 말을 하는 게냐?"

"어? 아, 아빠. 난 그런 뜻이 아니고……."

"됐다, 이 녀석아."

움찔 놀란 세이나가 황급히 일어나 프로커스 백작의 뒤로 돌아가더니, 그의 어깨를 주물러 주며 말했다.

"헤헤헤… 그런 거 아니에요~"

"허허, 알았다. 알았으니 얼른 자리에 앉아라."

"히힛, 네!"

세이나가 냉큼 자기 자리로 돌아가는 사이, 프로커스 백작이 편안하지만 진지한 표정으로 말했다.

"아무튼 리카이엔, 네가 작위를 잇기에는 지금이 적기다. 그러니 내일부터라도 당장 준비를 하는 것이 좋겠구나."

그 말에 힐더가 궁금한 표정으로 물었다.

"적기라니요? 또 무슨 일이 있었나요?"

"며칠 전에 리카이엔이 실종됐던 영지민들을 구해서 데리고 온 적이 있지 않소?"

"그랬지요."

"그 덕분에 옛 리온 자작령에 속해 있던 지역에서 리카이엔에 대한 칭송이 자자하거든."

"호호호, 작위에 앉기도 전에 민심부터 얻었네요?"

"그렇지. 그러니 일을 서둘러야 한다는 말이오."

사실 그 칭송은 프로커스 백작에 의해 만들어진 것이다.

리카이엔이 병사들을 이끌고 그론즈 평원으로 달려가는 사이, 백작은 영지 전체에 소문이 돌게 만들었다. 전쟁 통에 납치당해 노예로 끌려가는 영지민들을 리카이엔이 구출하러 갔다는 내용의 소문이었다.

그리고 리카이엔에게 구출되어 돌아온 영지민들에게는, 영지를 무단으로 떠났던 일에 대해 눈감아 주는 조건으로 그동안 있었던 일에 대해 함구하도록 명령을 내렸다. 물론, 그들은 모두 암시에 걸려 있었던 탓에 그간의 일들을 기억하지 못했지만 말이다.

어쨌든 그 일은 구 리온 자작령이었던 지역의 민심을 단번에 얻는 계기가 되었고, 백작은 그것을 통해 영지를 안정시킬 수 있었다.

그 과정을 모두 알고 있는 리카이엔은 저도 모르게 오싹한 기분을 느꼈다.

'아무튼 무서운 분이라니까.'

프로커스 백작이 영지민들을 아끼는 어진 군주라는 사실에는 변함이 없었지만, 정치적으로 그러한 일면 또한 가지고 있었던 것이다.

힐더가 기분 좋은 소식에 함박웃음을 지으며 말했다.

"그래야겠네요. 리크, 내일부터 당장 준비를 하는 것이 좋겠구나."

그 말에 프로커스 백작이 갑자기 짓궂은 표정으로 말했다.

"이런, 당신도 리카이엔 편이었던 게요? 날 하루라도 빨리 이 자리에서 밀어내고 싶은 게로구먼."

"어머, 그걸 어떻게 알았어요?"

"뭐요? 어허, 이거 왠지 제대로 실수한 기분인데. 리카이엔, 아무래도 방금 이야기는 다시 생각해 보는 게 좋겠구나."

"하하하, 정말 그래야 될지도 모르겠는데요?"

"너도 나중에 나이 먹고 나면 조심하는 게 좋을 거다."

가벼운 농담과 웃음, 리카이엔은 오랜만의 편안한 기분을 만끽하며 저녁의 티타임을 즐겼다.

귀족의 작위 승계는 해당 영지의 축제였다. 전대의 영주가 무탈하게 작위를 물려주고, 그 후계자는 탈 없이 장성하여 작위를 승계하는 것을 축하하기 위한 행사이기 때문이다. 물론 그것은 어디까지나 귀족 중심적 사고방식에서 나오는 생각이다.

하지만 그렇다고 해서 일반 영지민들의 입장에서는 축제가 아니라고 할 수는 없었다. 대부분의 귀족들은 그날 모든 영지에 술과 음식을 풀고 모든 영지민이 먹고 마시며 즐길 수 있도록 해 준다. 그 때문에 백성들 역시 마음껏 마시고 즐기며 기분 좋게 새로운 영주를 환영한다.

그런데 아주 가끔, 백성들도 진심으로 새로운 영주의 작위 계승을 축하하는 경우가 있다. 해당 영주가 진심으로 자신의 백성을 아끼고, 그들을 위한 다스림을 하는 어진 군주인 경우였다.

프로커스 백작가의 작위 승계가 바로 그 경우에 해당했다.

"요즘 아주 바쁘다고 하더구나."

테하스가 피곤에 지친 리카이엔의 얼굴을 살피며 놀리듯 말했다.

"내가 바쁜 건 그것 때문이 아니라는 걸 알잖수. 그러는 할망구도 꽤 바빴을 텐데?"

"아이구, 말도 마라. 안 그래도 눈이 침침한데……."

리카이엔도 그렇지만 테하스 역시 새 주름이 잔뜩 늘어난 듯 꽤 피곤한 얼굴을 하고 있었다. 그도 그럴 것이 리카이엔이 다시 데리고 온 1만 명의 영지민들에 대한 자료들을 모두 훑어보았기 때문이다.

물론 서기들을 데리고 그 자료들을 정리한 사람은 라울이지만, 1만 건에 달하는 자료라면 훑어보는 것만으로도 사람을 죽음 같은 피로로 내모는 건 충분한 일이었다.

길게 한숨을 내쉰 테하스가 화제를 돌렸다.

"온 영지가 모두 다 축제 분위기더구나."

"그거야 뭐 아버지 덕분인 거고."

리카이엔이 별일 아니라는 듯 말했지만, 테하스는 진심으로 탄복한 표정으로 말했다.

"그런 걸 보면 네 아버님이 정말 대단한 분이라는 생각이 드는구나. 불과 얼마 전까지만 해도 전쟁을 하던 상대 영지의 영주인데 이렇게 빨리 영지민들의 마음을 얻다니 말이야. 도대체 무슨 마법을 부리신 거냐?"

"마법? 흐음, 뭐 그렇게 말해도 틀린 말은 아니지만, 사실 특별히 뭔가 하신 건 없어. 세금 정해진 만큼만 받고, 열악한 시설들 보수도 하고, 치안 강화하고, 이자 없이 돈도 좀 빌려주시고……."

"흘흘, 정말 특별하게 한 일은 없구나."

"아! 딱 하나 있긴 하군. 창고 열어서 식량을 나눠주셨어. 그런데 그건, 리온 자작 그놈이 워낙 수탈이 심해서 그걸 돌려주신 것뿐이야."

"그런 걸 보면 정말 특별히 무언가를 하지 않고 기본적인 것만 해도 영지민들은 충분히 편안하게 살 수 있는데, 그조차도 못하는 자들이 너무 많으니… 쯧쯧. 하긴 가장 기본적인 것이 사실을 가장 지키기 어려운 것이기는 하지."

이미 100살이 훌쩍 넘은 테하스였다. 난민이 된 후부터 지금까지 셀 수도 없을 정도로 많은 영지들을 돌아다녔고, 그만큼의 영주들을 보았다. 그렇기에 기본에 충실한 다스림이 얼마나 어려운 것인지를 아주 잘 알고 있었다.

"내 아버지지만 참 존경할 만한 분인 것 같다니까."

리카이엔이 진심을 담아 말했다. 친구 '리카이엔'의 아버지라서가 아니라, 프로커스 백작은 진심으로 존경할 만한 훌륭한 영주의 표본 같은 사람이었다.

그 말을 들은 테하스가 갑자기 안타까운 표정을 지으며 말했다.

"그런 어진 영주 밑에서 지내다가 갑자기 너 같은 성질머리를 영주로 맞이해야 하다니. 문득 영지민들이 불쌍해지는구나."

테하스의 말에 리카이엔이 장난스럽게 웃으며 말했다.

"그러게 말이야. 내가 생각해도 나는 영주 같은 거 할 체질은 아닌데."

"호오, 그래도 제 주제를 좀 알긴 아는구나."

"아주 잘 알지. 그래도 어쩌겠어. 상황이 이러니 별수 없지 뭐. 그나저나, 사흘 후에 떠날 거라고?"

"네놈 덕분에 기본적인 정보들은 얻었으니 그걸 바탕으로 놈들을 캐 봐야 되지 않겠느냐? 족장들을 만나서 앞으로의 일들도 상의를 해 봐야 되고 말이야."

나라를 잃고 대륙 곳곳에 흩어져 난민 생활을 하고 있음에도 불구하고, 바이론인들은 씨족이라는 자신들만의 유대를 아직까지 이어 오고 있었다. 그리고 그 씨족이라는 작은 사회에서 그들의 족장이 가지는 힘은 여전히 유효했다.

테하스는 그들을 만나 자신의 계획에 대해 동조를 구하고, 바이론 왕국을 재건하는 일을 함께 상의해 볼 생각이었다. 물론 그 비밀스러운 집단에 대한 조사도 병행할 예정이었다. 눈에 잘 띄는 바이론인의 특성상, 같은 바이론인들에게서 더 많은 정보를 알 수 있을 거라는 생각이었다.

"흐음… 그 말은 성의 창고에 넣어 놓은 보물들을 두고 가겠다는 말이요?"

"잠시 맡겨 두마. 내가 없는 동안 현금으로 만들어 놓으면 더 바랄 것이 없고 말이다."

"허, 원래 나이를 먹으면 염치가 없어지는가 보네? 저 많은 장물을 현금으로 만들라니."

"클클, 그 나이 먹은 늙은이가 저 많은 장물들을 여기까지 옮겨와 줬으면 그 정도는 당연한 거 아니냐?"

클레우스 던전에서 얻은 보물들이 장물이기는 하지만 이미 백여 년 전의 일이니 크게 의미를 둘 필요는 없었다. 하지만 장물이라는 것은 차치하고라도 저 정도로 많은 현물을 현금으로 바꾼다는 것은 보통 쉬운 일이 아니다.

리카이엔이 입맛을 다시며 말했다.

"하긴, 할망구랑 나랑 따로 저걸 처분하다가는 괜한 문제가 생길지도 모르겠네. 알겠소. 한 번 해 봅시다."

"흘흘흘, 가끔은 마음에 드는 말도 하는구나. 평소에도 늘 그러면 좀 좋으냐?"

"내가 괜히 버르장머리인 줄 아슈?"

"아무튼 쯧, 그런데 작위 계승식이 열흘 후라고 했지?"

리카이엔이 고개를 끄덕이며 말했다.

"이제 정확히 열흘 남았네."

"그것까지 보고 갈 수는 없고… 옛다, 이거나 받아라."

테하스가 불쑥 내민 손바닥 위에는 작은 나무 조각상이 놓여 있었다. 리카이엔이 고개를 갸웃거리며 물었다.

"이건 토템 아니요?"

"축하 선물이다."

"흐음……."

리카이엔이 문제의 나무 조각상을 받아 들며 물었다. 희미하게 마나의 기운이 느껴지는 것이 토템이 분명해 보였다.

"그런데 어디에 쓰는 토템이요?"

"부적이라고 생각해라."

"부적?"

"그래, 몸에 지니고 있으면 화를 면할 수 있는 부적."

그 말에 리카이엔이 평소와는 다르게 부드러운 미소를 지으며 고개를 끄덕였다. 문득, 전생에 전장으로 나가던 자신에게 용한 도사에게 받아 온 거라며 부적을 건넸던 어머니가 생각났기 때문이었다.

그 모습을 본 테하스가 움찔 놀라며 괜히 불안한 표정으로 말했다.

"네놈이 그런 표정 지을 때도 있었냐? 어이구, 늙은이 간 떨어지겠다, 이놈아."

"크큭, 뭐 아무튼 고맙소."

리카이엔이 피식 웃으며 테하스가 준 부적을 품 안에 갈무리했다. 그리고 자리에서 일어나 방을 나서며 말했다.

"그럼 사흘 후에 봅시다."

"어울리지 않게 배웅이라도 하려는 거냐? 됐다, 이 녀석아. 아침에 조용히 나갈 테니 네 할 일이나 잘해라."

"하긴, 우리 사이에 배웅은 너무 낯간지럽겠군. 그럼 나중에 연락하슈."

Chapter 5.

백작 리카이엔 프로커스

"백작님. 어디로 가시는 건가요?"

라울이 벌벌 떨리는 목소리로 물었다. 하지만 앞서 걷고 있는 리카이엔은 아무런 대답도 해 주지 않은 채 묵묵히 걸을 뿐이다.

라울은 엄습해 오는 불안감에 오금이 저릴 지경이었지만 그렇다고 따라가지 않을 수는 없는 노릇. 잔뜩 울상을 지은 채 떨어지지 않는 걸음을 옮겼다.

'뭐지? 왜 저러시지?'

바로 조금 전의 일이었다. 눈을 뜨자마자 호출을 받고 뛰어갔더니, 리카이엔이 자신의 집무실 앞에서 기다리고 있었다. 그것도 평소와는 다르게 아주 딱딱한 표정으로.

그리고 따라오라고 하더니 내성에서도 지나다니는 사람이 없는 곳만 골라서 걷는 것이다.

불과 얼마 전에 리카이엔 앞에서 대성통곡을 한 적이 있는 라울이었다. 라울은 그때부터 리카이엔에 대해 은연중 두려움을 가지고 있었다. 그런데 오늘 저렇게 인상을 굳히고 인적이 드문 곳으로 데리고 가니 그 무서움이 극한으로 치닫는 것이었다.

'아~ 정말 왜 갑자기 사람이 돌변해 가지고는…….'

라울은 이해할 수가 없었다. 그가 본 리카이엔은 자신의 일을 열심히 하기는 했지만, 보기에는 항상 여유가 있었다. 그리고 그런 모습 덕분에 밑에서 일을 하는 사람들도 빡빡하지 않게 일을 할 수가 있었다.

그런데 왜 갑자기 이런단 말인가? 그것도 백작이 된 지 하루만에.

'아! 하루만이 아니구나. 어제도…….'

라울은 도리질을 치며 어제의 일, 작위 승계식이 끝나자마자 있었던 일을 떠올렸다.

보통 작위 승계식의 공식적인 최종 일정은, 지붕 없는 마차를 타고 영지 안을 크게 한 바퀴 돌면서 영지민들에게 인사를 하는 퍼레이드다.

하지만 승계식의 하이라이트는 그 퍼레이드가 끝난 다음이었다. 영주의 내성 안에서는 승계식에 참석한 귀빈들을 모시는 연회가 열리고, 밖에서는 영주가 하사한 엄청난 물량의 음식과 술들로 영지민들의 축제가 벌어진다.

그리고 새롭게 작위에 오른 영주는, 연회에 참석한 주백작과 귀족들을 만나 인사를 한다. 참석하는 귀족들은 대부분 같은 주(州)에 있는 귀족들이기 때문에 영지의 외교를 위해서는 이때를 기회로 강한 인상을 심어 주는 동시에 인맥을 만들어 놓는 것이다. 신임 영주가 결혼을 하지 않았을 경우에는 혼담이 오가는 경우도 종종 있었다.

특히, 하루가 멀다 하고 연회와 살롱이 열리는 수도와 달리, 지방의 영지에서는 귀족들이 한곳에 모이는 일이 그리 자주 있는 일은 아니기 때문에 그런 자리를 잘 활용해야 했다.

프로커스 백작이 사치를 즐기는 사람은 아니었지만, 이날만큼은 같은 로베이노스 주에 있는 모든 영주들과 재야의 귀족들을 초대했다.

깊은 병에 시달리다 결국 세상을 뜰지도 모른다고 생각했던 아들이 건강을 되찾고 늠름하게 작위를 물려받는 자리는 그에게도 큰 의미가 있었던 것이다.

하지만 리카이엔이 연회장에 머문 시간은 불과 10여 분. 참석한 이들에게 의례적인 인사만을 한 후 그대로 연회장을 빠져나가 버렸다.

그리고 기사단 막사에 임시로 만든 집무실로 안톤과 율리아, 볼프, 페르온, 그리고 라울을 불러 모았다.

"가능하면 쉬게 해주고 싶지만 아무래도 힘들 것 같다."

리카이엔의 첫마디에 가장 먼저 반응한 사람은 볼프였다.

"네? 그게 무슨 말씀이신지……."

조금 전 진한 거품이 먹음직스럽게 부글거리는 커다란 맥주잔을 들고 있다가 불려온 탓인지, 볼프의 얼굴에는 아쉬움과 함께 당혹스러움이 떠올라 있었다.

"이제부터 조금 진지한 이야기를 해야 할 것 같다는 말이다."

가만히 듣고 있던 안톤이 조용히 물었다.

"진지한 이야기라 하심은?"

"앞으로의 영지 운영에 대해 이야기를 해 보자는 말이다."

"헉! 지, 지금요?"

볼프가 버럭 소리라도 지를 기세로 외쳤지만 리카이엔은 시선도 주지 않은 채 자신의 이야기를 이어 갔다.

"전쟁이다."

순간 집무실 안이 찬물을 끼얹은 듯 조용하게 가라앉았다. 영지전이 끝난 지 얼마 되지도 않았는데 느닷없이 전쟁이라니? 이해할 수가 없는 말이었다.

말을 끊고 사람들의 반응을 확인한 리카이엔이 다시 입을 열었다.

"이건 좀 더 큰 이야기다. 뭐랄까? 대륙 전체에 걸친 이야기랄까?"

"대륙 전체라고요?"

가장 먼저 충격에서 벗어난 사람은 안톤이었다. 안톤의 물음에 리카이엔이 고개를 끄덕이며 설명을 이어 갔다.

"몰론 내 말이 이상하게 들릴 거라는 건 안다. 지금 대륙의 정세는 평화 그 자체니까."

다들 동시에 고개를 끄덕였다. 일부 영지들 사이에서 일어나는 분쟁 외에 지금의 대륙은 평화롭기 짝이 없었다. 그런데 대륙 전체에 걸친 전쟁에 관한 이야기라니 이상하게 느껴질 수밖에 없는 것이다.

"그런데 그 평화로운 분위기가 뭔가 이상하다고 생각해 본 적은 없냐?"

"이상하다는 말씀은?"

"딱히 뭐라고 표현하기가 애매한데… 굳이 말을 하자면 가식적이라고 할까?"

"가식적이라고요?"

"당장 이 나라, 브렌 왕국만 해도 그래. 브렌 왕국과 남쪽의 루오 왕국은 아크로니아 산악 지대를 두고 크고 작은 분쟁이 끊어진 적이 없었다. 그런데 그 분쟁이 사라진 지 벌써 5년이야. 그렇다고 서로 사이가 좋아졌다거나 협약을 맺지도 않았다. 이게 뭘 뜻할 것 같으냐?"

아크로니아 산악 지대는 브렌 왕국과 루오 왕국 사이에 자리한 거대한 고산 지대로, 거대한 철광석 광맥이 잠들어 있는 것으로 유명하다. 제대로 채굴이 진행되지 않아서 그렇지 매장량만으로는 대륙 전체에서 따져도 한 손으로 꼽을 수 있을 거라고 알려져 있다.

그러니 그 산맥을 끼고 있는 두 왕국으로서는 욕심을 내는 것이 당연한 일. 땅을 두고 생기는 갈등은 거의 대부분 전쟁이라는 형태로 발전될 수밖에 없고, 그렇게 두 왕국은 끊임없이 분쟁을 일으켜 왔다.

그 수많은 분쟁들 중에서도 국가 경제가 심각한 타격이 생길 정도로 큰 전쟁이 무려 여덟 번이나 있었는데, 그것이 8차에 걸친 '광맥 전쟁' 이다.

그렇게 격심한 분쟁 지역이던 아크로니아 산악 지대에 어느 날부터 분쟁이 사라졌다. 막상 큰 전투로 이어지지 않아서 그렇지 끊임없이 서로가 서로를 도발하면서 시끄럽던 지역이 어느 시기를 기점으로 조용해진 것이다.

리카이엔의 이야기를 잠시 곱씹어 보던 라울이 조심스럽게 입을 열었다.

"분쟁이 멈추기는 했지만 언제든 분쟁이 발생할 수 있다고 알고 있습니다. 실제로 국왕 폐하께서는 원수부 수장인 기병장관의 권한을 끊임없이 확대시키고 있으며, 조금씩이지만 군세도 늘려 가고 있다는 이야기를 정치학 시간에 들었습니다."

그 다음에는 안톤이 입을 열었다.

"작년이었나? 남쪽의 루오 왕국에 갔을 때 저도 비슷한 이야기를 들었던 것 같습니다. 루오 왕국의 국왕이 영지들 사이의 분쟁을 철저히 금지시키는 동시에 원수부의 예산을 확대시켜 나가고 있다는 이야기였습니다."

영지전을 금지시켰다는 말은 내부에서의 군사적 소모를 없애겠다는 뜻. 거꾸로 생각하면 그 역시 군세를 확대시키는 것과 마찬가지였다.

두 사람의 이야기를 들은 후 리카이엔이 다시 이야기를 이어 갔다.

"그렇지. 두 나라 모두 아크로니아 산악 지대를 포기한 것이 아니라 제대로 자기 것으로 만들기 위해 전쟁을 준비하고 있다는 얘기다. 그런데 그런 현상이 단순히 브렌 왕국과 루오 왕국 사이에만 존재하는 것이 아니다. 라울, 아크로니아 분쟁 외에 비슷한 이야기를 들은 게 있나?"

라울이 고개를 끄덕이며 말했다.

"대륙 남부의 모렐리아 공화국도 남쪽 사막의 확산으로 인해 서쪽의 켈벤 왕국의 영토를 넘보고 있었는데 그것 역시 지금은 잠잠하다고 들었습니다. 그 외에 또……."

라울이 뭔가 이야기를 하려는데 율리아가 뭔가 생각났다는 듯 갑자기 손뼉을 치며 끼어들었다.

"그러고 보니 델로스 왕국도 그래요. 스타넨 왕국에 해 대던 도발이 어느 순간 멈췄다고 하더라고요."

그에 대한 부연 설명은 안톤의 입에서 나왔다.

"델로스 왕국은 내륙 국가인데다가 서쪽에 제국이 있기 때문에 해양 무역을 위해 스타넨 왕국을 침공했었던 걸로 알고 있습니다."

세 사람의 이야기가 끝난 후 리카이엔이 다시 말을 받았다.

"그뿐만이 아니야. 그로니스 제국 역시 바다가 없는 내륙의 국가. 그들은 국내에서 서부 대륙과의 무역을 갈구하고 있었고, 대양 항구를 확보하기 위해 체슬로니아 왕국과 켈벤 왕국을 노렸었는데 그것도 멈췄다. 그리고 페르그란데 산맥 북쪽에 있는 블리젠 부족 연합은 가을만 되면 식량 약탈을 위해 산맥을 넘어 남하했는데 몇 년째 그런 약탈 행위가 잠잠한 상태다. 다시 말해 대륙 전체에서 전쟁이라는 행위 자체가 사라졌다. 지금의 평화는 그렇게 만들어진 평화지. 하지만 언제든 전쟁이 일어날 수 있는 가능성을 안고 있는 평화라는 말이다."

리카이엔의 긴 설명이 끝나자 모두들 조심스럽게 고개를 끄덕였다. 확실히 듣고 보니 그랬다. 분쟁이 일어났던 나라들의 관계가 좋아지면서 찾아온 평화가 아니라, 단순히 전쟁이 멈추면서 조용해진 것뿐이다.

리카이엔이 사람들의 반응을 살핀 후 라울을 향해 물었다.

"라울, 아카데미에서 거기에 대한 이야기는 못 들어 봤냐?"

"들은 기억이 납니다. 시작은 페르그란데 산맥 너머에 있는 블리젠 부족 연합에서부터였습니다. 어느 날 블리젠 부족 연합에서 산맥을 넘어오는 일이 멈췄다고 합니다. 제국측에서는 처음에는 조용히 넘어갔다는 정도로만 생각을 했는데, 그게 2년, 3년이 되자 불안감을 느끼기 시작했다고 하더군요. 그리고 조사를 해 본 결과, 블리젠 부족 연합에서 단순히 연합이 아닌 국가의 성립을 논의하고 있다는 걸 알아냈다고 합니다.

그들이 완전히 하나의 국가로 통일이 될 경우 지금까지보다 더욱 막강한 군사력을 가지게 될 거라고 판단한 제국은, 그에 대한 대비를 하기 위해 한창 열을 올리던 체슬로니아 왕국과 켈벤 왕국에 대한 도발을 중지하고 군세 확장에 열을 올리기 시작했습니다."

"그렇지. 그리고 제국이 안으로 힘을 키우기 시작하자 불안감을 느낀 다른 왕국들도, 다른 나라에 대한 도발을 중지하고 혹시 모를 때를 대비해 군세를 늘려 갔다. 그렇다는 말은 언젠가 한곳에서 분쟁이 시작되면, 다른 곳에서도 원래 있던 분쟁을 다시 이어갈 거라는 뜻이다."

리카이엔의 이야기를 곱씹어 보던 안톤이 궁금한 듯 물었다.

"대륙 전체를 놓고 보면 곳곳에서 분쟁이 터지는 거지만, 해당 국가만 놓고 본다면 원래의 분쟁이 다시 시작되는 것뿐이지 않습니까?"

"그렇지. 하지만 문제는 과도하게 늘어난 군세다. 제국이 될 수도 있고 브렌 왕국 혹은, 델로스나 모렐리아, 켈벤이 될 수도 있지만 그들이 잠깐이라도 또 다른 곳으로 눈을 돌리는 순간, 각각의 지역에서 자기들끼리만 하던 전쟁이 서로 물고 물리는 난장판으로 변할 수 있다는 거다. 아마, 이런 예상을 하고 있는 사람이 나만은 아닐 것이고, 어떤 곳에서는 그에 대한 대비를 이미 하고 있을 것이다. 그리고 나 역시 그럴 생각이고 말이야."

안톤이 조심스럽게 물었다.

"그 말씀은 프로커스 백작령도 지금부터 강병 노선을 걷겠다는 말인가요?"

"그래야지. 딱히 전쟁을 즐길 생각은 없지만, 내 영지가 거기에 휘말리는 꼴은 못 봐 준다."

"하지만 아무리 그래도 영지 단위로는 어려움이 있습니다. 가장 큰 걸림돌은 전쟁 중이 아닌 한 상비군의 수는 영지 인구의 1%를 넘어서는 안 된다는 제약이 있다는 겁니다."

"일단은 정해진 병력들을 강군으로 키우면서 방법을 모색해 봐야지. 세상에는 편법이라는 것도 많으니까."

"예를 들면 어떤 방법을 말씀하시는 건지……."

"같은 말 반복하게 하지 마라. 그건 내가 생각해 낼 게 아니라, 니가 생각해 내야 되는 거다."

순간 안톤이 얼굴을 흠칫 굳혔다. 그리고 이내 난감한 표정을 지으며 옆에 있는 율리아와 볼프, 페르온을 보았다. 하지만 세 사람은 동시에 고개를 돌려 그 시선을 외면했다.

'치사한 놈들…….'

그때 라울이 조심스럽게 말했다.

"그런데 그러기에는 조금 문제가 있습니다."

"무슨 문제?"

"돈입니다. 군대를 키우기 위해서는 거금이 드는 것은 어쩔 수 없는 일입니다. 리온 자작이 영지민들을 수탈해 축재해 두었던 돈이 고스란히 백작가로 넘어와 지금은 여유가 있습니다만, 전대 백작님께서 정하신 세율 40%를 유지한다면 아무래도 힘이 듭니다."

"흠, 돈 문제라면 걱정하지 않아도 된다."

"네?"

"차차 알게 될 테니 일단 돈 문제는 생각하지 말고… 안톤, 당장 해야 할 일부터 이야기를 하도록 하자."

"예, 백작님."

"우선, 기존 프로커스 백작군을 제외한 리온 자작군은 완전히 해산한다. 그리고 다시 모병을 하도록 해라."

원래는 서로 적이었던 두 군대를 하나의 군대로 만드는 것은 여러모로 어려움이 많았다. 그렇다면 한쪽을 해산한 후에 다시 모병을 하는 쪽이 맞고, 상대적으로 훈련 상태가 아주 뛰어난 프로커스 백작군을 유지하고 리온 자작군을 해산하는 것이 옳은 결정이었다.

"알겠습니다. 그러고 보면 기존 프로커스 백작군 식의 훈련은 계속 유지하는 것이 좋겠군요."

기존의 훈련이라는 건 하루종일 산을 오르락내리락하던 체력 훈련이었다. 그렇게 만들어진 강력한 근력과 지구력이 전투에서 얼마나 큰 효과를 발휘하는지는 이미 입증된 상태였다. 리카이엔이 고개를 끄덕이며 말했다.

"당연히 그래야지. 동시에 기존의 기사 선발 역시 같은 방식으로 진행하고, 그것을 프로커스 백작군의 전통으로 만들어라."

기존의 방식이란, 기사 훈련을 견딜 수 있을 정도로 체력이 만들어진 병사들을 기사로 승격시키는 것이다. 안톤이 고개를 끄덕이며 말했다.

"동기를 부여하는 동시에 의욕을 고취시킬 만한 방법이 될 겁니다."

"더불어 더 이상 너나 율리아 같은 특채는 없을 거다. 병사에서 시작하지 않으면 절대 기사가 될 수 없다는 것 또한 전통으로 만들어야 된다."

이미 생각해 두었다는 듯 막힘없이 명령을 내리는 모습으로 보아, 영지군의 기본적인 발전 방향에 대해서는 이미 생각을 하고 있었던 모양이다.

확실히 괜찮은 방법이기는 했다. 현재 프로커스 백작군의 훈련 상태는 그 어떤 군대보다 훌륭했다. 훈련만 잘 받아도 기사가 될 가능성이 열려 있다는 것을 잘 알고 있기에 그만큼 충실하게 훈련에 임하기 때문이다.

거기에 더해 영지군의 병사로 시작해야만 기사가 될 수 있다는 말은, 모든 이들에게 기회가 열려 있다는 뜻. 이런 것이 전통으로 만들어진다면, 프로커스 백작군은 그 어떤 군대보다 강군이 될 것이다. 실제로 기존의 프로커스 백작군만 보면 잘 알 수 있는 부분이다.

안톤이 멋쩍은 표정으로 웃으며 대답했다.

“하하, 우리가 운이 좋았군요. 알겠습니다. 일단 기본적인 뼈대를 그렇게 잡아 놓고, 그 외에 군을 육성할 수 있는 방법에 대해 고민해 보겠습니다.”

안톤과 군대에 대한 기본적인 이야기를 마친 리카이엔은 라울을 향해 입을 열었다.

“라울, 영지의 행정 업무를 부서별로 나눠서, 효율적으로 업무가 진행될 수 있도록 체계를 잡아라. 혹여 내가 영지를 비워도 영지의 운영에 아무런 문제가 없도록.”

“네? 그 말씀은…….”

일반적으로 영지 규모의 통치에는 크게 부서를 나누어 업무를 보지 않는다.

문무의 두 줄기로 갈라 기사단장이 군대를 관리하고, 문관인 행정관이 세금의 출납에서 각종 외교 업무까지 전담하는 형식이었다.

물론 행정관 아래에 여러 명의 서기를 두고 각각의 업무를 전담시키기는 하지만, 어쨌든 최종 업무 관리는 행정관 한 명이 보는 형식이다. 일반적인 백작령 규모에서는 그 정도만 해도 영지 운영에 무리가 없기 때문이다. 오히려 업무 체계가 간단해지기 때문에 효율적인 면도 있다.

그런데 리카이엔은 그것을 나누어 관리하라고 하는 것이다. 라울이 확인하듯 물었다.

“쉽게 말해서 왕실의 재상부, 왕실부, 궁내부, 출납원, 원수

부처럼 조직 개편을 하라는 말인가요?"

"아니, 왕실부나 궁내부는 집사가 있으니 그쪽에 전담시키는 동시에 역할과 권한을 대폭 축소해. 대신 재상부, 출납원의 업무를 좀 더 세분화해. 원수부 역시 안톤, 율리아, 볼프, 페르온 네 사람과 상의해서 업무를 좀 더 분할시켜."

"으음… 알겠습니다."

라울이 신음을 흘리며 고개를 끄덕였다. 절대 쉬운 일이 아니라는 것을 알기 때문이다.

"언제까지 끝낼 수 있지?"

"음, 그것이……."

라울은 말끝을 흐리며 쉬이 대답을 하지 못했다. 얼핏 생각하면 왕실 5대 부서 속에 있는 세분화된 업무 현황을 참고로 개편을 하면 될 것 같기는 했다. 하지만 그 조직들이 모두 동등한 입장에서 서로 유기적으로 움직이게 하는 것은 쉬운 일이 아니었다.

망설이는 라울을 보다 못한 리카이엔이 딱 잘라 말했다.

"이틀, 이틀 안에 대략적인 밑그림을 만들어 와라."

"이틀이요?"

"그래."

조금도 재고의 여지가 없다는 듯 크게 고개를 끄덕이는 리카이엔의 모습에 라울은 울상을 지으면서도 대답할 수밖에 없었다.

"알겠습니다."

길고 딱딱한 이야기가 일단락된 듯하자 모두들 동시에 긴 한숨을 내쉬었다. 리카이엔 역시 크게 숨을 뱉으며 모여 있는 다섯 사람을 둘러보았다.

"자, 그럼 이야기는 끝났으니 다들 가서 하던 걸 해라."

순간 볼프가 벌떡 일어나 큰소리로 말했다.

"백작님! 이렇게 부담스러운 얘기를 들었는데 제대로 술이 넘어가겠어요?"

그러자 율리아가 짓궂은 미소를 지으며 말했다.

"어이구, 말은 잘도 하네. 그래 놓고 오늘 밤새도록 마실 거잖아."

"야! 내가 언제!"

"헹! 안 봐도 뻔하다. 페르온, 니가 볼 때도 그렇지 않냐?"

그러자 페르온이 슬쩍 볼프의 눈치를 보는 듯하더니 급히 고개를 끄덕였다.

"페르온, 니가 이렇게 나오다니!"

큰 배신이라도 당한 듯 말하는 볼프를 향해 율리아가 여전히 깐족거리며 말했다.

"흥흥, 원래 진실이라는 건 그런 법이야~"

그런 모습을 확인한 리카이엔이 자리에서 일어났다.

"여기 있을 거면 있다가 가도록. 그리고 내일부터는 안톤이 이 집무실을 사용하도록 해라."

안톤이 급히 일어서며 말했다.

"제가 모시겠습니다."

"됐어. 내가 길도 못 찾는 어린애냐?"

"그래도……."

"그냥 쉬어."

안톤이 또 뭐라고 말을 하려는 사이 얼른 집무실 밖으로 나온 리카이엔은 그제야 길게 한숨을 내쉬었다.

"후우~ 좀 빡빡하기는 하지만 일단을 이렇게 해 놓는 게 좋겠지?"

지금 이야기는 내일 해도 되는 것이었다. 그럼에도 불구하고 굳이 오늘 사람들을 불러 딱딱한 이야기를 꺼낸 이유는, 마음이 해이해지지 않도록 다잡기 위해서였다.

지금의 백작령이라면 불과 몇 달 전에 비해 엄청나게 커진 것이다. 인구만 따져도 겨우 5만 정도에서 순식간에 25만 가까이 되었으니 다섯 배나 커진 셈이다.

그 때문에 마음이 불안해졌다. 크지는 않지만 무언가 이루었고 일단은 죽은 친구에게 미안하지 않을 수 있다는 생각이 들었던 것이다. 즉, 스스로 현실에 만족하고 안주할 것 같다는 불안감이 엄습해 왔던 것이다.

즉, 안톤이나 볼프 등의 마음이 아니라 자신의 마음을 다잡기 위해서 그런 이야기를 한 것이다.

그리고 조금 미안하기는 했지만 그렇게 하고 나니 한결 마음이 편해졌다.

그게 어젯밤까지의 일. 그리고 리카이엔은 아침 일찍부터 바쁘게 일을 시작한 것이다.

앞서 걷던 리카이엔이 라울을 향해 물었다.

"어젯밤에 말했던 건 생각은 해 봤냐?"

"네? 아, 그게 지금 고민을 좀 하고 있는데요……."

"오늘이 하루째다. 내일 아침에 보고를 받을 테니 준비해 둬라."

"아침까지요……?"

라울의 말에 리카이엔이 당연하다는 듯 고개를 끄덕였다. 그리고 라울은 울상을 지으며 마음속으로 크게 외쳤다.

'우우~ 그러면 아침부터 이렇게 어디론가 끌고 가지는 마시라구요!'

물론 절대 입밖으로는 내지 못할 이야기였지만.

그렇게 얼마나 걸었을까. 리카이엔이 갑자기 걸음을 멈추었다. 뒤이어 멈춘 라울이 앞을 보니 이제는 전대 백작으로 불리게 된, 리카이엔의 아버지, 데인 프로커스가 서 있었다.

"일찍 나오셨군요. 밤새 편안하셨습니까?"

리카이엔이 꾸벅 인사를 건네자 데인이 갑자기 안색을 굳히며 말했다.

"그래, 이 백작아. 갑자기 연회장에서 나가 버리는 바람에 내가 얼마나 난감했는지 아느냐?"

"하하, 죄송합니다."

"아무튼, 아침부터 이런 외진 곳으로 부른 이유가 무엇이더냐?"

지금 세 사람이 서 있는 곳은, 내성 건물 후문으로 통하는 복도 끝이었다. 리카이엔이 조용히 미소를 짓더니 방문을 열며 말했다.

"이쪽입니다."

방은 창고로 쓰이는지 여러 가지 잡동사니들이 아무렇게나 널브러져 있었다.

"이곳에 무슨 볼일이 있는 것이냐?"

데인이 인상을 찡그리며 물었다. 데인의 등장으로 조금 안정을 되찾은 라울 역시 같은 생각인지 연방 주변을 둘러보았다.

"잠시만 기다리십시오."

그렇게 말한 리카이엔이 한쪽 벽 구석으로 가더니 손으로 벽을 더듬었다. 그러자 잠시 후 스르릉 소리와 함께 벽돌 하나가 옆으로 밀려나면서 세 겹으로 겹쳐진 톱니바퀴가 드러났다.

"음? 리카이엔, 그게 무슨……."

데인이 깜짝 놀라 물었다. 하지만 이런 정도의 상황이라면 지금 만지는 것이 건물에 숨겨져 있는 비밀 공간, 혹은 비밀 통로쯤 된다는 것은 충분히 알 수 있었다.

딸깍, 딸깍딸깍, 크르르르릉!

리카이엔이 겹쳐진 톱니바퀴들을 좌우로 몇 번이나 돌렸을까, 갑자기 소음과 함께 벽 전체가 뒤로 밀려났다.

그 모습을 본 라울이 저도 모르게 흠칫 뒤로 물러섰다. 귀족들의 저택에는 이런 비밀스러운 공간 한둘 정도는 있다는 이야기는 들었지만, 직접 보는 것은 처음이었던 것이다.

벽이 밀려나고 드러난 것은 지하로 향하는 계단.

"내려가시지요."

리카이엔의 뒤를 데인과 라울이 천천히 따랐다.

계단을 따라 일정한 간격으로 벽에 등잔이 걸려 있었고 이미 불이 붙어 있었다. 비밀 공간을 만들면서 꽤 공을 들였는지 자동으로 불이 붙도록 설계된 모양이었다.

데인과 라울은 그런 장치들에 진심으로 놀라며 리카이엔의 뒤를 따랐다.

계단은 한 층 정도 지하로 내려가게 되어 있었고, 가장 아래 층계에 내려서자 또다시 긴 복도가 나왔다.

복도를 따라 걸으니 다시 철문 하나가 나왔고, 리카이엔이 철문에 달린 톱니바퀴를 돌리자 문이 열렸다. 그리고 문 너머로 드러난 것은 지하에 마련된 거대한 방이었다. 크기만으로 보자면, 내성의 저택 뒤쪽에 붙어 있는 큰 창고와 비슷했다.

그리고 안에는 열 대의 큰 짐수레가, 말은 매여 있지 않은 채로 나란히 줄을 맞춰 서 있었다.

데인이 지하실을 둘러보며 물었다.

"리카이엔, 이곳은 무얼 하는 곳이냐?"

하지만 리카이엔은 그 질문에 대답하기에 앞서 짐수레로 다가가, 수레의 위쪽을 덮고 있는 커다란 천을 벗겨내며 말했다.

"우선 이것부터 보셔야 합니다."

"흡!"

"커헉!"

천이 벗겨지는 순간, 데인과 라울의 입에서 동시에 신음이 터져 나왔다. 수레에 실려 있는 것은 한눈에 봐도 엄청난 값어치를 할 것 같은 보물들이었다.

"이, 이건……."

데인은 짐수레의 보물들을 가리키며 뭐라고 말을 잇지 못했다. 평생 살면서 이렇게나 엄청난 광경을 본 적이나 있었던가. 그러고 보니 옆에 아직 천에 싸여 있는 아홉 대의 마차가 더 있었다. 데인이 설마 하는 표정으로 그쪽을 가리키며 물었다.

"리카이엔… 혹시 저 수레들도?"

"그렇습니다. 돈으로 따지면 모두 합쳐서 30억 아르겐 정도입니다."

"사, 삼십억!"

데인은 갑자기 호흡이 턱턱 막히는 기분을 느끼며 그 자리에서 굳어 버렸다. 도대체 이 엄청난 보물들이 갑자기 어디서 나왔단 말인가?

그리고 리카이엔의 설명이 이어졌다.

"전에 말씀드리지 못했던 아르엔 산으로 간 이유가 바로 이 물건들 때문이었습니다."

"으음… 하지만 아르엔 산에 이렇게나 엄청난 것들이 어떻게……?"

"이 물건들은 사실 100년 전 대륙 전체를 휘젓고 다녔던 대도 클레우스의 유물들입니다."

"대도 클레우스……?"

"예, 옛 서적들을 뒤지던 중 우연히 단서를 발견했거든요. 다만, 확신할 수가 없어 미리 알려 드리지 못했던 거죠."

데인이 고개를 갸웃거리며 물었다.

"하지만 넌 돌아올 때는 빈손으로 오지 않았었느냐?"

"그때는 영지가 전쟁에 휘말려 급하게 와야 했기에 빈손으로 올 수밖에 없었던 겁니다. 함께 클레우스의 던전을 찾은 사람에게 운반을 부탁을 해서 옮겨 왔습니다."

"설마 얼마 전까지 저택에 머물던 그 바이론인 마법사를 말하는 것이냐?"

"예, 사실 이 보물들 중 절반은 테하스의 것입니다. 우리 몫은 절반인 15억 아르겐 정도고요."

15억이라도 엄청난 규모라는 건 분명했다. 브렌 왕국의 5년 예산에 맞먹는 돈이 아닌가.

"이 돈이면 앞으로 영지에 무슨 일이 생기더라도 돈 때문에 큰 어려움은 없을 겁니다."

리카이엔의 말에 데인이 천천히 고개를 끄덕였다. 하지만 또 한편으로는 당부를 하는 것도 잊지는 않았다.

"넉넉한 돈이 있기는 해도 이 돈 때문에 다른 노력을 하지 않는다면 언젠가는 이 돈도 바닥을 보일 것이다. 그 부분에 대해서 각별히 조심하도록 해라."

"명심하겠습니다."

"그런데 이 지하실은 도대체 어떻게 찾은 것이냐?"

"아, 그 말씀을 안 드렸네요. 여기는 저택 뒤에 붙어 있는 창고의 지하입니다. 원래 이 물건들은 그 창고에 보관을 해 놓았었는데, 우연히 아래로 통하는 통로를 발견해서 안전하게 보관하기 위해 이곳으로 옮겨 놓은 겁니다."

데인이 반대쪽에 나 있는 문을 가리키며 물었다.

"저 문이 그 창고로 통하는 문인 것이냐?"

"그렇습니다."

잠시 정적이 흐르는 사이 라울이 리카이엔을 향해 조심스럽게 물었다.

"어제 돈 문제는 걱정하지 않아도 된다고 하셨던 이유가… 이것 때문이었나요?"

"그럼 다른 것 때문이었을 것 같냐?"

"그건 아닙니다만… 이건 당장 현금으로 만들기에 무리가 있습니다."

"당연하지. 100년이 지났다 해도 어쨌든 장물이라는 사실은 변함이 없으니까.”

“그런데 이걸 어떻게 처분하시려는 거죠?”

라울의 물음에 리카이엔이 피식 웃으며 되물었다.

“내가 널 왜 여기에 데리고 왔다고 생각하는 거냐?”

“헉! 서, 설마 이걸 현금화할 방법도 제가……?”

라울이 두 눈을 휘둥그렇게 뜨고 손가락으로 자신을 가리키며 물었다. 그리고 리카이엔이 새삼스럽다는 표정으로 말했다.

“당연한 이야기를 또 하게 하지 마라.”

“그, 그렇지만 이건 좀…….”

난감한 표정으로 마른침을 삼키던 라울이 갑자기 고개를 번쩍 들며 말했다.

“그러면 일단 상…….”

그리고 리카이엔이 그 말을 끊었다.

“상단은 안 돼. 우리 영지가 드러날 가능성이 너무 크다. 영지를 위험에 빠뜨리지 않는 방법으로 생각해 내라.”

사실 이 물건들을 처리하는 아주 간단한 방법이 있었다. 조엘을 이용하는 방법이다.

처음에는 조엘의 길드 장악과 연계하여 물건들을 처분하는 방법에 대해 고민을 했었다. 하지만 그렇게 하자면 리카이엔이 직접 미끼 역할을 해야 한다는 문제가 있었다. 물론 미끼 역할이 어려운 것은 아니다.

하지만 그럴 경우, 다이아몬드를 주면서 조엘에게 말을 한 것처럼 프로커스 백작령이 위험에 빠질 가능성이 컸다. 리카이엔 혼자서야 무슨 일이 생겨도 문제가 없었지만, 가족들을 위험에 빠뜨릴 수는 없기 때문이다.

이제는 더 이상 친구의 가족이 아닌 자신의 가족이기도 한 세 사람만큼은 절대 위험에 빠뜨릴 수 없다는 점이 조엘을 이용하는 방법에 제동을 건 것이다.

그 탓에 유명한 다이아몬드 세 개를 이용하는 방법에 대해 말해 준 다음 더 이상 관여를 하지 않으려 한 것이다.

물론 조엘이 길드를 장악한 후에 장물의 처리를 맡기는 방법도 있다. 하지만 그러기에는 시간이 너무 많이 걸린다. 아트룸 길드는 전 대륙에 걸친 정보 조직이고, 조엘이 길드 마스터가 된다 해도 완전히 장악하는 데는 꽤 많은 시간이 걸릴 게 분명했다. 하지만 프로커스 백작령에는 당장 많은 돈이 필요했다.

라울이 거의 울듯한 표정으로 고개를 끄덕였다.

"알겠습니다."

말을 그렇게 했지만 이미 속은 시커멓게 타들어 가고 있었다. 영지의 행정 조직 개편을 하라고 하더니 이제는 장물 처리까지 하란다. 라울로서는 갑갑할 수밖에 없는 일.

하지만 어쩔 수 없는 일이다. 리카이엔이 흔히 하는 말처럼, 까라면 까는 수밖에 더 있겠는가.

Chapter 6.

루비 가면

모렐리아 공화국의 수도 라비탄.

아무런 특색도 없는 마차 한 대가 어두운 밤길을 따라 움직이고 있었다. 온통 검게 칠한 마차는 2인승으로 얼핏 보이는 내부에는 챙이 큰 모자와 검은 면사로 얼굴을 가린 여인이 앉아 있었다. 드러난 것이라고는 두 눈밖에 없는데 챙이 큰 모자의 그늘에 가려 그마저도 제대로 보이지 않는다.

큰길을 따라 달리던 마차가 갑자기 방향을 트는가 싶더니 겨우 마차 한 대가 들어갈 수 있을 정도로 좁은 골목으로 접어들었다.

그러고도 마차는 몇 번이나 다른 골목으로 접어들고, 방향을 틀었다. 그리고 마차가 방향을 꺾고 지나갈 때마다 그 자리에는 술 취한 취객으로 보이는 자들이 어슬렁거리며 나타났다. 술에 취했음에도 불구하고 너무나 또렷하고 싸늘한 빛이 서려 있는 안광을 번뜩이며.

몇 번이나 방향을 틀던 마차가 마침내 멈춰 선 곳은, 지저분한 슬럼가의 작은 건물이었다.

수수한 듯 보이지만 최고급 비단으로 만든 옷을 입은 마차의 승객과는 전혀 어울리지 않는 장소. 하지만 장소를 잘못 찾아온 것이 아닌지 마차 안의 귀부인은 아무런 거리낌도 없이 마차를 나섰다.

"헤헤, 마나님. 오늘은 조금 조심하셔야 할 것 같습니다요. 오늘 따라 손님들이 좀……."

문을 열어 준 마부의 말에 귀부인이 걸음을 멈추고는 마부를 향해 물었다.

"손님들이?"

귀부인이 관심을 보이는 듯하자 마부는 신이 난 듯 말을 쏟아 냈다.

"그렇습니다요. 우리 마부들끼리는 얘기도 많이 주고받고 그러지 않습니까요? 그런데… 헤헤, 분명 다른 마부 친구한테 들었는데… 소인이 멍청한 탓에 기억이 잘 안 납니다요."

마부는 왼손으로 뒤통수를 긁적이면서도 오른손은 무언가를 달라는 듯 앞으로 슬쩍 내밀었다. 그리고 귀부인은 조금도 지체하지 않고 마부의 손바닥에 무언가를 던지듯 올렸다.

툭!

반짝이는 금화 하나가 마부의 손바닥 위로 떨어졌다. 그리고 언제 그런 것이 있었냐는 듯 마부의 손은 품으로 들어가고 있었다.

"아아~ 기억이 났습니다요. 파란 모자를 쓴 귀부인과 붉은 깃털 모자의 귀부인, 사자 가면의 신사, 루비 가면의 숙녀가 참석했다고 들었습니다요."

순간 귀부인의 눈에 싸늘한 한기가 서렸다.

"뭣이! 폴덴가의 그 어린 계집이?!"

"헤헤, 저희 같은 미천한 것들이 높으신 분들의 존함까지 어찌 알겠습니까요?"

마부가 유들유들한 말투로 허리를 굽실거리며 말하는 사이, 귀부인의 손에는 금화 두 개가 더 들려 있었다.

"그 어린 것이 어떤 준비를 해 왔는지 말해 주면 이것도 네 놈이 가질 수 있을 것이다."

"아이구, 뭘 이런 것까지……."

말은 그렇게 하면서도 마부의 두 손은 공손하게 모인 채 앞으로 내밀어지고 있었다.

짤랑!

두 개의 금화가 마부의 손바닥 위에 올라가고, 마부는 더욱 허리를 굽히며 말했다.

"헤헤, 가면서 보니 오늘 준비한 것이… 이만한 상자라고 들었습니다요."

마부는 자기 어깨 넓이 만큼의 간격으로 팔을 벌리고 상자의 크기를 알려 주었다. 그것을 본 귀부인의 입에서 싸늘한 웃음소리가 새어 나왔다.

"호호호호, 그렇단 말이지? 이만 가 보아라."

"헤헤, 감사합니다요!"

마부가 뒤통수가 보일 정도로 허리를 숙이며 인사를 하는 사이, 귀부인은 조금은 마음이 급한 듯 종종걸음으로 건물로 들어갔다.

건물 안으로 들어서자마자 만나게 되는 것은 온몸을 검은 천으로 감싸고 눈만 밖으로 내놓고 있는 두 명의 사내. 귀부인은 이런 상황에 아주 익숙한 듯 손에 들고 있던 부채를 펼쳐 사내들 앞에 내밀었다.

그러자 오른쪽에 있던 사내가 부채를 받아 들고 한참 동안 살펴본 후, 왼쪽에 있는 사내에게 고개를 주억거렸다. 신호를 받은 왼쪽의 사내가 벽에 있는 옷걸이를 아래로 잡아당기는 순간, 두 사내 사이에 있는 바닥이 끼기긱 소리를 내며 열렸다. 그리고 지저분한 슬럼가와는 전혀 어울리지 않는 청량한 바람과 고급스러운 향이 퍼져 나왔다.

지하로 난 계단을 따라 내려가니 이번에는 메이드 복장에 하얀 면사로 얼굴을 가린 여자가 귀부인을 맞이했다.

귀부인은 건물 안으로 들어서면서부터 단 한 마디도 하지 않았고, 그녀를 맞이하는 사람들 역시 누구도 입을 열지 않는다. 하지만 모두들 익숙한 일인 듯 안내를 하고, 안내를 받는

다. 그리고 귀부인이 마지막에 안내 받은 장소는 그리 크지 않은 아담한 방이었다.

방에 있는 것이라고는 고급스럽고 편안해 보이는 길쭉한 의자 하나와 마찬가지로 고급스러운 테이블 하나가 전부였다. 그리고 특이한 점은, 의자의 정면 벽이 투명한 유리로 되어 있다는 점과 천장에서 늘어뜨려진 손잡이가 달린 줄.

유리벽 너머로 보이는 것은, 한 층 정도 아래에 있는 둥근 단이었다. 그리고 같은 높이에는 지금 있는 곳과 똑같이 정면이 유리벽으로 된 방들이, 둥근 단을 감싸듯 자리하고 있었다. 간단하게 말해 오페라 극장의 2층 박스석과 같은 방들이 둥근 단을 중심으로 자리 잡고 있다는 뜻이다.

귀부인이 의자에 눕듯이 몸을 기대자, 그녀를 안내했던 메이드가 조용한 목소리로 물었다.

"차와 술, 다과가 준비되어 있습니다. 원하신다면 식사도 가능합니다."

잠시 생각하던 귀부인이 대답했다.

"아무래도 꽤 싸움이 될 테니 조금은 먹어 두는 것이 좋을까? 오늘은 뭐가 준비되어 있지?"

"오늘 도축한 루오 왕국산 최고급 소고기가 있습니다. 원하시는 요리를 말씀해 주시면……."

귀부인이 메이드의 말을 끊으며 답했다.

"그냥 스테이크로 하겠어. 와인은 평소에 마시던 것으로."

"곧 준비하도록 하겠습니다."

메이드가 밖으로 나간 후, 귀부인은 천천히 유리벽 너머를 살펴보았다.

이미 누군가 들어가 자리를 잡고 앉아 있는 방도 있고 비어 있는 방도 있었다. 방의 수는 모두 열 개. 투명한 유리 탓에 다른 방의 안쪽도 보이기는 하나 원한다면 커튼으로 가릴 수도 있다.

하나하나 방들을 살펴보던 귀부인이 갑자기 움찔 떨며 눈살을 찌푸렸다.

"이잇! 천박한 변태 같은 놈!"

귀부인의 방과 정확히 맞은편에 있는 방의 모습이 적나라하게 들어왔던 것이다. 사자 가면을 쓴 사내와 젊은 여자가 서로 벌거벗은 채 뒤엉켜 있는 모습.

그런 모습 자체는 귀부인에게는 익숙한 광경이다. 이곳은 원하는 것이라면 무엇이든 제공되는 곳이다. 여성 손님의 경우에도 젊은 남자를 원한다면 그 또한 가능했다. 또, 저런 모습을 한두 번 본 것도 아니다.

문제는 사자 가면의 사내와 눈이 마주쳤다는 것. 그리고 그 사내가 정확하게 귀부인을 보며 기분 나쁜 미소를 짓고 있다는 것. 그 사실이 온몸에 징그러운 벌레가 달라붙은 듯 소름이 끼치는 것뿐이다.

귀부인은 다음 방으로 시선을 돌리며 급히 호흡을 가다듬었다.

"시작도 안 했는데 말려들 수는 없지."

사자 가면의 사내가 그런 행동을 한 이유는 조금 있으면 찾아올 혈전에서 이기기 위한 것이다. 여자를 불러 드러내 놓고 저런 짓을 하는 이유도 그것이다. 다른 경쟁자들의 마음을 흐트러뜨리는 것.

그 다음 방에는 얼굴선을 따라 붉은 보석이 장식된 가면을 쓴 아담한 체구의 여자가 앉아 있었다.

"엘리샤 폴덴."

귀부인이 가장 큰 경쟁자로 생각하는 루비 가면의 숙녀였다. 이곳에 있는 다른 이들의 정체에 대해서는 몰랐지만, 단 한 명 루비 가면의 정체만큼은 알고 있다.

엘리샤는 바로 옆방에 있는 사자 가면의 행태에는 시선도 주지 않은 채 조용히 차를 마시고 있었다. 그리고 그녀 역시 귀부인과 같은 생각인지 이쪽으로 날카로운 시선을 보내고 있었다.

그때 아래층의 둥근단 위로 검은 가면을 쓴 사내가 천천히 올라왔다.

"찾아주신 내빈 여러분께 항상 무한한 감사의 인사를 올립니다. 길고 뻔한 인사는 생략하도록 하고 바로 시작을 하는 것이 좋겠지요? 하하, 그럼 첫 번째 물건부터 올라오겠습니다."

사내가 두 손을 살짝 들어 가볍게 박수를 치자, 면사로 얼굴을 가린 메이드가 작고 고급스러워 보이는 손수레를 둥근 단 위로 밀고 올라왔다. 손수레 위에는 보라색 천으로 덮인 무언가가 놓여 있었다.

검은 가면의 사내가 지체 없이 보라색 천을 들어 올리며 큰 소리로 말했다.

"네! 첫 번째 물건은 자주 다루지 않았던 물건으로 시작할까 합니다. 그로니스 제국 12대 황제인 스트라무드 황제가 평생 단 한 번도 손에서 놓아 본 적이 없다는 '크뤼소스' 입니다. 펜촉을 제외한 모든 부분이 황금으로 만들어졌으며 당시 최고의 장인이었던 파크트가 무려 6개월 동안 세공을 한 작품입니다. 천 아르겐부터 시작하며, 단위는 백 아르겐으로 하겠습니다."

딸랑!

검은 가면의 말이 끝나기가 무섭게 가벼운 종소리가 울렸다. 방에 있는 줄을 잡아당기면 연결된 종이 울리면서 입찰을 하는 방식이다.

"천 나왔습니다. 천백 없습니까?"

딸랑, 딸랑!

여기저기서 급하게 종소리가 난무하기 시작했다. 동시에 검은 가면의 입에서 튀어나오는 말이 점점 속도를 올리기 시작했다.

"2천3백 나왔습니다. 2천4백 없습니까?"

딸랑!

황금으로 만든 펜의 가격은 순식간에 2천4백 아르겐까지 치솟았다. 하지만 귀부인은 여전히 의자에 몸을 기댄 채 조용히 관망할 뿐이다. 그녀가 노리는 것은 오늘의 마지막 물건뿐. 그 외에는 조금의 관심도 없었던 것이다.

검은 가면은 여전히 목이 터져라 소리를 지르고 있었다.

"3천8백 나왔습니다! 3천 9백 없습니까?"

더 이상 종소리가 나오지 않았다. 검은 가면은 자신을 내려다보고 있는 열 개의 유리벽을 한 바퀴 휘 둘러본 후 다시 한 번 말했다.

"3천9백 없습니까?"

그리고 또 한 번 훑어 본 후 외친다.

"3천9백 없습니까?"

더 이상 종은 울리지 않았다. 동시에 검은 가면이 손수레 위에 있던 종을 울리며 외쳤다.

"크뤼소스! 3천8백, 3천8백에 낙찰되었습니다!"

외침과 동시에 손수레가 왔던 곳으로 돌아가고, 그와 교차하며 두 번째 손수레가 단 위로 올라왔다.

"자, 두 번째 물건은……."

경매의 진행은 빠르고 신속했다. 치열한 경쟁이 이어지면서 과도하게 가격이 치솟는 물건이 있는가 하면, 아무도 입찰을 하지 않아 그대로 취소되는 물건도 있었다.

순식간에 열 번째 물건이 올라왔다.

"흐음, 젊어지고 싶어서 젊은 여자들 생피를 빨아먹는다는 소문이 있던데 사실 아냐?"

루비 가면의 숙녀, 엘리샤가 맞은편 방에서 피가 뚝뚝 떨어지는 스테이크를 입으로 가져가는 검은 모자의 귀부인을 보며 중얼거렸다.

그 이야기가 들릴 리가 없는데도 불구하고 검은 모자의 귀부인이 갑자기 이쪽을 노려보았다. 엘리샤는 조금도 주눅 들지 않고 똑바로 귀부인의 시선을 받았다.

엘리샤 역시 검은 모자를 쓴 귀부인의 정체를 알고 있다. 그로니스 제국 내에서 막강한 권력을 가지고 있는 그린델 후작가의 안주인. 평소 같은 물건을 입찰하다 부딪친 적이 많았기에 따로 조사를 해 보았던 것이다.

"그린델 후작 부인! 안타깝지만 오늘은 당신하고 볼일이 없답니다."

엘리샤는 그린델 후작부인에게 시선을 거두고 천천히 왼쪽으로 고개를 돌렸다. 그린델 후작부인의 방에서 왼쪽으로 세 번째 방. 새하얀 복면으로 얼굴을 감싸고 있는, 탄탄한 체구의 사내가 앉아 있었다.

"흐응~ 드디어 감격적인 첫 만남을 가질 수 있게 된 건가요?."

그렇게 얼마나 시간이 흘렀을까? 고래고래 소리를 지른 탓인지 목이 반쯤 쉰 검은 가면이 있는 힘껏 소리를 질렀다.

"자— 오늘의 마지막 물건입니다!"

외침과 동시에 또 한 대의 손수레가 들어왔다. 순간, 경매장 전체에 팽팽한 긴장감이 맴돌았다. 검은 가면은 이번에도 지체 없이 천을 벗겨 냈고, 순간 사방으로 휘황찬란한 빛이 퍼져 나갔다. 동시에 검은 가면이 외쳤다.

"역사에서 완전히 모습을 감췄던 것으로 알려진 볼베누의 여신상입니다! 시작가는 10만 아르겐이며 단위는 1만 아르겐으로 하겠습니다. 자, 시작합니다!"

검은 가면이 시작을 선언했음에도 불구하고, 경매장은 여전히 팽팽한 긴장감과 정적에 휩싸인 채였다.

유력한 낙찰자는 네 명. 그 외에 다른 이들은 그저 구경만 할 뿐 엄두를 내지 못한다. 하지만 그 네 명조차 치열하게 심리전을 펼치며 먼저 입찰을 시작하지 않는다.

그렇게 얼마나 시간이 흘렀을까? 검은 가면이 헛기침을 하며 목을 가다듬으려는 찰나.

딸랑!

종이 울렸다.

"11만 아르겐 나왔습니다. 12만 아르겐 없습니까?"

그런데 후작부인이 눈가에 주름을 접으며 낮은 웃음소리를 흘렸다.

"호호호호, 시작됐군."

첫 입찰자가 나온 이상, 경매를 쉴 수는 없다. 자칫 시간을 지체했다가는 엉뚱하게 뺏길 수도 있다.

"후우, 후! 우선은 기본 가격까지는 올라가야지?"

팽팽한 긴장감이 온몸의 신경을 타고 흐른다. 서로가 서로를 보며 가벼운 몸짓만으로 하는 격렬한 싸움. 긴장과 스릴을 동시에 맛볼 수 있는 지극히 본능에 충실한 자극적인 놀이.

그린델 후작부인이 처음으로 줄을 잡아 당겼다.

동시에 세 개의 종이 연달아 울리고 검은 가면은 끊임없이 말을 토해 냈다.

"28만 나왔습니다. 29만 없습니까?"

가격은 순식간에 28만 아르겐까지 치솟았다.

딸랑!

"자, 30만입니다! 30만 아르겐! 31만 아르겐 없습니까?"

가격이 30만에 이르는 순간 또다시 정적이 찾아왔다. 이제부터가 진정한 싸움이었다. 이것 역시 기세 싸움. 단순히 돈만 가지고 하는 것이 아니다. 상대의 힘인 돈이 얼마나 준비가 되어 있는지 예상하는 것에서부터 시작해 언제 상대의 흐름을 끊고 들어가야 하는지 타이밍 싸움까지.

30만 아르겐이라면 엄청난 거금이다. 하지만 그린델 후작부인에게 그 정도 돈은 그리 과하지 않다.

지금 입찰을 멈춘 것은, 잠시 쉬어야 할 때라는 걸 알기 때문이다.

딸랑!

이번에는 조금 느리게 흘러간다. 다른 이들 역시 호흡을 정돈하고 있는 중이리라.

세 개의 종이 차례대로 돌기 시작하자 입찰가의 상승도 주춤하며 조금씩 느리게 올라갔다. 하지만 쉬지는 않는다.

"자, 80만 나왔습니다. 81만 없습니까?"

검은 가면의 외침을 들은 그린델 후작 부인의 눈이 웃기 시작했다. 그리고 뒤에 서 있는 메이드를 불렀다.

"150만."

메이드가 급히 방문을 열고 밖에 서 있는 메이드를 향해 말했다. 그리고 반응은 중앙에 서 있는 검은 가면에게서 나왔다.

"자, 놀라운 가격이 나왔습니다. 150만 아르겐! 150만 아르겐 나왔습니다!"

더 이상 종은 울리지 않았다. 오직 메이드들만이 쉴 새 없이 방과 경매장 바닥을 오르내릴 뿐이다.

"180만 나왔습니다! 자, 180만!"

입으로 가격을 말하기 시작하자 가격은 걷잡을 수 없는 속도로 불어나기 시작했다.

"네! 200만 나왔습니다. 200만! 더 있나요?!"

그린델 후작부인이 252만을 불렀다. 하지만 검은 가면의 입에서는 다른 말이 터져 나왔다.

"253만 나왔습니다. 253만!"

"크윽!"

그런델 후작부인의 입에서 신음이 터져 나왔다. 1만 아르겐 차이로 밀려난 것이다. 후작부인은 어느새 땀이 흥건해진 손을 가볍게 털며 크게 호흡을 골랐다. 아직은 과정일 뿐이다. 지금은 이 순간을 즐기면 그뿐이다.

"261만."

그 말은 곧장 아래로 전해졌다.

"네! 261만 나왔습니다. 261만!"

"흡!"

그런델 후작부인이 주먹을 불끈 쥐며 탄성을 내질렀다. 이번에는 가격이 적중했다.

"아직은 여유가 있다!"

후작부인이 생각하는, 볼베누의 여신상이 가지는 가치는 350만 아르겐. 확실히 아직은 꽤 여유가 있었다. 하지만 방심은 금물. 언제 어느 순간에 의외의 일이 터질지 모른다.

무조건 높은 가격을 부른다고 되는 것이 아니다. 경매는 타이밍과 기세의 싸움이다. 다른 사람의 입찰가를 누락시키고 내 입찰가를 올리는 그 순간은 타이밍과 기세 두 가지를 동시에 얻는 것과 마찬가지.

"278만 나왔습니다. 다음 없습니까?"

"흐응~ 늙은 여우가 아주 기를 쓰는데?"

편안한 자세로 앉아 있던 엘리샤가 낮은 웃음을 흘리며 중얼거렸다.

“대충 350만 정도 준비를 한 모양인데…….”

그리고 바로 옆의 방 쪽으로 시선을 돌렸다. 사자 가면의 남자가 있는 방이다.

“빨간 깃털 아줌마는 이미 항복 선언했고……. 이쪽의 변태 사자씨는 얼마나 생각하고 있을까? 한 320만 정도? 그래도 무리를 한다면 350만까지는 가능하겠지?”

경쟁자인 두 사람의 상황을 가늠한 엘리샤가 싱긋 웃어보이더니, 메이드를 향해 말했다.

“326만.”

순식간에 입찰가가 껑충 뛰어 올랐다.

“326만 나왔습니다. 326만! 올해 들어 최고액입니다!”

검은 가면의 외침과 동시에 맞은편 그린델 후작부인이 어깨를 부르르 떠는 모습이 보였다. 그리고 누구의 입찰가인지 직감을 한 듯 엘리샤를 잡아먹을 듯이 노려보았다.

“깔깔깔, 원래 그런 의외성을 맞이해야 실력이 느는 법이라고 늙은 여우!”

이를 악문 듯 보이던 그린델 후작부인이 메이드를 향해 뭐라고 말을 하는 것이 보였다. 그리고 잠시 후 검은 가면이 큰 소리로 외쳤다.

“350만! 350만 나왔습니다!”

동시에 엘리샤가 회심의 미소를 지어 보였다. 그린델 후작부인이 이쪽을 향해 보란 듯이 어깨를 으쓱거리는 모습이 눈에 들어왔다. 하지만 엘리샤는 조금도 신경 쓰지 않았다.

"이제 얼마를 부르느냐……."

엘리샤가 볼 때 350만 아르겐은 그린델 후작부인이 낼 수 있는 최고가. 물론 거기에서 어느 정도 더 무리를 할 각오는 되어 있을 것이다.

그렇기에 지금 부르는 입찰가가 중요했다. 얼마를 불러야 싸움의 의지를 잃을 것인가.

그 사이 검은 가면이 두 번째 큰소리를 외쳤다.

"350만 나왔습니다. 더 없습니까?"

한 번 만 더 외치면 경매는 끝이 나고, 그린델 후작부인이 입찰을 받게 된다.

엘리샤가 재빨리 입찰가를 말했고, 곧장 이야기가 전달되며 검은 가면이 외쳤다.

"367만 나왔습니다. 367만!"

동시에 그린델 후작부인이 쓰러지듯 몸을 휘청거렸다.

"저, 저 어린 것이!"

후작부인이 이를 악물고 외쳤지만 그 소리가 상대방에게 들릴 리가 없다. 367만 아르겐. 물론 거기에서 더 낼 수는 있다. 문제는 그랬을 경우 상대가 어떻게 나오느냐 하는 점이다. 그리고 지금의 상황으로 볼 때 상황은 절대 이길 수가 없다.

"언젠가 한 번 제대로 걸리면 절대 가만 두지 않을 것이다!"

그린델 후작부인은 그 길로 자리에서 일어나 방을 나섰다.

그 시간, 엘리샤는 아까 보았던 하얀 복면의 사내가 있던 방을 확인했다.

"지금인가?"

사내가 몸을 일으키는 모습이 보였다. 지금이 아니면 그를 만날 기회는 또 한참을 기다려야 했다.

황급히 방을 나선 엘리샤는 메이드의 안내를 기다리지도 않고 황급히 계단을 올랐다.

경매장의 각 방은 위치만이 아니라 들어오는 입구가 달랐다. 입찰자들의 비밀을 지켜주고 서로 부딪치는 것을 피하기 위해 만들어진 조치였다.

하지만 엘리샤는 오랜 조사 끝에 모든 입구를 파악하고 있었다.

'앞으로 이곳은 조금 생각을 해 봐야겠군.'

하얀 복면의 사내, 리카이엔이 눈살을 찌푸리며 속으로 중얼거렸다.

라울이 떠올린 방법은 비밀 경매였다. 비밀 경매장은 불법적으로 운영되는 경매장이기에, 물건을 맡기는 사람의 정체를 중요하게 생각하지 않았고 오직 물건의 가치만을 본다. 그런만큼 물건이 풀리더라도 정체를 숨기기가 쉽고, 일이 잘못 됐을 경우에도 추적을 피할 수 있다.

나쁜 방법이 아니었기에 리카이엔은 허락을 했고, 그때부터 대륙 각지에 있는 비밀 경매장에 대한 조사를 시작했다.

그렇게 선정된 비밀 경매장은 모두 여덟 곳.

리카이엔은 그 여덟 곳에 순차적으로 물건들을 풀어 자금을 확보했던 것이다.

그리고 오늘 처음으로 직접 경매장을 찾아왔다. 진행이 어찌 되는지를 확인하는 것은 물론, 경매장의 상황을 점검하기 위해서였다. 자칫하면 영지가 들통 날 수 있는 일이다 보니 아무래도 직접 움직일 수밖에 없었던 것이다.

그런데 첫인상부터 좋지가 않았다. 드러내 놓고 여자와 뒹굴고 있는 사자 가면 때문이다.

불법적인 비밀 경매장에서 그런 걸 따진다는 게 이상할 수도 있지만, 어쨌든 리카이엔이 보기에는 문제가 있었다. 그가 생각하는 정도를 넘어섰기 때문이다.

어쨌든 리카이엔이 내놓은 물건의 최종 입찰가는 367만 아르겐. 경매장에서 5%의 수수료를 챙기니 최종적으로 들어오는 돈은 대략 349만 정도. 물론 그 돈을 직접 받아가지는 않는다. 그 일을 할 사람은 따로 있다.

계단을 따라 지상으로 올라간 리카이엔이 마차에 오르려 할 때였다.

"잠깐만요!"

갑자기 들려오는 소리에 리카이엔이 흠칫하며 소리가 난 쪽으로 고개를 돌렸다.

"음, 너는?"

바로 경매장에서 반대편 오른쪽 방에 있던 루비 가면을 쓴 여자였다.

그녀의 등장에 놀란 것은 리카이엔만이 아니었다. 입구를 지키는 복면인들은 물론, 리카이엔을 기다리고 있던 마부 역시 깜짝 놀라 멍한 표정을 짓고 있었다.

한 번 사용한 통로는 절대 바꿀 수 없다. 다시 말해 누가 됐든 하나의 통로밖에 몰라야 했다. 그런데 경매장 안에 있던 사람이 다른 곳의 입구에 나타났으니 놀랄 수밖에.

입구를 지키던 복면인 중 하나가 황급히 지하로 내려간 사이, 엘리샤가 리카이엔에게 말했다.

"잠시 이야기를 좀 나눴으면 하는데… 시간 좀 내주실 수 있나요?"

"한밤중에 서로 얼굴을 숨기고 나눌 이야기가 있을까?"

"호홍~ 얼굴을 보여 주는 거야 문제가 아니죠. 다만 여기서는 좀 곤란하겠지만."

"좋아. 한 번 들어보지, 그 얘기라는 거."

"후후, 그럼 가실까요?"

엘리샤가 리카이엔을 위해 준비된 마차에 먼저 오르고, 그 다음 리카이엔이 탔다. 어떻게 해야 될지 모르겠다는 표정으로 어정쩡하게 서 있는 마부를 향해 리카이엔이 말했다.

"일단 출발해라."

"예, 예! 알겠습니다요!"

마부가 황급히 마차 문을 닫고 어자석에 올라탔다. 이내 마차가 출발하고, 리카이엔이 먼저 입을 열었다.

"너, 이제 이 경매장은 못 쓰겠는데?"

"상관없어요. 나도 더 이상 여기에는 안 올 생각이었으니까."

"흐음… 그 말은?"

"그렇지 않아도 보안도 좋지 않고 비밀도 금방 새 나가는 곳이라 거래를 끊을 예정이었다는 말이죠."

"눈썰미가 좋군."

그러는 사이 마차는 좁은 골목들을 이리저리 꺾으며 왔던 길을 되짚었다. 그렇게 한참을 달린 후에 마차가 멈춘 곳은 라비탄 남부 지구의 대로였다.

"난 엘리샤 폴덴이에요."

마차가 떠나기가 무섭게 엘리샤가 자신의 이름을 밝혔다. 동시에 얼굴에 쓰고 있던 루비 가면을 벗었다.

"음!"

가면이 벗겨지고 드러난 얼굴을 본 리카이엔은 저도 모르게 흠칫 놀랄 수밖에 없었다.

적당히 굴곡이 있는 짙은 갈색 머리에 동그란 얼굴과 큰 눈, 그리고 작은 코와 입까지. 비밀 경매장을 드나드는 걸 생각하면 상당히 어려 보이는 얼굴이었던 것이다. 게다가 리카이엔의 턱까지밖에 오지 않는 작은 키와 아담한 체구가 어린 얼굴을 한층 더 어려 보이게 만들었다.

그 모습을 본 엘리샤가 묘한 미소를 지으며 말했다.

"어려 보이는 얼굴은 내 콤플렉스인데 그렇게 대 놓고 놀라면 내가 조금 기분이 안 좋잖아요?"

그제야 마음을 다잡은 리카이엔이 가볍게 호흡을 정리하며 고개를 끄덕였다.

"그랬군."

"그런데 그쪽은 그 눈에 잘 띄는 하얀 복면을 계속 쓰고 있을 건가요?"

"내 얼굴을 보고 나면 죽을지도 모른다."

리카이엔은 진심을 담아 말했다. 정체가 들통 나고 자신이 드러날 위험이 있다고 판단되면 가차 없이 제거할 생각이었다. 그럼에도 불구하고 엘리샤는 생글생글 웃으며 말했다.

"흐흥~ 뭐 죽이고 싶으면 죽여도 상관은 없지만… 일단 얘기는 끝까지 들어 봐야 되는 것 아니겠어요?"

이렇게까지 나오는데 계속 복면을 쓰고 있는 것도 애매했다. 리카이엔은 어쩔 수 없다는 듯 복면을 벗으며 말했다.

"자기 말에 책임을 질 수 있는 사람이어야 할 거다."

"후후, 그런 건 걱정마요. 호오~ 굉장히 미남인데요?"

엘리샤가 신기하다는 듯 리카이엔의 얼굴을 쳐다보았다.

그런데 이상한 점이 있었다. 리카이엔의 머리카락이 은발이 아닌 갈색이었던 것이다.

이번 여정은 클레우스의 보물, 즉 장물들의 처리를 확인하기 위한 것이다. 그러니 사람들의 눈을 피해다녀야 하는데, 그의 은발은 너무 눈에 띄어 염색을 한 것이다. 물론 리카이엔을 처음 보는 엘리샤가 그 사실을 알 리는 없었지만 말이다.

"사람 얼굴을 그렇게 뚫어져라 보는 것도 예의는 아닐 텐데?"

"흥~ 그쪽도 그랬으니 피차 마찬가지죠. 비긴 셈 치세요."

"그러든지. 그래, 무슨 얘기가 하고 싶어서 온 거지?"

"성질도 급하시네? 여기서 이야기하기는 좀 애매한데. 같이 제 집으로 가시죠?"

"집?"

"원래 이곳에 집이 있는 것은 아니고, 별장을 며칠 빌려 놨으니 거기로 가시죠."

"난 그렇게 한가한 사람이 아니야."

리카이엔이 고개를 저으며 거절하자, 엘리샤가 팔짱을 낀 채 가만히 리카이엔을 쳐다보았다.

"그럼 어쩔 수 없죠. 이런데서 말하긴 참 상황이 안 어울리지만……."

"빨리 말해라!"

이야기를 자꾸 돌리는 엘리샤의 모습에 화가 난 리카이엔이 낮은 목소리로 호통을 쳤다.

"아무튼 성격 참 안 좋으시네. 좋아요. 단도직입적으로 말하죠. 당신이 가지고 있는 클레우스의 장물 중 하나를 나한테 파세요."

순간 리카이엔의 입에서 싸늘한 목소리가 새어 나왔다.

"지금 뭐라고 했냐?"

"흡!"

엘리샤는 저도 모르게 어깨를 파르르 떨며 주춤주춤 뒷걸음질을 쳤다. 리카이엔의 온몸에서 뿜어져 나오는 살기에 그대로 질식할 것 같은 기분이었다.

저벅!

리카이엔이 한 걸음 앞으로 다가가자 엘리샤가 황급히 뒷걸음질 치며 다급한 목소리로 외쳤다.

"자, 잠깐만요!"

하지만 리카이엔은 전혀 멈출 생각이 없는 듯, 엘리샤를 향해 성큼성큼 걸음을 내디뎠다.

툭!

그리고 엘리샤의 등이 벽에 닿았다. 더 이상 뒤로 물러날 수도 없는 곳.

와락!

"끄으으윽!"

엘리샤의 멱살을 잡아 그대로 들어 올린 리카이엔이 붉은 눈동자에서 싸늘한 살기를 뿜어내며 물었다.

"어떻게 알았지?"

"으으윽, 이거 좀 놓고… 끄윽!"

하지만 멱살을 잡은 리카이엔의 손에서는 좀체 힘이 빠질 생각을 하지 않았다.

"어떻게 알았냐니까?"

"추, 추측이요!"

"추측?"

꽈아아악!

리카이엔의 손아귀에 더욱 힘이 들어갔다. 순간, 엘리샤는 숨통이 완전히 조여지는 것을 느끼며 사지를 허우적거렸다.

"끅, 끄윽!"

"지금 경매장에 풀어 놓은 물건들은 클레우스와는 연관이 없는 물건이다. 그런데 어떻게 추측을 했다는 거지?"

클레우스가 훔친 물건들 중 절반 정도는 세상에 알려지지 않은 물건들이다. 도둑맞은 주인들이 자신이 가지고 있었다는 사실을 쉬쉬하기 위해 입을 닫았기 때문이다.

그리고 리카이엔은 안전을 위해 우선은 그런 물건들부터 경매장에 풀어 놓았었다.

그렇기에 그 물건들로 클레우스를 추측해 낸다는 것은 불가능한 일.

그때 엘리샤의 어깨에서 힘이 빠져나가는 것이 보였다. 리카이엔은 그제야 손아귀에서 살짝 힘을 뺐다.

"케엑, 콜록콜록! 커허어억!"

연신 기침을 해 대며 가쁜 숨을 몰아쉬었다.

"어, 어떻게 사람이 이렇게 우악스럽게……."

"내 얼굴을 보면 죽을 수도 있다는 말을 이미 했을 텐데?"

"그래도 그렇지… 끅! 무슨 일을 이따위로……."

"아무튼 제대로 말해라. 어떻게 알았냐?"

"추측했다고요! 그 물건을 도둑맞은 사람이 우리 선조기 때문에 알아낸 거예요!"

엘리샤가 악을 쓰며 외쳤다.

"으음……."

그리고 리카이엔은 그제야 엘리샤를 바닥에 내려 주었다.

"허억, 헉! 얘기를 끝까지 들어 보라니까!"

엘리샤는 이미 눈물에 콧물까지 찔끔거리며 리카이엔을 향해 눈을 흘겼다. 누가 보면 어른이 어린아이를 괴롭히는 것처럼 보일 수도 있는 모습이었다.

"내가 경매장에 내놓은 물건 중에 네가 아는 것이 있었다는 말이냐?"

"그래요. 우리 선조가 사실은 뒤가 구린 짓을 너무 많이 해서, 도둑맞았다고 말을 못했어요. 그래서 알아봤어요. 됐어요?"

뭔가 상당히 억울한 표정으로 말하는 엘리샤를 보고 있으니 리카이엔도 조금은 미안한 마음이 생길 수밖에 없었다.

"조금 전 일은 사과하겠다. 그래서 왜 그 물건들을 사려고 하는 거지? 그 정도면 재력도 꽤 있을 텐데? 그 물건들에 집착하는 이유라도 따로 있는 건가?"

"이유요? 그건 말 못하죠. 나도 나만의 사정이라는 게 있는데, 안 그래요?"

방금까지 죽을 뻔하고도 저렇게 당당하게 말하는 걸 본 리카이엔은 저도 모르게 실소를 터뜨리고 말았다. 자신이 실수를 한 것은 맞지만, 보통은 그 정도로 죽음 앞에 놓이게 되면 주눅 들게 마련이다. 그런데 이 어려 보이는 여자는 오히려 더 당당하게 소리를 치는 것이 아닌가.

"그래서 이야기를 못하겠다는 건가?"

"아니죠. 이야기를 좀 더 진지하게 해 보자는 거죠."

"진지하게?"

"아까 말한 내 별장으로 가요."

"좋아. 일단 한 번 들어 보자. 하지만 조금이라도 수틀린 대답이 나오면, 그때는 진짜 죽을 수도 있다는 걸 명심하는 게 좋아. 아까 내가 했던 말은 아직 유효하다."

"아, 알았어요. 얼른 가요."

Chapter 7.

나이츠 베스퍼

엘리샤가 빌려 놓았다는 집은, 두 사람이 마차에서 내린 곳에서 그리 멀지 않은 곳에 있었다.

모렐리아 공화국의 수도 라비탄은 남부 최대의 상업 도시로도 유명하다.

제국의 남부 일대를 주 활동 무대로 하는 거상들이 주로 이용하는 항구는 모렐리아 공화국의 남부 해안에 있는 무베크 항구였다.

그리고 무베크 항구로 가는 기착지가 바로 이곳 라비탄이었다. 사람을 구하고 사막을 횡단할 준비를 할 수 있을 정도로 큰 도시는 이곳밖에 없기 때문이다. 공화국 남부 지역의 사막지대가 점점 넓어지면, 남부의 도시들이 하나둘 쇠락해졌기 때문이다.

그런 이유로 라비탄에는 언젠가부터 거상들을 대상으로 저택을 빌려 주는 식의 숙박업이 생겨났는데, 아주 호화롭지는 않아도 많은 사람들이 한꺼번에 묵을 수 있고 물건들을 안심하고 풀어 놓을 수 있는 등의 장점이 있기에 많은 상인들이 이용하고 있었다.

엘리샤가 빌렸다는 집이 바로 그중 하나였던 것이다. 거상들에게야 수많은 인부들과 말, 짐들을 보관할 것을 생각하면 나쁘지 않은 가격이지만, 개인이 빌리기에는 꽤 무리가 있는 곳이었다.

'흐음, 도대체 뭐하는 여자지?'

저런 집을 빌리고 비밀 경매장을 드나들 정도의 재력을 가지고 있으면서, 비밀스럽게 운영되는 경매장의 구조나 상태를 완전히 파악할 정도의 정보력. 거기에 더해 죽기 직전까지 갔음에도 불구하고 절대 기가 죽지 않는 담력까지.

어떤 면에서 봐도 보통은 아니었다.

'흠! 역시…….'

저택의 정문을 열고 안으로 들어서던 리카이엔이 신속하게 주변을 살피며 고개를 끄덕였다. 정원 곳곳에서 강한 기운들이 은밀하게 기척을 숨긴 채 자리 잡고 있는 것을 발견했기 때문이다.

'일단은 들어가서 볼 일.'

저택 안으로 들어간 리카이엔은 곧장 응접실로 안내되어 자리에 앉았다.

딱히 오래 있을 이유가 없다고 생각한 리카이엔이 곧바로 본론을 꺼냈다.

"자, 이제 말해."

하지만 엘리샤는 생글생글 웃으며 자신의 페이스로 상황을 이끌려고 했다.

"아무튼 성질하고는… 일단 차라도 한 잔 하시죠? 손님에게 차도 한 잔 대접하지 않는 야박한 사람은 아니거든요."

"정체도 모르는 곳에서 준다고 넙죽 받아먹을 만큼 바보도 아니다."

"호호, 그럼 차는 넘어가기로 하고……."

참다못한 리카이엔이 두 눈에서 싸늘한 안광을 번뜩이며 엘리샤를 노려보았다.

"장난은 그만 치는 게 좋아."

하지만 엘리샤도 이번에는 물러서지 않았다.

"다시 한 번 말하지만 여기의 주인은 나예요. 주인이 자기 집에서 아무런 방비도 없이 외간 남자를 들였을까요?"

리카이엔 역시 한마디도 지지 않는다.

"그런 게 겁났으면 내가 호랑이 굴일지도 모르는 곳까지 따라왔을 거라고 생각하는 거냐?"

"호홍~ 절대 지지 않겠다는 거군요. 뭐, 그럼 일단 이야기로 들어가기로 해요."

"좋아. 처음부터 차근차근 설명해 봐. 클레우스와의 관계까지 포함해서.”

“그렇다면 일단 사과부터 하는 게 좋겠네요. 선조와 관련되어 있다는 건 거짓말이었거든요.”

“뭐?!”

리카이엔이 질린 표정으로 엘리샤를 노려보았다. 선조와 관련되어 있다는 이야기를 했던 순간은, 그녀가 죽기 직전에 했던 이야기였다. 다시 말해 생사의 기로 앞에서 거짓말을 했다는 것이 아닌가.

원래대로였으면 자신에 대해서 알고 있는 엘리샤를 제거하고 집을 빠져나가는 것이 옳다. 하지만 이 이상한 여자에 대해 진심으로 궁금해졌다.

“사실 나는 그로니스 제국 사람이에요. 정확하게는 황제 직속 비밀 친위대의 대원이죠.”

그 말을 들은 리카이엔이 저도 모르게 흠칫 놀랐다.

‘황제 직속 비밀 친위대? 설마……?’

얼핏 기억에 남아 있는 것이 있었다. 리카이엔은 급히 머릿속에 남아 있는 기억을 더듬었다.

“흐응~ 그렇게 놀랄 것 없어요.”

“황혼의 기사단이 실존했단 말이냐?”

“헉!”

순간, 엘리샤의 얼굴이 경악으로 물들었다.

“다, 당신이 그 이름을 어떻게 알죠?”

황혼의 기사단.

정식 명칭은 '나이츠 베스퍼(Knights Vesper)'

그로니스 제국, 황제 직속의 비밀 친위대. 단 한 번도 외부에 그 존재가 알려진 적이 없는 베일에 싸인 집단이다.

그런데 제국과는 아무런 연관도 없는 사람이 자신들에 대해서 정확하게 알고 있으니 놀라는 것은 당연한 일이다.

하지만 놀란 것은 리카이엔도 마찬가지였다. 이전 리카이엔은 죽은 이들의 영혼을 통해 많은 것을 배우는 동시에, 많은 정보를 얻었다. 클레우스 던전의 위치를 알아낸 것도 그러한 맥락이었는데, 어쨌든 그가 알아낸 제국의 정보 중 하나가 황혼의 기사단이었다. 하지만 당시, 리카이엔에게 그 이야기를 해 주었던 영혼 역시 황혼의 기사단에 대해 확신을 가지지는 못했다. 그런데 직접 눈앞에 나타나니 놀랄 수밖에.

어쨌든 상황은 여전히 리카이엔이 주도하고 있었다.

"자, 제국의 황제와 대도 클레우스 사이에 어떤 문제가 있었기에 그 무시무시하다는 황혼의 기사단이 직접 오셨을까?"

황혼의 기사단이라는 것을 알고 나니, 그녀의 재력과 담력, 그리고 집안 곳곳에 몸을 숨기고 있는 이들의 강렬한 기운이 이해가 되었다. 그리고 경매장에 내놓은 물건과 클레우스의 관계를 유추해 낸 것도 어느 정도는 납득이 되었다.

엘리샤는 잠시 위축된 상황에서도 담담하게 말을 풀었다.

"100여 년 전 황실의 중요한 물건 하나를 도둑맞았죠. 단지 그게 필요할 뿐이에요."

"어떤 물건이지?"

"그것까지는 말해 줄 수 없어요."

"그러면서 어떻게 그 물건을 나한테 사겠다는 거지?"

"직접 가서 찾을 생각이니까 그 부분이라면 걱정하지 않아도 돼요."

하지만 리카이엔은 고개를 저었다.

"나는 널 내 집으로 데리고 가겠다고 말한 적이 없는데? 그리고 절대 데리고 갈 생각도 없다."

물건을 직접 찾는다는 말은 프로커스 백작령으로 간다는 뜻이다. 황혼의 기사단 같은 무리들에게 자신의 정체가 알려진다는 건 있을 수 없는 일.

"너무 많은 의미를 부여할 필요는 없어요. 이건 거래잖아요? 당신에게는 우리에게 필요한 물건이 있고, 우리는 그것을 좋은 가격에 살 수 있는 돈이 있어요."

엘리샤는 조금도 당황하지 않은 채, 오히려 여유를 부리는 듯 의자 등받이에 몸을 기대며 말했다. 하지만 속으로는 크게 긴장하고 있는 상태였다.

이번 일에 들어간 돈만 해도 거의 천만 아르젠에 육박하는 거금이다. 거기에 더해 황혼의 기사단 소속 기사 절반이라는 엄청난 인원이 거의 두 달 동안 매달렸다. 그랬는데도 실패를 한다면 그 뒷감당은 상상도 하기 싫었다.

천만 아르겐이라는 돈은 어차피 경매에 나온 물건들을 입수하기 위한 것이었으니 어떻게든 수습이 되겠지만, 투자한 시간과 인원은 수습이 되지 않는 것이다. 더불어 그 물건을 되찾지 못했을 때 발생할 수 있는 위험까지.

그런데 정작 칼자루를 쥐고 있는 상대가 이렇게 뻣뻣하게 나오니 답답할 수밖에.

리카이엔이 여유로운 미소를 지으며 말했다.

"거래라는 건, 그것이 설사 암시장의 장물 거래라고 해도 서로에 대한 어느 정도의 믿음이 있어야 가능하거든. 그런데 내가 어떻게 너희를 믿지?"

"황제 폐하의 이름을 걸고 맹세하죠. 우리는 단지 그 물건만 찾으면 되요. 그 외에 당신에게 어떠한 위해도 가하지 않을 거예요."

"그러니까 내가 왜 그런 위험 부담을 감수해야 하는 건데?"

"후우~"

결국 엘리샤의 입에서 긴 한숨이 새어 나왔다. 황혼의 기사단에서 그녀가 주로 하는 일은 사람을 상대하는 것이다. 밀사의 자격으로 사람을 만나고 황제에게 유리한 결론을 이끌어 내는 일이다. 물론 대부분의 만남은 한밤중에 얼굴을 숨긴 채 비밀스럽게 이루어지는 것들이었지만.

그런데 눈앞의 이 사내는 도무지 답이 나오지 않았다. 고집이 보통이 아니다.

'도대체 정체가 뭐야?'

황혼의 기사단이 두 달 동안 공을 들인 다음에야 겨우 만날 수 있을 정도로 은밀하게 움직인다는 것은 그만큼의 힘을 가지고 있다는 뜻이다. 게다가 그 스스로도 굉장한 무력을 가지고 있다.

상황은 엘리샤에게 절대적으로 불리했다. 유리한 카드가 하나도 없으니 무슨 이야기를 해도 먹혀들지가 않았다.

'반응을 보면 자신의 신분을 밝히기 싫다는 건데…….'

그것만 알아내면 그래도 조금은 유리하게 이야기를 풀어 나갈 수 있을 것 같았다. 그렇지 않고서는 계속해서 이렇게 끌려갈 수밖에 없다.

그때 엘리샤의 눈에 번뜩하고 들어오는 것이 있었다.

'염색?'

머리카락은 분명 갈색인데, 뿌리 부분이 하얗게 보였던 것이다. 염색을 한 후 시간이 지나, 머리카락이 자라면서 원래의 머리색이 드러난 것이다.

'염색을 한 게 분명한데… 원래의 머리색이……?'

엘리샤가 눈을 가늘게 뜨고 리카이엔의 머리를 살펴보았다.

'은발이라… 그러고 보면 저 얼굴…….'

갈색 머리가 아니라 은발. 차갑게 빛나는 은발과 붉은 눈동자를 가진 조각 같은 얼굴의 미남.

'저 정도로 특이한 외모라면 한 번은 들어 봤을 텐데… 도

대체 누구지?'

그로니스 제국은 베루스 대륙의 절대적인 강자였다. 그리고 앞으로도 그러한 지위를 유지하기를 원했다. 그러기 위해서는 주변 왕국의 정세와 요주의 인물들에 대한 정보를 제대로 파악하는 것은 당연한 일이었다.

그러다 갑자기 번뜩하고 뇌리를 스치는 것이 있었다.

'명석한 두뇌에 강한 검술, 퇴락한 가문의 자식이지만 본인의 능력만으로 충분히 이름을 떨칠 재목!'

언젠가 한 번 들어보았던 누군가의 신상명세.

'분명 동부 브렌 왕국의… 아!'

엘리샤의 얼굴에 미소가 떠올랐다. 그리고 여유를 찾은 듯 특유의 콧소리가 섞인 웃음을 흘리며 말했다.

"흐응~ 그렇다면 제가 직접 프로커스 백작령으로 찾아갈까요? 프로커스 백작님?"

"흡!"

리카이엔의 얼굴이 순식간에 딱딱하게 굳었다.

'황혼의 기사단이 대단하긴 대단하군!'

굳은 표정을 짓고 있는 리카이엔의 모습에 엘리샤는 회심의 미소를 지으며 말을 이었다.

"우리는 특별히 무언가를 하겠다는 게 아니에요. 단지 그 물건만 손에 넣으면 되요. 그리고 그냥 달라는 것도 아니죠. 제대로 값을 치를 거예요."

"나는 그냥 여기 있는 것들을 싹 처리하는 게 더 빠를 것 같은데? 내 정체까지 드러난 마당에 거래를 해 봐야 뒤통수가 근질거릴 건 당연한 일이잖아? 별로 마음에 안 들어."

"답답한 분이시군요. 그래 봐야……."

그때였다.

"끄아아아악!"

요란한 비명이 울려 퍼졌다. 창밖, 정확하게는 정원에서 들려온 소리였다. 리카이엔이 흠칫 고개를 돌리는데 엘리샤가 느긋한 표정으로 말했다.

"걱정할 것 없어요. 경매장의 놈들이 날 찾아온 모양인데… 어차피 그들의 힘으로는 여기까지 들어오지도 못할 테니까요."

비밀 경매장은 '비밀' 이 제대로 지켜져야만 제대로 운영이 될 수 있다. 그리고 가장 큰 비밀 중 하나는 숨겨져 있는 경매장의 입구. 고객들에게 공개되는 입구는 단 한 곳이다. 한 사람당 하나. 그 외에 다른 입구에 대해서는 몰라야 했다.

그런데 다른 입구에 대해서 안다는 것은 그 외에 다른 비밀들까지 알고 있을 수도 있다는 뜻이다. 그리고 그런 위험이 있다면 제거하는 것이 당연한 수순.

엘리샤는 그런 습성에 대해 알고 있었기에 지금의 사태 또한 예견하고 있었다. 하지만 크게 걱정하지는 않았다. 건물은 황혼의 기사단 소속 기사들이 철통같이 지키고 있었다.

비밀 경매장을 운영하는 조직이 아무리 강해도 그들을 뚫고 이곳까지 들어올 수는 없다. 엘리샤 자신은 검술을 모르지만, 이곳을 지키는 다른 기사들의 실력은 모두 제국에서 손꼽히는 수준이기 때문이다.

그때 리카이엔이 자리에서 일어섰다.

"왜 그러시죠? 그렇게 걱정할 필요는……."

하지만 엘리샤는 말을 끝맺지 못했다. 리카이엔이 갑자기 몸을 날려 창밖으로 뛰쳐나갔기 때문이다.

"자, 잠깐!"

하지만 리카이엔은 이미 정원 바닥에 사뿐히 내려서고 있었다. 소리가 들려온 쪽으로 시선을 돌려 보니, 정원에 몸을 숨기고 있던 황혼의 기사단 기사들이 안으로 뛰어들어 오는 복면인들을 상대하고 있었다.

리카이엔이 순식간에 그 자리로 뛰어들었다. 동시에 목을 노리고 짓쳐 들어오는 싸늘한 예기.

리카이엔이 슬쩍 상체를 비트는 순간, 목을 노리고 들어오던 단검이 목표를 잃고 허우적거린다. 그리고 리카이엔의 손이 움직였다.

으드드득!

"끄아아아악!"

뼈가 어긋나는 소리가 들리는가 싶더니, 한 복면인이 기묘하게 비틀어진 팔을 부여잡고 비명을 터뜨렸다. 하지만 그마

저도 마음대로 할 수 없었다. 어느새 품으로 파고든 리카이엔의 주먹이 복면인의 턱을 올려치고 있었다.

으적!

"끅!"

아주 간단한 소리와 함께 복면인의 몸뚱이가 허물어졌다. 그리고 리카이엔은 다시 땅을 박찼다.

기사들의 실력은 대단했다. 그로니스 제국 황제의 비밀 친위대라는 이름에 아깝지 않은 실력이었다.

한 명의 기사를 상대로 세 명의 복면인이 시미터를 휘두르며 달려들고 있었다.

챙, 채채챙!

하지만 롱소드를 든 기사는 조금도 당황하지 않고 복면인들의 공격을 막아 냈다.

쉐에에엑!

뒤쪽에 있던 복면인의 시미터가 둥근 궤적을 그리며 기사의 뒤통수를 향해 뻗어 간다. 동시에 나머지 두 자루 시미터가 가슴과 발목을 노린다.

의외로 잘 짜인 협공. 몸을 피할 곳이 없다. 그렇다고 막는 것도 힘들다.

카캉!

바람처럼 휘둘러진 롱소드가 발목과 가슴을 노리는 시미터를 쳐 낸다. 동시에 허리를 숙였다. 그와 함께 뒤에 있는 복면인을 향해 롱소드를 휘둘렀다.

그 순간.

콰아악!

갑자기 끼어든 무언가가 기사와 복면인 사이에 있는 땅을 짓눌렀다. 깜짝 놀라 고개를 돌려 보니 엘리사와 함께 저택으로 들어갔던 사내였다.

'도와주러 나온 건가?'

그와 함께 리카이엔의 오른손 주먹이 복면인의 명치 깊숙이 박히고 있었다.

푸우욱!

깊이 파고드는 주먹으로 묵직한 감촉이 전해져 온다. 순간적으로 내장이 경직되며 복면인의 호흡이 정지하는 것까지 느껴졌다.

"커허어억!"

갑갑한 비명을 지르며 바닥을 구르는 복면인. 그 모습을 본 기사가 리카이엔을 조력자로 인식하는 순간.

리카이엔의 손가락이 기사의 어깨를 찍었다.

"컥!"

기사는 저도 모르게 헛바람을 들이켰다. 갑자기 온몸의 신경이 저릿해지는가 싶더니 몸이 움직이지 않았다. 깜짝 놀라 몸을 비틀려는 순간, 그렇지 않아도 불안하던 자세가 무너지며 그대로 바닥을 굴렀다.

여전히 몸은 움직여지지 않았다.

"이, 이게 무슨!"

기사가 뭐라고 말을 하려는 사이, 리카이엔이 만족스러운 표정으로 고개를 끄덕였다.

백작이 된 리카이엔은 꾸준히 창을 이용해 혈하를 펼칠 수 있는 방법에 대해 고민을 거듭했다. 그와 동시에 수련을 한 것이 점혈법이다. 전쟁 중에는 대부분 갑옷을 입고 있으니 점혈이 크게 소용이 없지만, 그렇지 않은 상황이라면 상당히 유용한 무공이었다. 특히, 바이론인으로 구성된 비밀 조직과 큰 싸움을 벌여야 할지도 모르기 때문에 그때를 대비해 공을 들였던 것이다.

그리고 오늘 의외의 장소에서 그 점혈법의 성과를 확인한 것이다.

"무슨 짓이냐?!"

동료가 쓰러지는 광경을 목격한 기사 하나가 버럭 소리를 지르며 리카이엔 쪽으로 몸을 날렸다.

슈아아악!

날렵하게 찔러오는 롱소드. 단순한 찌르기였지만, 속도와 그 실린 힘은 무시무시한 수준이었다.

롱소드가 세찬 바람을 안고 리카이엔을 향해 쇄도했다.

"흡!"

리카이엔은 반쯤 내뱉은 호흡을 끊는 동시에 발을 움직였다.

으적!

정원의 흙바닥에 깊은 족적이 파이는 순간, 리카이엔이 날아드는 검을 향해 달려들었다.

쉬이잇!

시린 파공성이 어깨를 아슬아슬하게 스칠 정도의 간격만을 남긴 채 피한 리카이엔. 그리고 그의 손을 기사를 향해 손가락을 뻗고 있었다.

"크읍!"

기사라 검을 뻗은 자세 그대로 굳은 채 바닥을 굴렀다.

"그를 잡아요!"

창가에 서서 정원의 상황을 확인한 엘리샤가 다급한 목소리로 외쳤다.

그 소리에 몇몇 기사들이 황급히 리카이엔 쪽으로 시선을 돌렸다. 쓰러져 있는 두 명의 동료. 상황을 명백했다. 그리고 황혼의 기사단의 반응은 신속했다.

절반이 재빨리 방향을 틀어 리카이엔을 향해 달려오고, 나머지 절반은 복면인들을 상대했다. 그래도 충분히 복면인들을 상대할 만큼 황혼의 기사단의 실력은 뛰어났다.

열 명의 기사들이 순식간에 리카이엔을 둘러쌌다.

기사들은 두 동료가 너무 쉽게 당했기 때문인지 성급하게 덤벼들지 않았다.

리카이엔의 입장에서는 결코 환영할 수 없는 상황. 이대로 시간을 끌면, 복면인들을 상대하던 기사들까지 가세할 것이다.

물론, 리카이엔의 실력은 이들 개개인보다 훨씬 뛰어났다. 그리고 열 명 정도면 충분히 이길 자신도 있었다. 그들이 약하기보다는 리카이엔이 너무 강하기 때문이다.

하지만 문제는 죽이지 않고 제압해야 한다는 데 있었다. 지금 이들을 죽이는 것은 그리 좋은 선택이 아니었다. 아직은 제국의 황제와 척을 질 필요가 없기 때문이다.

그렇다고 마냥 기다릴 수는 없는 법. 어떻게든 이들을 제압해야만 유리한 위치에서 이야기를 할 수 있었다.

"하아앗!"

우렁찬 기합과 함께 리카이엔이 먼저 움직였다.

섬전 같은 쇄도에 깜짝 놀란 기사가 반사적으로 검을 휘두르는 순간, 리카이엔의 손가락은 이미 그의 혈을 점혈하고 있었다.

하지만 이득이 있으면 손해도 있는 법.

촤악!

섬뜩한 감각이 등판을 훑고 지나갔다. 무언가 날아든다는 것을 알고 몸을 비틀었음에도 불구하고 완벽하게 피하지 못했던 것이다. 하지만 이런 통증 따위는 전생에 전장을 구르며 수백 번도 더 겪었다.

"헉!"

"크흑!"

검날이 등판을 훑고 지나가는 순간, 두 명의 기사가 연이어 점혈당해 쓰러졌다.

잇달아 터져 나오는 신음. 순식간에 일곱 명이 마비된 상태로 바닥을 굴렀다.

물론 리카이엔도 멀쩡한 상태는 아니었다. 심각하지는 않지만, 몸 곳곳의 크고 작은 상처에서 피가 흐르고 있었다.

"이, 이게 무슨……."

한 기사가 믿을 수 없다는 표정으로 리카이엔과 쓰러진 동료들을 번갈아 보았다. 겨우 한 사람이다. 게다가 무기도 들지 않았다. 그런데 이렇게 당하다니.

그때 요란한 소리와 함께 나머지 기사들이 합류했다.

저택에 있던 기사는 황혼의 기사단 1개 조 스무 명. 처음 두 명과 방금 일곱 명이 쓰러졌으니 이제 남은 것은 열한 명.

리카이엔은 온몸에 검에 베인 상처를 입었음에도 아무렇지도 않은 표정으로, 아니, 정확하게는 비웃는 듯한 표정으로 말했다.

"야, 마저 덤벼!"

"세, 세상에!"

엘리사의 얼굴은 경악으로 물들었다.

그러는 동안 온몸의 상처로 인해 피투성이가 된 리카이엔이 점혈당한 기사들을 하나하나 바닥에 늘어놓은 후, 엘리샤를 향해 말했다.

"이제야 제대로 이야기를 나눌 조건이 갖춰진 것 같군."

엘리샤는 바닥에 늘어진 기사들의 모습을 보며 벌어진 입을 다물 생각도 못했다.

"무, 무슨 짓을 한 거죠?"

점혈이라는 걸 알지 못하는 엘리샤가 상황을 이해하기 힘든 것은 당연한 일. 하지만 리카이엔은 굳이 그것을 이해시킬 필요를 느끼지 못했다.

"지금은 아까 하던 이야기를 마저 하는 게 더 중요할 것 같은데?"

엘리샤가 애써 미소를 지으며 물었다.

"이런 상황에서 이야기를 하자는 건가요?"

"그게 싫으면 나는 여기 있는 입들을 전부 다 영원히 다물게 하고 나가면 그뿐이지."

클레우스의 장물과 리카이엔의 관계를 알거나, 리카이엔의 얼굴을 본 자들은 이곳에 있는 이들이 전부였다. 그러니 모두 죽는다면 그 사실은 다시 수면 아래로 가라앉게 되는 것이다.

'친위대 기사들을 이렇게 간단히…….'

엘리샤는 아직도 믿어지지가 않았다. 리카이엔이 강하다는 것은 직감적으로 알고 있었다. 하지만 이 정도일 거라고는 상상도 하지 못했다.

하지만 지금 중요한 건 리카이엔의 실력이 어느 정도인가 하는 것이 아니었다.

"자, 어쩔래? 하던 얘기를 마저 할래, 아니면 죽을래?"

"크으윽!"

엘리샤가 어깨를 흔들릴 정도로 몸을 떨었지만 지금 상황에서 그녀에게 선택권은 없었다. 상황이 이렇게 된 이상 일을 제대로 마무리하지 못하면, 만에 하나 여기서 살아나간다 해도 그녀에게 더 이상의 미래는 없었다.

그렇다면 차라리 어떻게 해서든 일을 성사시키는 쪽이 그녀에게 이득이었다.

"좋아요. 이야기를 계속해요."

"그래도 목숨이 아까운 줄은 아는군. 그래, 원하는 물건이 뭐지?"

"뭐, 대단한 건 아니에요. 황금으로 만든 홀(笏)이에요."

홀은 납작하고 긴 막대 모양으로 보통 은으로 제작이 되고 끝에 황실의 인장이 새겨져 있는 물건이다. 그로니스 제국 황실의 전통으로, 대신이나 관직이 있는 귀족, 영지가 있는 귀족들이 황제를 만날 때 손에 쥐는 물건이다.

그리고 황제만이 유일하게 황금으로 만든 홀을 가지는 것이다.

"황금 홀이라… 흠, 본 것 같기는 하군."

"다행이군요. 그럼 우리가 생각하는 가격을 말씀드리죠."

"아니, 잠깐."

"네?"

"그게 왜 필요한 거지? 제국 황제의 홀은 황금으로 만드는 것이고 황제의 권위를 상징하기는 해도 그 외에 특별한 의미는 없을 텐데? 게다가 닳거나 파손되면 다시 제작하면 그뿐인 물건인 걸로 아는데 왜 굳이 100년 전의 물건을 찾으려고 하는 거지?"

"그 물건은 제국의 초대 황제 폐하께서 사용하시던 물건이에요. 그렇기 때문에 사용 여부와는 관계없이 황실에서는 중요한 의미를 가지죠."

하지만 리카이엔은 피식 웃으며 고개를 저었다.

"내가 아무것도 모르는 줄 아는 모양인데? 제국 황실의 예법에서 홀이 사용된 건, 17대 황제 때부터다. 그전에는 홀이 사용됐다는 기록이 없어."

엘리샤가 두 눈을 질끈 감았다. 그리고 크게 심호흡을 한 후 말했다.

"그건 말해 줄 수 없어요. 지금 중요한 건 물건의 가격이지, 그 물건의 내력은 아니잖아요?"

"그렇다면 그런 거고, 아니라면 아니겠지."

리카이엔이 또 뭔가를 이야기하기 전, 엘리샤가 급히 말했다.

"500만 아르겐. 황금 홀의 가격으로 500만 아르겐을 지불

할게요. 이 정도면 꽤 괜찮은 가격일 텐데요?"

"오히려 더 궁금해지는데? 과연 500만 아르겐씩이나 되는 비밀이 무엇인지?"

엘리샤가 당황한 표정으로 리카이엔을 보았다. 하지만 이대로 물러날 수도 없는 노릇이었다.

"그 비밀을 알게 되면 당신은 물론, 당신의 가족과 영지의 안전을 보장해 줄 수 없어요."

순간, 리카이엔이 갑자기 표정을 일그러뜨리며 큰소리로 외쳤다.

"지랄하네! 내 목숨은 내가 지킨다. 황혼의 기사단이든 황제든, 나나 내 가족을 건드리면 뒈져도 같이 뒈지는 거야!"

리카이엔의 험한 말에 엘리샤가 저도 모르게 움찔 어깨를 떨었다. 하지만 리카이엔으로서는 당연한 반응이었다. 그 자신은 몰라도 가족에 대해 협박을 하는 것은 절대 참을 수 없는 일이다.

결국 엘리샤가 항복 선언이라도 하듯 긴 한숨을 내쉬며 말했다.

"알았어요… 말해 드리죠. 그 황금 홀 안에는 다른 물건이 숨겨져 있어요."

"다른 물건?"

"제국 황실의 지하에 있는 비밀 창고의 열쇠죠."

"비밀 창고라고?"

"네, 황실의 역대 황제 폐하들의 물건과 기록들이 보관되어 있는 창고예요. 하지만 100년 전 황금 홀을 도둑맞은 후, 창고의 문은 두 번 다시 열리지 않았죠."

만약 클레우스의 장물이 영원히 나타나지 않았다면 이렇게 기를 쓰고 찾으려 하지 않았을 것이다. 클레우스의 실종과 함께 그 열쇠 역시 영원히 사라진 셈이었으니까. 하지만 클레우스와 관련된 물건이 세상에 나왔다는 건, 그 비밀의 열쇠 역시 세상에 나왔다는 뜻이다. 그렇다면 찾지 않을 수 없다.

"그랬군."

"자, 이제 비밀을 알았으니 거래를 마저 하시죠."

그 말에 리카이엔이 망설임 없이 가격을 말했다.

"천만."

"네?"

엘리샤가 멍한 표정으로 리카이엔을 보았다. 지금 무슨 말을 들었는지 바로 이해가 가지 않았다. 한참 동안 멍한 표정을 짓고 있던 엘리샤가 겨우 정신을 수습한 후 물었다.

"처, 천만이라고요?"

"그래, 천만 아르겐."

"제, 제 정신인가요? 그 황금 홀에 중요한 의미가 있기는 하지만 그렇다고 천만 아르겐이라니!"

리카이엔이 피식 웃으며 당연하다는 듯 말했다.

"그 물건 가격으로 네가 제시한 500만. 그리고 더 이상 비밀을 캐지 않는 가격으로 500만이다."

"네?"

"그 비밀 창고에 무언가 또 다른 비밀이 있겠지만 그것까지는 묻지 않겠다는 뜻이다."

"흡!"

엘리샤의 얼굴이 경악으로 물들었다.

"그, 그걸 어떻게!"

"훗, 목숨이 경각에 달린 순간에도 거짓말을 했던 널 그렇게 쉽게 믿을 거라고 생각한 거냐?"

"하, 하지만……."

그녀가 이번 일을 전담하게 된 것은 어쩌다 보니 그렇게 된 것이 아니었다. 실력이 있기에 전권을 위임받을 수 있었던 것이다. 그런 엘리샤가, 아무리 동료들이 볼모로 잡히고 목숨을 위협 당했다 해도 순순히 상대에게 말려들 리가 없었던 것이다.

비밀 속에 비밀을 감췄다.

어차피 쉽게 거래를 할 수 있을 거라고는 생각하지 않았다. 그렇기에 열쇠가 숨겨져 있다는 사실을 큰 비밀인 것처럼 느끼도록 이야기를 했다.

그리고 열쇠가 있다는 사실을 알려주면서 모든 비밀이 해소되었다고 느끼게끔 유도했다. 하지만 리카이엔은 그녀의 머리 꼭대기에 올라 앉아 있었다.

리카이엔의 입가에 떠오른 미소가 한층 짙어졌다.

"비밀을 캐지 않고, 지금 들은 이야기에 대해서도 함구하도록 하지. 그 정도로 천만이면 충분할 것 같은데?"

한참 동안 숨을 고른 엘리샤가 힘겹게 고개를 끄덕였다.

"좋아요. 그걸로 끝인가요?"

"아니, 아직."

"네?"

"내 비밀을 지킬 방법도 생각해 봐야지."

"당신 비밀이요?"

사실 이 부분은 리카이엔도 깊이 고민하지 않을 수 없는 부분이었다. 대수롭지 않게 생각하고 따라왔다. 어느 정도 규모가 있어도 어지간하면 처리할 수 있을 거라고 생각을 했다.

그런데 상대가 그로니스 제국 황제의 비밀 친위대다. 이 정도면 입막음을 하는 것도 쉽지 않았다. 괜한 일을 벌였다가 역으로 제국의 황제와 척을 질 수도 있다. 아무리 리카이엔이 겁이 없어도 그 정도로 거대한 적을 만들 생각은 추호도 없었다.

아직 영지의 힘을 제대로 키워 놓지 못한 상태에서 클레우스의 보물들과 관련된 소문이 도는 것은 절대적으로 위험했다. 가장 위험한 쪽은 아트룸 길드. 아직은 조엘이 아트룸 길드를 장악하지 못한 상황에 우호적으로 나올 리가 없다.

브렌 왕국의 왕실이나 주변 영주들이 아는 것도 좋지 않았다. 제대로 힘을 갖추기도 전에 극심한 견제를 당하게 될 것이

뻔했다. 더군다나 클레우스라는 위험한 인물이 관련되어 있으니, 심할 경우 직접적인 실력 행사를 하려는 곳이 있을 수도 있었다.

"젠장! 네 덕에 빼도 박도 못하게 생겼다."

리카이엔의 말에 엘리샤가 속이 바짝바짝 타는지 마른 입술을 으 며 말했다.

"당신의 비밀에 대해서는 영원히 함구할 거예요."

"원래 비밀을 지키는 제일 좋은 방법은, 아는 사람을 적게 만드는 거야. 오늘 처음 만난 너희를 무슨 수로 믿냐?"

"그렇다고 이대로 계속 같이 있을 수도 없는 일 아닌가요?"

"그렇기는 하겠지. 그러니 방법을……."

그러다 갑자기 리카이엔의 머릿속에 무언가가 스치고 지나갔다.

'흠, 그러고 보니…….'

아주 좋은 방법이 떠올랐다. 리카이엔이 피식 웃으며 엘리샤를 향해 말했다.

"황제에게 물건을 건네주는 사람은 나다."

"네?! 그런 일이 가능……."

깜짝 놀란 엘리샤가 뭐라고 말을 하려 했지만, 리카이엔은 엘리샤가 말을 하는 것을 허락하지 않았다.

"너는 나를 따라가고, 나머지는 미안하지만 한동안 어디서 좀 조용히 지내 줘야겠다."

"그게 무슨……!"

그 순간 리카이엔의 손이 엘리샤의 혈을 점혈하고 있었다.

"억!"

온몸의 신경을 타고 저릿한 고통이 흐르는 순간, 엘리샤는 다른 기사들이 몸을 움직이지 못하는 이유를 몸소 체험하고 있었다.

"이게 무슨 짓이에요?!"

놀란 엘리샤가 소리를 질렀지만, 리카이엔은 그녀를 어딘가로 옮기고 있었다.

엘리사에서 시작해 응접실 바닥에 누워 있던 기사들을 모두 방으로 옮긴 리카이엔이, 멀뚱하게 자신을 쳐다보는 사람들을 향해 말했다.

"다들 여기서 기다리고 있어. 어디 좀 갔다 올 테니."

Chapter 8.

바이론 사막

모렐리아 공화국은 국토의 절반 정도가 사막이다. 정확하게는 남부 1/3정도가 사막이고, 그 외 지역은 풀이 자라지 않는 황무지였다.

남부의 사막지대는 원래는 바이론 왕국이 있던 자리였는데, 바이론 왕국이 어느날 갑자기 멸망하고 그 땅이 사막으로 변해 버린 것이다.

문제는 그때부터였다.

사막과 인접한 지역에서 하나둘 우물이 마르고 강이 바닥을 드러내기 시작했다. 뒤이어 풀들이 메마르기 시작하더니 나무들이 말라비틀어지고 급기야 풀 한 포기 자라지 않는 황무지로 변해 갔다. 그리고 아주 느리지만 꾸준히 황무지는 넓어져 갔다.

모렐리아 공화국의 사람들은 그 현상을, 바이론 왕국의 멸

망과 연관 지을 수밖에 없었다. 그리고 지금은 황무지가 넓어지는 현상을 두고 이른바 '바이론의 저주'라고 부르고 있었다. 그 때문에 모렐리아 공화국 내에서 바이론 난민들에 대한 박해는 특히나 심했다.

현재는 땅의 황무지화 현상이, 모렐리아 공화국 중앙을 동에서 서로 가로지르는 코탄 강 앞에서 멈춰 있었다. 즉, 코탄 강을 중심으로 북쪽은 멀쩡한 땅이었고, 남쪽은 군데군데 오아시스만이 존재하는 황무지, 혹은 사막인 상태였다.

하지만 모렐리아인들은 언제 이 바이론의 저주가 강을 넘어올지 모른다는 생각 때문에 불안에 떨 수밖에 없었고, 그런 생각이 결국 영토 확장의 필요성을 절실하게 만든 것이다.

코탄 강 유역은 원래는 비옥한 토지 덕분에 많은 사람들이 살고 있었고, 제법 큰 도시들이 자리를 잡고 있었다. 하지만 황무지화 현상이 북상하면서부터 사람들은 코탄 강 북쪽도 언제 황무지로 변할지 알 수 없다는 생각에 하나둘 다른 곳으로 옮겨 갔다.

그리고 원래는 번성했던 도시들이 이제는 부랑자와 빈민들만이 사는 폐허같은 도시들만이 자리를 잡고 있었다. 사람이 살기는 하지만 치안이 유지되지 않기 때문에 거의 무법 도시나 다름없는 상태가 된 것이다.

그런 도시들 중 하나인 타드란.

네 마리 말이 끄는 커다란 여행용 포장마차 한 대가 북쪽 입구를 통해 들어왔다. 마차의 마부석에는 은발의 사내가 느긋한 자세로 앉아 있었다.

북문을 통과한 마차가 남북과 동서의 두 길이 만나는 교차로를 지날 때였다.

갑자기 여기저기 건물들에서 사람들이 우르르 쏟아져 나오더니 순식간에 마차를 둘러쌌다. 그리고 그중 우두머리인 듯한 덩치가 큰 사내가 앞으로 나서며 말했다.

"긴말 않겠다. 그냥 몸만 사라져라."

그 말을 들은 은발의 사내가 피식 웃었다. 그리고 장난이라도 치려는 듯 사내의 말투를 흉내 내며 말했다.

"긴말 않겠다. 지금이라도 꺼져라."

"이놈이!"

우두머리가 등 뒤로 손을 움직이는가 싶더니 어느 순간 시퍼렇게 날이 서 있는 도끼를 꺼내 보였다.

"죽고 싶으냐?"

그 말을 들은 은발 사내의 미소가 한층 더 심하게 비틀어졌다.

"뒈질래?"

"뭣이? 죽은 다음에 후회나 하지 마라, 이 개자식아!"

우두머리가 버럭 소리를 지르며 앞으로 내달렸다. 동시에 마차를 둘러싸고 있던 사람들 역시 동시에 포위망을 좁히며 달려들었다.

그 순간 은발의 사내, 리카이엔이 마부석에서 몸을 날렸다. 그 모습을 본 우두머리가 급히 발을 멈추는 순간, 리카이엔의 얼굴이 갑자기 코앞에서 나타났다.

"흡!"

깜짝 놀란 사내가 반사적으로 도끼를 치켜들었다.

쉬우우욱!

날이 시퍼렇게 선 도끼가 바람을 갈랐다. 이미 여러 번 경험이 있는지 사람의 머리를 향해 내지른 도끼에 일말의 망설임도 보이지 않는다. 수직으로 떨어져 내리는 궤적.

순간, 우두머리의 두 눈에 무언가가 번뜩였다.

스컥!

갑자기 새하얀 궤적이 번뜩이는가 싶더니, 도끼 자루가 썩뚝 잘려 나갔다. 동시에 섬뜩한 감촉이 목줄기를 훑었다.

"커헉!"

우두머리의 입에서 당혹성이 터져 나왔다. 차가운 창날이 어느새 턱밑에 닿아 있는 것이다.

"너, 너 이놈!"

갑작스러운 상황에 다른 무리들도 우뚝 멈춰 서서는 리카이엔을 뚫어져라 노려보았다.

"움직이면 목이 시원해질 것 같은데, 한 번 해 볼 생각 있냐?"

"이, 이거 못 치우냐?"

"못 치우는데?"

갑자기 마차를 포위하고 있던 무리들이 한 걸음, 한 걸음 천천히 다가오기 시작했다.

"거기 서! 더 오면 이 새끼 목에 진짜로 구멍 하나 뚫어 줄 테니!"

무리들이 다시 발을 멈추는 사이, 우두머리의 입에서도 외침이 터져 나왔다.

"이 잡것들이 지금 내가 이런 상황인데 무슨 짓이냐!"

그때 무리들 속에서 한 사내가 앞으로 나왔다. 곁눈질로 사내를 본 우두머리가 당황스러운 목소리로 외쳤다.

"너 이놈, 지금 무슨 짓을 하려는 거냐?"

"크흐흐흐, 그 정도면 많이 해 먹으셨소. 이제 그만 가실 때도 됐지."

"이, 개 잡노무 새끼가……."

그 모양을 본 리카이엔이 실소를 터뜨리며 말했다.

"하, 별로 인망이 없으신 모양인데?"

그와 동시에 뾰족한 창날이 살점을 비집고 들어왔다.

"머, 멈춰! 멈추라고 이 잡것들아!"

우두머리가 버럭버럭 소리를 질렀지만, 더 이상 그의 말은 먹혀들지 않았다.

"죽여!"

새롭게 앞으로 나섰던 사내가 큰소리로 외치며 몸을 날렸다. 다른 무리들 역시 새로운 사내를 우두머리로 모시기로 한 듯 망설임 없이 앞으로 뛰어들었다.

동시에 리카이엔도 버럭 소리를 지르며 몸을 날렸다.

"젠장! 오자마자 환영식 한 번 거하게 치르네. 볼프 이 새끼 오면 뒈질 줄 알아!"

콰지지직!

거센 진각에 길에 깔린 돌이 힘없이 으깨져 나갔다. 으깨진 돌조각이 사방으로 비산하는 순간, 리카이엔의 몸은 앞으로 쏘아져 나가고 있었다.

진각으로 인해 급속하게 치고 올라오던 반발력이 단전의 거대한 공력을 밀어 올리며, 온몸에 공력이 퍼져 나갔다. 동시에 창날 끝에서 희미하게 일렁이는 아지랑이.

슈아아아악!

날카로운 창날이 살점을 가르고, 붉은 피가 메마른 도로 위로 쏟아져 내렸다. 비명은 그 다음이었다.

"크아아악!"

허벅지가 절반이나 잘려 나간 지저분한 사내가 바닥을 구른다. 뒤따라오던 자들이 쓰러진 사내에게 발이 걸려 우르르 넘어지는 순간, 리카이엔이 그 위로 몸을 날렸다.

흐릿한 잔상이 남을 정도로 빠르게 움직이는 창날이 곳곳에 피를 뿌려 댔다.

순식간에 열 명 정도가 바닥을 나뒹굴었다. 예상치 못한 상황에 다른 이들이 선불리 덤벼들지 못하고 그 자리에 멈춰섰다.

"자, 또 뒈지고 싶은 놈 튀어나와!"

그때였다.

두두두두두!

요란한 말발굽 소리가 저 멀리서부터 들리는가 싶더니 한 무리의 인마가 이쪽을 향해 달려왔다. 그리고 그 선두에 있는 이가 큰소리로 외쳤다.

"백작님!"

볼프였다.

달려오는 볼프의 모습을 확인한 리카이엔이, 새롭게 우두머리가 된 사내를 향해 말했다.

"이제 튀는 게 오래 사는 방법일 것 같지 않냐?"

달려오는 인마가 여기까지 오려면 조금은 여유가 있었다. 하지만 그 시간 동안 어떻게 할 수 있는 상대가 아니었다.

"이익! 제길, 전부 철수해!"

리카이엔을 둘러싸고 있던 무리들이 썰물처럼 빠져나갔다. 볼프가 도착한 것은 그 직후였다.

"저 망할 것들이 감히 백작님을! 기사들 뭐하고 있나! 얼른 가서 잡……!"

따악!

"악!"

갑작스러운 충격에 볼프가 머리를 감싸며 비명을 질러 댔다. 리카이엔이 볼프의 뒤통수를 가격한 창대를 거두어들이며 물었다.

"뭐하냐?"

"으윽, 배, 백작님. 괜찮으십니까?"

급히 말에서 내려 그렇게 물어보는 볼프를 향해 리카이엔이 살짝 인상을 찌푸리며 말했다.

"그럼 내가 저것들한테 칼침이라도 맞을까?"

"그, 그건 아닙니다만……."

"분명히 시간상 먼저 도착했어야 될 텐데?"

"그, 그게 그러니까… 파도가 너무 높아서 배가 늦게… 출항하는 바람에……."

"배가 닷새씩이나 출항을 못할 정도로 파도가 높았다?"

"으음……."

그때 또 다른 무리가 이쪽을 향해 다가왔다. 그중 가장 선두에 있던 체구가 작은 사람이 말했다.

"저놈은 어떻게 된 게 백작이 돼도 성질머리가 변함이 없냐?"

테하스였다. 옆에는 프리엘라가 나란히 걸어오고 있었고, 그 뒤로 열 명 정도의 바이론인들이 따라오고 있었다.

"할망구, 오랜만이요."

"넉 달 만이구나. 잘 지냈느냐?"

"좀 바쁘기는 했지만 못 지내지는 않았지."

"아무튼 이제 어엿한 영주가 됐는데 그 성질머리 좀 버려라, 이놈아."

테하스의 거듭된 타박에 리카이엔이 저도 모르게 쓴웃음을 지었다.

사실 백작이 된 후 그는 어지간하면 언성을 높이지 않았다. 아버지의 거듭된 당부가 있었던 탓에 꽤 조심을 하는 편이었다. 그렇다고 본래의 성격이 사라진 것도 아니고 가끔 튀어나오는 거친 말투나 욕설이 없어지지는 않았지만, 그래도 예전에 비해 훨씬 덜했다.

그런데 이상하게도 볼프만 보면 그게 잘 안 됐다. 그 탓에 볼프는 안톤과 율리아 그리고 기사들에게 '욕을 부르는 몸' 이라는 별명까지 얻었을 정도였다.

"뭐, 어쨌든 그건 그거고… 얘기를 하기 전에 부탁부터 하나 합시다."

"부탁?"

"저 마차에 있는 놈들 좀 가둬 둡시다."

"가둬?"

테하스가 고개를 갸웃거리며 율리아에게 가 보라는 신호를 했다. 마차 뒤로 돌아가 포장을 들추던 율리아가 저도 모르게 흠칫하며, 마차 안과 이쪽을 번갈아 보았다.

마차 안에는 스무 명 정도의 사람들이 얼굴에 두건이 씌워진 채 널브러져 있었던 것이다.

“사정은 좀 있다 설명할 테니 일단 움직입시다.”

리카이엔의 말에 테하스가 혀를 차며 고개를 설레설레 저었다.

“따라와라.”

테하스를 따라간 곳은 타드란 동부에 있는 주택가였다. 과거에는 번성했던 도시였기에 건물들은 모두 훌륭한 편이었지만, 살고 있는 사람도 적고 치안이 유지되지 않다 보니 상당히 삭막한 느낌이었다. 그나마 다행인 점은 도시의 다른 지역에 비해서 깨끗하다는 정도.

테하스와 함께 주택지로 들어서자 가장 먼저 보인 것은, 무기를 들고 길목을 지키고 서 있는 두 명의 바이론인이었다. 이곳은 바이론 난민들이 모여 사는 주거지였던 것이다.

길을 따라 들어가니 군데군데 바이론 난민들의 모습이 보였지만, 그들은 리카이엔과 눈이 마주치자 황급히 집 안으로 들어가기 바빴다.

그렇게 얼마를 들어가니 주택지의 중앙에 있는 광장이 나왔다. 그리고 광장 한가운데 몇 명의 바이론인들이 이쪽으로 다가왔다.

“말씀하신 분들인 모양이군요.”

그중 한 노인이 테하스를 향해 물었다. 테하스가 고개를 끄덕이며 리카이엔을 소개했다.

"일전에 말했던 사람일세. 앞으로 우리 일에 도움을 줄 사람이기도 하다네."

그 말에 노인이 리카이엔을 향해 편안한 표정으로 인사를 건넸다.

"라두스라고 합니다. 이 마을의 촌장입니다."

그러자 테하스가 중간에 끼어들며 말했다.

"디란드 씨족의 족장이다."

"허허허, 이제는 족장이라는 말을 하기도 힘들지 않겠습니까, 공주님?"

인사를 건네려던 리카이엔이 '공주님' 이라는 말에 타이밍을 잃고 당황하는 사이, 테하스가 질책하듯 말했다.

"이제 왕국의 재건을 시작해야 할 때에 무슨 그런 말을 하는가? 자네가 자신감을 가져야 디란드 씨족이 건재할 수 있는 걸세."

"허허, 그렇기는 하겠군요."

라두스는 꼬장꼬장한 성격의 테하스와는 달리 어딘가 좀 느긋해 보이고 여유가 있어 보이는 편안한 인상이었다.

두 사람의 이야기가 끝난 듯하자 리카이엔이 조심스럽게 인사를 했다.

"리카이엔 프로커스입니다."

"어서 오십시오. 우리 일을 많이 도와주신다는 이야기는 들었습니다. 조금 불편하겠지만 지내는 동안만이라도 편하게 지내다 가십시오."

"감사합니다."

인사를 끝낸 리카이엔이 테하스를 향해 급히 말했다.

"마차 안에 있는 놈들부터 좀 처리해 주쇼."

"알았다, 이 녀석아. 라두스, 저 마차 안에 있는 사람들을 당분간 가둬둘 수 있겠나?"

"네? 가두다니요?"

"사정이 있어서 그러니 부탁 좀 드리겠습니다. 이 장소나 사람들이 드러나지 않는 한에서 감시를 부탁드립니다. 필요하시다면 비용은 지불을 할 테니 먹고 자는 것만 신경을 좀 써 주십시오."

"그러지요."

고개를 끄덕인 라두스가 뒤에 서 있는 젊은 사내들을 향해 말했다.

"자네들이 가서 좀 처리를 해 주게."

"알겠습니다."

젊은 바이론인들이 마차에 있는 기사들을 어깨에 들쳐 메고 옮기는 것을 확인한 리카이엔이 당부하듯 말했다.

"이곳이 드러나면 마을이 위험해질 수도 있습니다. 위험한 일에 관여하게 만들어 죄송합니다만, 당분간만 부탁드리겠습니다."

그 말에 테하스가 마음에 들지 않는다는 표정으로 면박을 주었다.

"이놈아, 그런 거면 시작을 안 했어야지."

"아, 사정이 좀 있어서 그런 거니 이해 좀 해주쇼. 그리고 할망구가 해 주는 거요? 라두스 족장님이 해 주시는 거지."

"아무튼 저 버르장머리… 쯧쯧."

"일단 그 일부터 이야기합시다."

"저곳이 확실한 거요?"

푸른 달이 시리도록 고고하게 빛나는 깊은 밤. 리카이엔이 모래 언덕에 몸을 숨긴 채 저 멀리 보이는 호수를 가리켰다. 사막에서 유일하게 초지와 나무, 그리고 물이 존재하는 오아시스였다.

오아시스는 사막을 건너는 이들에게는 생명줄과 다름이 없다. 당연히 많은 사람들이 거쳐 가는 곳이고, 그 사람들을 상대로 장사를 하는 이들이 있다. 대부분이 숙박업을 하는데, 집이라고 해 봐야 얼기설기 지어진 집들이지만 의외로 벌이가 괜찮은 편이었다.

작렬하는 태양과 메마른 모래 바람에 시달린 사람들에게 편안한 잠자리와 따뜻한 목욕, 그리고 조리한 음식은 사막 종단 중 만날 수 있는 유일한 즐거움이기 때문이다.

사막은 자칫하면 고통스러운 죽음을 맞이할 수도 있는 열사의 땅이지만, 남쪽 해안에 있는 항구를 통해 장사를 하면 큰돈을 벌수 있기에 많은 상인들이 사막 종단을 주저하지 않았다. 그 덕에 오아시스에는 거의 매일 사람들이 찾아왔다.

그로 인한 또 다른 집단들이 있었다. 바로 사막의 마적단이다. 대량의 물건을 싣고 움직이는 상인들이 많다 보니, 그것을 노리는 마적들도 자연스럽게 생겨나는 것이다.

그렇기에 상인들은 호위를 위해 용병들을 고용하고, 오아시스에 사는 사람들도 용병들과 장기 계약을 통해 마을을 지킨다. 한 번 마적단에 털린 마을이라는 소문이 나면, 한동안은 손님이 뚝 끊기기 때문이다.

그러저러한 이유로 오아시스는 항상 많은 사람들이 북적거렸다.

그런데 지금 리카이엔이 가리키는 오아시스는 쥐 죽은 듯이 조용했다. 조용하기만 한 것이 아니라 매우 썰렁하기까지 했다. 대부분의 오아시스에는 아무리 허름해도 집이라는 형태를 갖춘 건물들이 존재했는데, 이곳에는 커다란 천막 몇 개만이 덩그러니 자리 잡고 있을 뿐이었다.

옆에 있던 테하스가 살짝 인상을 구기며 말했다.

"내가 이런 걸로 너한테 거짓말을 해서 뭐가 남는다고 그러겠느냐?"

"거 성질하고는… 그냥 물어본 거요."

테하스의 구시렁거림을 가볍게 흘려 낸 리카이엔이 뒤쪽을 향해 손짓을 했다.

리카이엔의 뒤쪽, 모래 언덕의 경사면에 납작 엎드려 있던 볼프가 고개를 끄덕이며 살짝 몸을 일으켰다. 그리고 뒤에 나란히 엎드려 있던 스무 명의 기사들이 차례대로 상체를 들었다.

리카이엔이 볼프를 향해 나지막한 목소리로 말했다.

"잡으면 손부터 포박해야 한다. 이번에도 자살하면 또 얼마나 조사를 해야 할지 모른다."

"알겠습니다."

모래 언덕 아래로 보이는 오아시스는 지난 넉 달 동안 테하스가 각고의 노력 끝에 알아낸 결과였다. 전쟁을 일으키고, 사람들을 끌고 갔던 비밀 조직의 중간 기착지였던 것이다.

대륙 각지에 흩어져 있는 씨족의 족장들을 만나기 위해 움직인 테하스는, 비밀 조직의 정보를 모으는 일에도 소홀히 하지 않았다. 그리고 좀처럼 드러나지 않을 것 같던 그들의 옷자락이 희미하게 보인 것이 불과 한 달 전.

사막의 빈 오아시스에 거주하는 바이론인들이 있다는 내용이었다. 그리고 사막으로 들어가는 사람들 중 가끔 바이론인들이 보인다는 정보도 있었다.

상인들 외에는 사람들의 왕래가 거의 없는 사막이기에 드러난 정보였다. 테하스는 지체 없이 리카이엔에게 소식을 전한 후, 자신도 곧장 모렐리아 공화국으로 내려왔다.

마침 물건들을 풀어 놓은 경매장들을 직접 확인하기 위해 준비를 하던 리카이엔은, 경매장을 도는 순서를 조정해 모렐리아 공화국을 마지막 장소로 정하고 출발을 했다.

경매장은 북쪽의 스타넨 왕국에 두 개, 서쪽의 델로스 왕국에 하나, 그로니스 제국에 네 개, 그리고 모렐리아 공화국에 하나가 있었다. 리카이엔은 스타넨 왕국부터 시작해 총 여덟 곳의 경매장을 한 달 만에 둘러보는 살인적인 여정을 소화한 끝에 모렐리아 공화국에 도착한 것이다.

그런데 그곳에서 엘리샤와 황혼의 기사단을 만난 것이다. 그래서 뒷수습을 위해 일단은 가둬 놓았다가 나중에 마무리 짓는 방법을 생각할 수 있었던 것이다.

때마침 지상을 밝게 비추던 달이 구름 뒤로 숨었다. 자세히 살펴보니 구름이 꽤 크고 두터워 시간이 충분할 듯 보였다. 볼프 역시 같은 생각을 했는지 발을 움직였다.

"다녀오겠습니다."

인사를 한 볼프가 최대한 몸을 낮춘 자세로 재빨리 모래 언덕을 따라 내려갔다. 그 뒤로 스무 명의 기사들도 똑같은 자세로 볼프의 뒤를 따랐다.

"할망구, 준비해 주쇼!"

볼프와 기사들이 호숫가에 도착했을 때였다. 갑자기 바람이 세졌는지 혹은 역풍이 불었는지 난데없이 구름이 걷히며, 호수의 수면이 달빛을 받아 반짝였다. 그와 함께 울려 퍼지는 고음의 소리.

삑삑, 삐이이익!

리카이엔이 인상을 찡그리며 구시렁거리는 사이, 커다란 천막에서 사람이 쏟아져 나오기 시작했다. 달빛을 받은 시미터가 푸르게 번뜩이고 이내 기사들과 부딪쳤다.

"제길! 하늘도 안 도와주는구나!"

리카이엔이 와락 인상을 구겼다. 생포되면 자살도 서슴없이 하는 놈들이다. 노출되어 싸우는 것보다는 조용히 다가가 반응을 보이기도 전에 사로잡는 것이 최선이었다. 하지만 이미 싸움은 시작됐다.

볼프의 실력은 몰라보게 좋아져 있었다. 리카이엔이 백작이 된 후, 가장 신경을 쓴 부분이 바로 군사력의 강화였다. 양적 성장은 물론 질적인 성장에도 공을 들였고, 그 덕분에 가장 큰 고생을 한 사람들이 기사들이었다.

그리고 그 결과가 오늘 드러났다.

볼프는 한 마리 사나운 멧돼지라도 된 듯, 시미터를 들고 달려오는 바이론인들 사이를 날뛰고 다녔다. 볼프를 선두로 가장 돋보이는 이들은 아무래도 가장 먼저 기사가 된 톰과 잭, 데릭 등의 선임 기사들이었다.

그리고 후에 선발된 기사들 역시 혹독한 훈련을 거친 덕분에 발군의 실력을 선보이고 있었다.

"흘흘, 내가 도와줄 것도 없구나."

테하스의 말에 리카이엔이 만족스러운 표정으로 고개를 끄덕였다. 그만큼 기사들의 실력은 훌륭했다.

거대한 천막에서 뛰어나온 바이론인들의 수는 거의 50여 명. 하지만 죽을 정도로 혹독한 수련 끝에 정예화된 기사들을 상대하기에는 역부족이었다.

바이론인들이 하나둘 쓰러지더니 일순간 와르르 무너지기 시작했다.

푸아아아아!

갑자기 붉은 피가 분수처럼 솟구쳤다. 기사들은 생포를 위해 창이 아닌 철봉을 들고 있었다. 그런데도 저 정도로 많은 피가 난다는 것은 하나 밖에 생각할 수 없었다.

"볼프 이 자식!"

리카이엔이 참지 못하고 벌떡 몸을 날렸다. 그때, 천막 반대편에서 말을 타고 오아시스를 떠나는 바이론인의 모습이 보였다.

"볼프! 저 자식 놓치면 내 손에 죽는다!"

"헉!"

리카이엔의 외침에 신나게 싸우던 볼프가 화들짝 놀라며 고개를 돌렸다. 저 멀리 말을 타고 달아나는 바이론인의 뒷모습이 눈에 들어왔다.

"제길! 사람 귀찮게 만들고 있어! 거기 서!"

볼프는 고래고래 소리를 지르며, 오아시스에 메어져 있던 말에 올라타고 있었다.

두두두두!

모래 바닥을 헤치며 볼프가 탄 말이 달려 나갔다. 그리고 리카이엔이 도착했다.

파바밧!

도착하자마자 뻗은 손에 바이론인 세 명이 그 자리에서 우뚝 멈췄다. 점혈법으로 마혈을 점혈당한 것이다.

세 사람의 상태를 확인하자마자 다음 적을 향해 방향을 틀 때였다.

"커컥, 크르르륵!"

갑작스러운 소리에 황급히 뒤를 돌아보았던 리카이엔의 얼굴에 당혹감이 떠올랐다.

"이런 독한 놈들!"

리카이엔에게 점혈당했던 바이론인이 벌어진 입에서 주르륵 피를 흘리며 꺽꺽대는 소리를 내고 있는 것이다. 단번에 사태를 파악한 리카이엔이 큰소리로 외쳤다.

"재갈을 물려라!"

세 명의 바이론인은 혀를 깨문 것이다. 혀는 잘려 나가면 그 순간 목구멍 안쪽으로 말려들어 가면서 기도를 막아 그대로 질식하게 된다.

리카이엔의 외침에 기사들이 당황하며 급히 몸을 날렸다.

상황은 마무리가 되는 중이었다. 톰과 잭을 포함한 선임 기사들이 바이론인들을 제압하면, 후임 기사들이 미리 매듭을 지어 놓았던 밧줄로 쓰러진 이들을 묶고 있었다. 그런데 갑자기 재갈을 물리라는 외침이 들려오니 당황할 수밖에.

하지만 이미 늦은 뒤였다.

리카이엔의 외침이 채 끝나기도 전에 여기저기서 꺽꺽 대며 숨 넘어가는 소리가 울려 퍼졌다.

"기절시켜!"

마음이 급해진 리카이엔이 선임 기사들을 지나쳐 바이론인들 한가운데로 뛰어들었다.

쉬아아악!

섬뜩한 파공성과 함께 네 자루의 시미터가 동시에 리카이엔을 향해 달려들었다.

땅, 따다당!

하지만 요란한 소리와 함께 오히려 뒤로 튕겨 나간 것은 바이론인들의 시미터. 리카이엔이 두 손만으로 시미터의 넓은 도면을 후려쳐 튕겨 낸 것이다.

파아악!

진각을 밟은 리카이엔의 몸이 바이론인의 품속으로 파고들었다. 진각으로 뛰어드는 동시에 팔꿈치를 쳐 올렸다.

으적!

바이론인은 기묘한 소리가 터져 나온 자신의 턱을 부여잡은 채 그대로 혼절해 버렸다. 리카이엔은 상대가 쓰러지는 것을 볼 틈도 없이 방향을 틀었다.

빠악, 빠박!

경쾌한 타격음과 동시에 바이론인들이 하나하나 쓰러지기 시작했다. 그리고 선임 기사들 역시 철봉을 휘둘러 바이론인들을 기절시켰다.

남은 바이론인들은 이제 겨우 열 명. 리카이엔이 그들을 향해 몸을 날리려 할 때였다.

푸욱!

갑자기 곳곳에서 살을 헤집는 소리가 터져 나왔다. 남아 있던 열 명의 바이론인들이 사로잡히는 대신 자결을 택한 것이다.

"이 빌어먹을 독한 새끼들!"

아차 하는 순간 열 명의 바이론인들이 자결하는 모습을 본 리카이엔이 버럭버럭 소리를 질러 댔다. 그나마 다행이라면 기절시켜 사로잡은 바이론인이 열댓 명은 된다는 정도.

"커헉, 헉! 주변을 정리하고 사로잡은 놈들이 깨어나도 엉뚱한 짓 못하도록 꽁꽁 묶어라."

한참을 씩씩거리던 리카이엔이 기사들에게 명령을 하고는 테하스가 있는 곳으로 돌아왔다.

"후우~"

리카이엔이 도착하자자마 테하스가 긴 한숨을 내쉬었다. 그 모습에 아직 심기가 불편한 리카이엔이 퉁명스러운 목소리로 물었다.

"왜 그러쇼?"

"너 같으면 동포가 저렇게 되는데 마음이 좋겠느냐? 게다가 내 신분이 뭔지 잊은 거냐?"

하지만 리카이엔의 입에서 좋은 소리가 나올 리가 없었다.

"저런 것들도 동포라고 하고 싶소?"

"예끼, 이놈아. 아무리 그래도 말은 가려서 해라!"

"생각을 해 보쇼. 저 정도로 많은 놈들이 하나같이 혀를 깨무는 게 가능하다고 보슈?"

"뭐?"

사람의 몸은 고통에 반응을 보인다. 극심한 통증이 오면 그 고통에서 벗어나기 위해 의지보다 몸이 먼저 반응을 한다. 만약 혀를 깨문다면, 자신의 의지는 턱에 힘을 주려고 하지만 몸은 그 고통에서 벗어나기 위해 입을 벌리게 된다는 뜻이다.

그렇기 때문에 혀를 깨물고 자결하는 것은 극히 어려운 일이다. 차라리 날 선 무기로 자결을 하는 것은 쉬웠다. 순간적으로 힘을 주면 고통에 반응하기도 전에 상황이 마무리되기 때문이다.

물론 혀를 깨물고 자결을 한다는 게 불가능한 일은 아니다. 의지가 남다른 사람이라면 가능하다. 하지만 저 정도로 많은 사람이 모두 그 정도의 의지를 가지고 있다는 건 말이 되지 않는 일이다.

"으음……."

리카이엔의 말에 곰곰이 생각하던 테하스가 저도 모르게 고개를 끄덕였다. 그리고 리카이엔이 설명을 이었다.

"저놈들 세뇌를 받았거나 암시가 걸려 있는 게 분명해."

"세뇌? 암시?"

"그게 뭐 별건 줄 아쇼? 어려서부터 계속 한 가지 생각만 반복해서 듣게 만들면 세뇌가 되는 거요. 거기에 몇 가지 행동 강령을 같이 집어넣으면 그게 암시가 되는 거고. 게다가 저놈들 그 주술도 쓰잖아. 그럼 더 쉬울 거 아니요."

"으음……."

테하스가 저도 모르게 신음을 흘렸다. 확실히 리카이엔의 말에 일리가 있었다. 그렇다는 말은, 지금 잡혀 있는 이들이 어렸을 때부터 세뇌 교육을 받았다는 뜻. 그리고 그 정도의 시간이 걸렸다는 말은, 더 오래전부터 저런 조직이 존재해 왔다는 뜻이다.

그래도 테하스는 여전히 마음이 좋지 않은 듯 한마디 덧붙였다.

"그러면 더 불쌍한 놈들이잖느냐? 자기 의지하고 상관 없이 저렇게 된다는 게."

하지만 이럴 때의 리카이엔은 극도로 냉정했다.

"살아도 어차피 사람구실 못하는 건 똑같아."

"에이~ 지독한 놈!"

그때였다.

"마, 막아!"

"잡아!"

시체들을 정리하고 사로잡은 바이론인들을 옮기려던 기사들 사이에서 소란이 일어났다. 깜짝 놀란 리카이엔이 벌떡 몸을 일으키는 순간, 이미 상황은 정리되고 있었다.

그새 정신을 차린 바이론인들이 천막을 박은 말뚝, 땅에 떨어진 시미터 등 가능한 것이면 어떤 것에든 달려들어 끝내 스스로 숨을 끊은 것이다.

"이, 이런……."

놀란 기사들이 얼마나 충격을 받았는지 모두 그 자리에서 굳어 버렸다. 아무리 그래도 이렇게까지 할 줄은 리카이엔조차도 생각하지 못했던 것이다.

게다가 이로써 더 이상 이 비밀 조직에 대한 정보를 얻는 것도 불가능하게 되어 버렸다.

테하스 역시 지난 세 달 동안의 노력이 물거품이 되는 광경을 보며 망연자실할 수밖에 없었다.

"이런 씨펄!"

머리끝까지 화가 솟은 리카이엔의 입에서 결국 욕이 터져 나왔다. 그때였다.

두두두두두!

갑자기 들려오는 말발굽 소리에 고개를 돌렸던 리카이엔이 저도 모르게 안도의 한숨을 내쉬었다.

도망치던 놈을 잡으러 갔던 볼프가, 안장에 기절한 놈을 싣고 이쪽으로 달려오고 있었던 것이다.

히이이잉!

리카이엔 앞에 도착한 볼프가 기절한 채 사지가 꽁꽁 묶여 있는 바이론인을 바닥에 내려놓으며 말했다.

"잡아왔습니다, 백작님. 이제 안 죽이실 거죠?"

Chapter 9.

탈출

"헉, 허억!"

문이 열리면서 볼프가 어깨가 들썩일 정도로 숨을 몰아쉬며 밖으로 나왔다. 문 앞에 서 있던 리카이엔이 무표정한 얼굴로 물었다.

"역시 소용이 없더냐?"

"헉, 허억! 예, 저 독한 놈 죽어도 입을 안 여는데요?"

리카이엔이 그럴 줄 알았다는 듯 고개를 끄덕였다. 볼프가 사로잡아 온 바이론인에게 고문으로 무언가를 얻을 수 있을 거라는 기대는 하지 않았다. 하지만 확인은 필요했고, 그것을 위해 볼프가 들어갔다.

고문도 기술이다. 그걸 모르는 볼프가 들어가서 할 거라고는 단 하나, 죽지 않을 정도로 패는 것뿐이었다. 그리고 때린 볼프가 어깨를 들썩이며 나올 정도로 심하게 맞았음에도 바이론인은 신음 한 번 흘리지 않았다.

'저 정도면 고문을 해도 마찬가지.'

전생에 추살대에서부터 군 생활을 시작한 리카이엔은 고문 기술에 대해 꽤 잘 알고 있었다. 하지만 괜히 고문을 해 봐야 포로의 체력만 떨어질 뿐이다.

차라리 뭣 모르고 두들겨 패는 쪽이 포로가 체력을 유지하기가 용이했다.

어쨌든 고문을 해도 소용이 없을 거라는 건 확인이 된 상황. 잠시 고민하던 리카이엔이 볼프에게 말했다.

"수고했다. 기사들한테 여길 지키라고 하고 넌 가서 쉬어라. 포로는 제대로 묶어 놨겠지?"

"물론이죠. 허튼짓 못하게 꽁꽁 묶어 놨습니다."

고개를 끄덕인 리카이엔은 곧장 걸음을 옮겨 어딘가로 향했다.

"안에 잠시 볼일이 있소."

리카이엔이 도착한 곳은 엘리샤를 포함한 황혼의 기사단을 감금해 놓은 방. 문 앞을 지키던 바이론인이 리카이엔의 말에 고개를 끄덕이며 옆으로 비켜 주었다.

엘리샤와 황혼의 기사단은 갇혀 있는 상태이기는 했지만, 나갈 수 없다는 것 외에 특별히 불편을 겪고 있지는 않았다. 갇혀 있는 장소도 한때는 부유한 누군가가 살았을 법한 큰 집이었고, 식사나 잠자리 등도 딱히 박하게 하지 않았다.

리카이엔이 점혈로 마나를 사용하지 못하게 해 놓기는 했지만 집 안에서라면 무엇을 하던 제약도 없었다. 일종의 가택 연금 상태인 것이다.

안으로 들어가자 기사들이 흠칫하더니 적개심 가득한 눈빛으로 리카이엔을 노려보았다. 리카이엔은 그런 기사들을 도발하듯 비틀린 미소를 지어 보였다.

"이익!"

꽤 젊어 보이는 기사가 반사적으로 나서려 하자, 옆에 있던 기사가 그의 어깨를 잡고 고개를 저었다. 마나를 사용할 수 없는 상태로 이길 수 없다는 걸 잘 알기 때문이다.

"무슨 일이죠?"

한쪽 구석에 조용히 앉아 있던 엘리샤가 리카이엔을 향해 다가와 물었다.

"너 찾으러 왔다."

"네? 저를?"

"잠시 나가자. 해 줄 일이 있으니까."

"하지만……."

엘리샤가 다른 기사들의 눈치를 살피며 쉬이 대답하지 못했다. 자신의 실수로 동료들이 감금 상태가 되었다는 생각에 그렇지 않아도 미안하던 차에, 일단은 적으로 규정된 리카이엔을 따라 나간다는 것이 신경이 쓰였기 때문이다.

물론 리카이엔은 그런 엘리샤의 마음을 세세하게 보살펴 줄 정도로 섬세한 성격이 아니었다.

다짜고짜 엘리샤의 머리에 두건을 씌우더니 그대로 끌고 나갔다.

리카이엔이 엘리샤의 머리에 씌운 두건을 벗겨 준 곳은 어두운 방 안이었다. 그리고 급히 주위를 둘러보던 엘리샤의 눈에 들어온 것은, 의자에 온 몸을 결박당하고 재갈까지 물려 있는 한 바이론인.

엘리샤가 경계하는 눈빛으로 리카이엔을 향해 물었다.

"무슨 일이죠?"

"한 가지 해 줬으면 하는 일이 있거든."

"무슨……."

"저놈. 저놈이 입을 열게 만들어 봐."

"네? 그게 무슨 말이죠?"

엘리샤가 고개를 갸웃거리며 물었다. 의자에 묶여 있는 바이론인은 이미 심한 구타를 당한 듯 찢어진 옷 사이로 보이는 맨살이나 얼굴이 온통 멍투성이였다.

"이미 한 차례 고문을 한 것 같은데 무슨 입을 열게 만들라는 거죠? 나는 고문 같은 쪽에는 관심도 없어요."

"고문이랄 것까지도 없어. 고문이 효과가 있을지 확인해 본 것뿐인데 고문 같은 걸 해서 뭔가 될 것 같지가 않더라고. 그러니 니가 얘기를 해 봐."

"얘기?"

"말은 니 특기잖냐. 그러니 말로 저놈을 잘 구슬려 보라는 거지. 특별히 뭔가 알아내라는 건 아냐. 다만 저놈이 대화가 가능한 놈인지 확인해 보라는 거다."

엘리샤가 이해를 못해 당황하는 사이, 리카이엔은 이미 방을 나서고 있었다.

"자, 잠깐만요!"

그때 리카이엔이 뒤를 돌아보며 말했다.

"대신, 절대 저 재갈은 풀지 마라. 푸는 순간, 저놈이 혀 깨물고 뒈지는 걸 구경하게 될 테니까."

"네? 재갈까지 묶어놓고 무슨 대화를……."

"고갯짓만으로도 간단한 의사 소통은 가능해."

말이 끝나기가 무섭게 리카이엔은 방을 나가 버렸다.

"응? 저거 뭐하는 거죠?"

프리엘라가 저만치 앞쪽을 가리키며 물었다. 나란히 걷던 볼프가, 손짓을 따라가 보니 리카이엔이 두건을 뒤집어씌운 엘리샤를 끌고 들어가는 모습이 보였다.

프리엘라는 끌려 들어가는 사람의 작은 체구를 보고 누군지 금방 알아볼 수 있었다. 리카이엔에게 잡혀 온 사람들 중 유일한 여자였기에 더 잘 기억하고 있었다. 그리고 갑자기 뭘 생각한 건지 싸늘한 목소리로 말했다.

"저거 설마 겁……."

아무리 눈치가 없는 볼프라도 프리엘라가 하려는 말이 무엇인지 단번에 알아차릴 수 있었다. 그리고 그 말이 제대로 다 나오기 전에 황급히 끊었다.

"그럴 리가 있겠습니까? 저 방은 잡아온 포로를 가둬 놓은 방인데요. 게다가 우리 백작님이 그러실 분으로 보여요? 에이~ 농담도 심하시지. 우리 백작님이 뭐가 아쉬워서 그런 짓을 해요? 얼굴 잘생겼죠, 영지도 크고, 작위도 있고, 돈도 많고. 안 좋은 게 하나 있다면 성질 좀 더러운 건데 그 정도야 뭐 매력이라고 생각하세요. 으허허허!"

급하게 프리엘라의 말을 끊으려다 보니 자기도 모르게 횡설수설해 놓고, 괜히 혼자 멋쩍은지 너털웃음을 터뜨린다.

프리엘라가 웃고 있는 볼프를 향해 말했다.

"아아~ 성질 더러운 건 확실히 그렇기는 한데… 평소에 그렇게 생각하고 있었던 모양이죠?"

"허허허, 뭐 그거야 누구나 다 아는 거 아닙…… 흡!"

크게 웃으며 고개를 끄덕이던 볼프가 그제야 자기가 무슨 말을 하고 있는지 깨닫고 황급히 손으로 입을 막았다.

그리고 프리엘라가 볼프를 몰아붙였다.

"말이 나왔으니 하는 말인데, 그럼 볼프 생각에는 못 생기고, 돈 없고, 신분 낮으면 그래도 된다는 건가요?"

"에, 에이~ 설마요. 그러면 안 되죠. 그런 짓 하는 것들은 인간 취급도 해 주면 안 되죠. 당연한 말씀을 그렇게 힘들게 하세요? 그딴 놈 혹시 내 눈에 보이기만 하면 아주 그냥 콱 잘라서 고자로 만든 다음에 남창 굴에 팔아 버려야… 어이쿠! 제가 프리엘라 님한테 무슨 소리를……."

당황한 표정으로 힐끔 눈치를 보는 볼프의 눈에, 프리엘라의 아름답지만 사악한 미소가 비치고 있었다.

"나쁘지 않은 생각이네요. 그런데 그건 그거고… 리카이엔도 그런 건 좀 알고 있어야겠네요. 부하들이 자기를 어떻게 생각하는지. 그렇지 않아요?"

"네, 네에… 아, 아니 그게 그러니까요, 프리엘라 님."

볼프가 울상을 지으며 뭐라고 말을 하려 했지만, 프리엘라는 아무것도 모른다는 듯 고개를 갸웃거렸다.

"음? 왜 그러세요? 제 말이 틀렸나요?"

"그게 아니고요… 살려 주세요!"

우락부락하지는 않지만 꽤 우람한 체격의 볼프가 프리엘라를 향해 사정하기 시작했다.

"뭐하냐?"

그때 누군가의 목소리가 들렸다. 지금 이 순간 볼프가 가장 듣고 싶지 않은 목소리. 급히 고개를 돌려 보니 아니나 다를까 리카이엔이 이쪽으로 걸어오고 있었다.

"헙, 백작님!"

긴장한 볼프가 경직된 상태로 뻣뻣하게 서서 무슨 말을 해야 할지 고민하는 사이, 리카이엔이 도착했다.

"무슨 얘기 중이냐?"

"그, 그게 그러니까… 저, 저는 기사들 좀 보고 오겠습니다."

결국 뭐라고 할 말을 찾지 못한 볼프의 선택은 일단 도망치는 것이었다. 그때 리카이엔이 고개를 저었다.

"잠깐."

화들짝 놀란 볼프가 경직된 자세로 고개를 돌렸다.

"네? 왜요?"

"기사들은 놔두고 너는 저기 포로하고 엘리샤나 지키고 있어라. 끝나면 나 부르고."

움찔했던 볼프가 겨우 안심한 표정으로 크게 고개를 끄덕였다.

"아, 아 알겠습니다."

후다닥 달려가는 볼프를 보며 리카이엔이 고개를 갸웃거렸다.

"왜 저래?"

상황을 알고 있는 프리엘라가 싱긋 웃으며 고개를 갸웃거렸다.

"글쎄요? 왜 저럴까요?"

"뭐, 아무튼. 할망구는 어디 있냐?"

"라두스 족장님의 집에 계세요. 그렇지 않아도 스승님께 가는 길이었으니 같이 가요."

"그래? 그러지 뭐."

리카이엔이 고개를 끄덕이고 두 사람은 나란히 걸음을 옮겼다. 그리고 채 몇 걸음 걷지도 않았는데 프리엘라는 자신의 말을 후회했다. 할 말이 없어지니 너무 어색했던 것이다.

생각해 보니 리카이엔과 단 둘이 이렇게 걸은 적이 없었다. 그렇다고 딱히 친하게 지내거나 살가운 이야기를 나눈 일도 없다. 대부분이 같이 전투를 하거나 설명하고 듣고 하는 정도였다.

그나마 그렇지 않았던 것은 아르엔 산으로 가는 마차 안에서였는데, 그때는 쉬지 않고 달리는 강행군 덕분에 피곤에 지쳐 이야기를 나눌 기회도 없었다. 그러니 어쩌다 만들어진 상황이 어색할 수밖에.

거기에는 테하스가 프리엘라에게 했던 말도 조금 영향을 끼쳤는데, 인연이니 뭐니 하는 소리를 듣는 바람에 프리엘라가 오히려 더 경계를 했던 것이다.

물론 프리엘라는 지금도 리카이엔에게 특별한 감정이 없었다. 다만, 마냥 걷자니 뭔가 어색한 것뿐이었다.

슬쩍 고개를 돌리니 염색 탓에 갈색인 리카이엔의 머리카락이 눈에 들어왔다.

"아, 머리를 염색했네요?"

"비밀스럽게 움직이고 있는데 은발은 너무 눈에 띄어서."

"그랬군요. 그래도 갈색 머리보다는 은발이 더 잘 어울리는 것 같네요."

"머리색이야 뭐든 무슨 상관이야? 오히려 너무 눈에 띄어서 귀찮아."

리카이엔이나 세이나처럼 시린 느낌의 밝은 은발은 좀처럼 보기 힘든 것이 사실이었다. 덕분에 리카이엔은 어디를 가든 사람들의 시선을 집중시킬 수밖에 없었고, 그 탓에 상당히 귀찮아 하고 있었다.

차라리 염색을 하고 나니 사람들의 시선을 덜 받아 오히려 더 마음에 들었다. 물론 그렇다 해도 보통 사람들보다 훨씬 잘생긴 얼굴 탓에 이목을 끄는 것은 여전했지만 말이다.

"그랬군요."

프리엘라가 고개를 끄덕이고 다시 말이 끊어졌다. 또다시 찾아온 어색함에 프리엘라가 갑갑함을 느낄 때쯤, 두 사람은 라두스의 집 앞에 도착했다.

"무슨 일이냐?"

리카이엔이 안으로 들어서자 테하스가 무심한 목소리로 물었다.

"이제 슬슬 영지로 돌아가야 할 것 같아서 그 이야기나 하러 왔수. 할망구는 뭐 중요한 이야기라도? 불편하면 나중에 다시 오고."

"됐다. 니가 들어도 상관없는 얘기니까 이리와 앉아라."

리카이엔이 자리에 앉자 테하스가 이야기를 이었다.

"그래 언제 떠날 생각이냐?"

"아마 내일쯤 가지 싶은데……."

"마을에 감금하고 있는 사람들은?"

"더 민폐 끼치는 건 안 되니까 데리고 가야지. 그나저나 이번에 잡아온 놈 말이요."

"그놈이 왜?"

"그놈, 할망구가 좀 맡아 주시겠소?"

"내가?"

테하스는 고개를 갸웃거릴 수밖에 없었다. 직접 이 사막까지 와서 겨우 사로잡은 놈이다. 그리고 실체가 거의 드러나지 않는 그 비밀 조직의 정보를 캐낼 수 있는 유일한 단서이기도 했다. 그런데 갑자기 맡으라고 하니 이해가 안 가는 것이다.

그런 테하스의 생각을 짐작했는지 리카이엔이 설명을 부연했다.

"나보다는 할망구 쪽이 놈을 다루기가 편할 것 같아서."

엘리샤를 집어넣어 대화를 시도해 보고는 있지만 크게 기대를 하고 있지는 않았다. 그리고 혹시나 엘리샤가 대화에 성공한다 해도 중요한 정보를 알아낼 수 있을 거라는 생각이 들지가 않았다.

그러니 힘들게 데리고 있는 것보다는, 그래도 같은 민족인 테하스가 맡아 주는 쪽이 더 좋을 거라 판단한 것이다.

"흐음, 뭐 그러는 게 좋을 것 같기도 하구나."

"그런데 내가 들어도 상관 없는 얘기라는 게 뭐요?"

문득 호기심이 동한 리카이엔의 물음에 테하스가 별것 아니라는 듯 대답했다.

"내가 족장들과 진지하게 나눌 이야기라고는, 바이론 왕국 재건이라는 것 외에 더 있겠느냐?"

리카이엔이 마침 잘됐다는 듯 질문을 던졌다.

"그런데 저 사막에 어떻게 사람 사는 곳을 만들려는 거요? 오아시스를 중심으로 한다고 해도 한계가 있을 텐데?"

"넌 우리 바이론인들의 클리머스가 어떻게 생겨 났다고 생각하는 거냐?"

"음? 클리머스라면… 그 술법 말이요?"

"그래."

"쳇, 그걸 내가 어떻게 알겠수?"

리카이엔이 별소리를 다한다는 얼굴로 내뱉었다.

"이 지역의 기후는 원래부터 이랬다. 다만 땅이 모래가 아니었을 뿐이지. 바이론 민족의 클리머스는, 이 척박한 땅에서 물을 끌어 올리기 위한 방법을 연구하던 중 만들어진 것이다."

처음 듣는 이야기에 리카이엔이 감탄한 표정으로 말했다.

"물을? 흐음, 역시 인간은 필요하면 뭐든 하게 돼 있다니까. 아무튼 물은 그렇다 치고. 땅은 어쩔 거요?"

"클리머스가 수많은 종류로 분화된 이유는 필요에 의한 끊임없는 노력 덕분이다."

"그 말은 땅도 어떻게든 바꿔 보려고 연구하고 있다는 말이요? 언뜻 생각해 봐도 물을 끌어 올리는 건 어차피 땅속에 있기는 한 거니까 가능하다고 해도, 이 모래를 단단한 땅으로 바꾸는 건 안 될 것 같은데?"

"물론 쉬운 일은 아니겠지만 하다 보면 언젠가는 되겠지."

"흐음… 이건 진심으로 하는 말인데, 할망구 정말 대단한 사람이요."

"이제 알았냐? 이놈아?"

"뭐, 아무튼 내일 봅시다."

"결국 안 되는군."

리카이엔의 말에 엘리샤가 심기가 불편한 얼굴로 말했다.

"갑자기 말도 안 되는 걸 시켜 놓고 그럴 줄 알았다는 표정은 무슨 태도죠?"

따지고 보면 엘리샤는 리카이엔에 의해 감금된 상태였다. 그럼에도 불구하고 따지고 드는 태도가 당당하기 짝이 없었다. 하지만 리카이엔은 엘리샤의 말에 조금의 감흥도 없는 듯 피식 웃으며 손을 움직였다.

"별 거 없으니 눈이나 감아."

그와 함께 엘리샤의 얼굴에 다시 두건이 씌워졌다.

"으윽! 이건 좀 안 하면 안 돼요?"

"너희가 여길 알게 되면, 이곳 사람들한테 민폐다. 그냥 좀 참아.”

말이 끝나기가 무섭게 엘리샤는 리카이엔에게 끌려 원래 감금되어 있던 방으로 돌아왔다.

“후우~”

엘리샤가 안으로 들어와 긴 한숨을 내쉬고 있는데, 기사 한 명이 그녀에게 다가왔다. 엘리샤를 지원하기 위해 나왔던 조의 조장인 세더스였다.

“엘리샤.”

“네?”

“혹시 밖의 상황을 좀 보았나?”

“두건에 씌워져 있어서…….”

엘리샤가 고개를 젓자 세더스가 살짝 인상을 찡그리며 다른 기사들을 향해 고개를 저어 보였다. 그 모습을 본 엘리샤가 조심스러운 목소리로 물었다.

“왜 그래요?”

“우리가 언제까지 이런 곳에 갇혀 있을 수는 없지 않은가? 어떻게든 탈출을 해야 하는데 밖의 상황을 조금이라도 알면 도움이 될 것 같아서 말이야.”

그 말에 엘리샤가 걱정스러운 표정으로 말했다.

“지금 마나를 끌어 올릴 수 없는 상태 아닌가요? 상황이 좋지 않은 만큼 일단은 가만히 있는 쪽이 좋을 것 같은…….”

“뭐야? 그럼 황혼의 기사단인 우리가 계속 저자에게 잡혀 있어야 한다는 말인가?"

"아뇨, 그런 말이 아니라… 위험할 것 같아서 그런 거죠."

세더스가 인상을 잔뜩 찡그린 채 엘리샤를 향해 말했다.

"흥, 네가 제대로 했으면 우리가 이런 치욕을 당할 일도 없었다. 그런데 책임을 질 생각은 않고 계속 잡혀 있으라니."

"물론 제 실수로 이렇게 된 건 정말 미안하게 생각하고 있어요. 그렇지만 바깥의 상황을 잘 알지도 못하는데 섣불리 움직였다가 큰일이라도 당하면……."

하지만 세더스는 더 이상 엘리샤의 말을 곧이곧대로 듣지 않고 있었다.

"가만히 보면 은근히 저자의 편을 드는 것 같은데……."

"그, 그게 무슨 말이죠? 제가 언제 누구의 편을 든다는 말이죠? 똑같이 갇혀 있는 처지에……."

"그렇다면 놈이랑 협상을 하든 뭘 하든 우리를 풀어 주기 위해 노력을 해야 하는 것 아닌가? 당신이 원래 하는 일이 그런 거잖아. 안 그래?"

엘리샤의 무기는 바로 언변이었다. 특별히 달변가가 아님에도 불구하고 그녀는 상대를 설득시키는 묘한 능력이 있었다. 그리고 그 설득력의 원천은 바로 '이해'였다. 상대의 심리, 상황, 생각 등을 이해하고 그것을 바탕으로 원하는 답변을 이끌어 내는 것이 그녀의 방법이었다.

계속된 감금 탓인지 기사들의 상태는 평소와는 달리 심하게 날카로워져 있었다. 이럴 때 같이 흥분해서 말을 받으면 결국 감정적인 대응 외에는 나올 수가 없다.

엘리샤는 깊이 심호흡을 한 후 차분하게 말했다.

"우리에게 내려진 명령이 뭐죠?"

"황제 폐하의 물건을 찾아오는 것이다."

"맞아요. 그 물건은 그 사람이 가지고 있어요. 그리고 지금의 정황상, 우리는 그 물건이 있는 곳으로 함께 가게 될 거예요. 생각해 봐요, 지금 이렇게 갇혀 있는 것이 마음에 들지 않을 수는 있지만, 참고 기다리면 큰일 없이 황제 폐하의 명을 완수할 수 있다는 말이죠."

"물론 그럴 수는 있지. 그렇다고 해서 우리가 이렇게 치욕을 당하는 일이 없어지는 건 아니다. 그자가 어차피 물건이 있는 곳으로 갈 거라면, 우리를 모시고 가는 것이 맞다."

황혼의 기사단은 형식적으로는 황실 근위 기사단 소속의 독립 기사의 신분을 가지고 있다.

독립 기사란, 근위대 소속이기는 하되 황실에서의 근무가 아니라 개인적인 임무를 맡아 외부에서 활동하는 기사를 일컫는다. 이는 외부로 드러나서는 안 되는 황혼의 기사단의 신분을 감추는 동시에 소속 기사들의 지위를 유지해 임무 이행에 제약이 없도록 하기 위함이다.

하지만 그로 인해 이곳에 있는 기사들은 지금의 상황을 커다란 치욕으로 생각하는 것이다. 제국 내에서 어지간한 귀족들에게는 고개를 숙일 필요도 없는 신분으로 지내다 보니 거기에 취해 자신들의 본질을 망각한 것이다.

"네? 그게 무슨……!"

엘리샤의 얼굴이 당혹감으로 물들었다. 기사들의 생각은 단번에 알 수 있었다. 하지만 그녀의 장점인 이해는 하지 못했다.

'황혼의 기사단이 이런 곳이었나?'

생각해 보면 기사들과 이렇게까지 함께 일을 해 본 것은 처음이었다. 이전까지 기사들과 함께한 것이라고는 위험한 곳에 갈 때 호위를 받는 정도가 다였다. 그렇기에 지금까지는 기사들의 자부심으로 생각했다.

그런데 막상 위험한 상황에 처한 후에 들여다보니 그들은 권위에 취해 이미 썩을 대로 썩어 있었다.

"저 사람의 입장에서는 자신이 드러나면 위험해질 수 있기에 이렇게 하는 거예요. 덧붙이자면, 제가 저 사람의 이름을 알려주지 않는 것도 같은 이유죠. 거기에 더해 여러분이 그의 이름을 알게 되면, 오히려 당신들을 해치려고 할 수 있기에 그런 겁니다. 세더스 조장의 말대로 할 수 있었다면 저도 했을 거예요. 하지만 그런 사정이 있으니 이렇게 할 수밖에 없는 거에요. 그렇다고 특별히 우리에게 위해를 가하는 건 아니잖아요. 그러니 그런 부분을 생각해서……."

리카이엔이 미리 당부했던 내용이기도 했지만, 엘리샤는 그 생각과 입장을 이해할 수 있었다. 그렇기에 조금의 불편을 감수하고 있는 것이다. 그러면 서로가 편하게 일을 처리할 수 있기 때문이다.

하지만 기사들은 이미 '대화'를 진행할 수 있는 상태가 아니었다. 일단 한쪽에서 귀를 막고 마음대로 해석을 시작하면 그때부터 대화는 이어지지 않는다.

"흥! 같은 편인 우리를 놔두고 놈의 편을 들다니. 왜? 밖에 나갔다가 그놈이랑 붙어먹기라도 했나? 하긴 그놈이랑 이야기하는 꼴을 보면 그럴 수도 있긴 하겠어."

"다, 당신! 그게 무슨!"

엘리샤가 어깨를 부들부들 떨며 세더스를 노려보았다. 이런 상황인데 엘리샤의 입에서도 좋은 소리가 나올 리 없었다. 엘리샤가 누가 봐도 비웃음이 분명한 미소를 지으며 말했다.

"흐응~ 이러니 스무 명이나 되는데도 한 사람을 못 이기고 이 꼴이 된 거지. 정신 상태가 그따위인데 수련이나 제대로 했겠어?"

"뭐?!"

"내가 틀린 말을 했나? 명색이 황혼의 기사단 소속 기사들이 겨우 한 명을 못 이기다니. 지나가던 개가 웃겠는데? 안 그래?"

"그놈이 쓰는 이상한 술수에 당한 것뿐이다. 정정당당하게 대결한다면 절대지지 않는다."

당당하게 말하는 세더스의 모습에 엘리샤는 한층 더 짙은 미소를 지었다.

"스무 명이 한 사람한테 덤비는 건 참 정당하시겠어?"

"어차피 놈은 황제 폐하의 물건을 가지고 있는 놈이다. 그 자체로 죄인이라는 뜻이지. 그런 놈에게 정정당당이라는 건 필요 없다."

질린 표정을 짓고 있던 엘리샤가 진심으로 궁금하다는 듯 물었다.

"지금 당신 말이 앞뒤가 맞지 않다는 건 알고 있으셔?"

하지만 세더스는 이미 그녀를 보고 있지 않았다.

"이년을 묶어라! 이년은 더 이상 우리 황혼의 기사단이 아니다!"

그리고 다른 기사들이 엘리샤를 향해 다가왔다. 엘리샤는 더 이상 상대할 여력도 없다는 듯 피식 웃으며 그대로 포박을 당했다.

세더스가 엘리샤를 힐끗 보더니 기사들을 향해 말했다.

"오늘 저녁 바로 시행한다. 각자 준비를 해라."

리카이엔은 감금해 놓은 기사들의 관리에 대해 매우 철저하게 지시를 내려 놓았다.

그 첫 번째는 지금 감금된 장소가 어디인지 알지 못하게 만드는 것. 혹시라도 나중에 앙갚음을 할 수도 있기 때문이다.

그것을 위해 황혼의 기사단이 갇혀 있는 집은 창문이란 창문은 모조리 막혀 있었다.

두 번째는 바이론인들의 모습을 보지 못하게 하는 것이다. 첫 번째와 같은 이유였다. 그 덕분에 그들에게 식사를 가져다주는 등의 일들은 모두 프로커스 백작령의 기사들이 맡아서 하고 있었다.

세 번째는 리카이엔의 정체를 숨기는 것이다. 정체를 알고 있는 엘리샤에게는 말하지 않도록 설득을 해 놓은 상태였고, 만에 하나를 대비해 식사를 가져다 주는 기사들은 얼굴을 가리도록 했다.

늦은 저녁, 프로커스 백작령의 기사들이 식사를 넣어주기 위해 천으로 얼굴을 가리고 문을 열었다. 두 명의 기사가 창을 겨눈 채 안으로 들어가 경계를 하고, 나머지 두 명이 식사를 안으로 가지고 들어갔다.

스무 명이나 되는 사람들의 식사다 보니 양이 꽤 많았고, 두 기사는 세 번에 거쳐 드나들며 식사를 넣어 주었다.

첫 번째 음식을 안으로 넣어준 후 두 번째 음식을 가지러 기사들이 나가자, 방 안에는 스무 명의 황혼의 기사단과 프로커스 백작령의 기사 두 명만이 남게 되었다.

두 기사가 창을 겨눈 채 조심스럽게 방 안을 살펴볼 때였다.

"이봐."

누군가 기사들을 불렀다. 두 기사가 소리가 난 쪽으로 고개를 돌려보니 세더스가 기사들을 향해 빙긋 웃고 있었다. 뭔가 느낌이 이상해진 기사들이 더욱 경계하는 눈빛으로 창을 고쳐 잡는 순간, 세더스가 옆으로 걸음을 옮겼다.

"이것 좀 봐."

세더스가 옆으로 비키자, 찢어진 천 조각으로 만든 밧줄에 손발이 묶인 채 두 명의 기사에게 팔을 잡혀 있는 엘리샤의 모습이 드러났다.

"이게 무슨 짓이냐?"

깜짝 놀란 기사가 소리를 지르는 찰나.

부우욱!

엘리샤의 양쪽에 있던 두 기사가, 그녀의 옷 앞섶을 찢어 버렸다. 갑자기 속살이 드러난 엘리샤의 모습에 두 기사가 움찔하는 순간.

"지금!"

세더스의 외침과 동시에 열 명의 황혼의 기사단이 두 기사를 향해 몸을 날렸다.

당황한 두 기사가 황급히 창을 찔렀지만, 황혼의 기사단은 이미 그들의 품 안으로 파고들고 있었다. 아무리 마나 사용을 못한다 해도 많은 싸움을 거친 경험이 있었던 것이다.

우당탕탕!

요란한 소음이 울려 퍼지는가 싶더니 두 기사는 창을 뺏기고 순식간에 기사들에게 제압당했다.

"뭘 기다리나? 죽여!"

세더스의 외침이 떨어지기가 무섭게, 두 기사에게 뺏은 창이 바람을 갈랐다.

푸우욱!

"크아아악!"

비명이 채 끝나기도 전에 창을 뺏어 든 두 명의 황혼의 기사가 앞장섰다.

"거기 서!"

때마침 음식을 가지고 들어오던 프로커스 백작령 기사 두 명이 깜짝 놀라 외치는 순간, 또다시 두 개의 창이 앞으로 뻗어나갔다.

아직 경험이 부족한 프로커스 백작령의 기사 네 명이 순식간에 목숨을 잃었다.

그때 밖에서 큰 외침이 터졌다.

"탈출이다! 제국인들이 탈출한다!"

집 앞을 지키고 있던 바이론인이 황급히 자리를 벗어나며 외친 소리였다.

"제길! 어서 나가!"

다급해진 세더스가 급히 외치고, 창을 뺏어 든 두 기사가 먼저 밖으로 나섰다.

"무슨!"

볼프와 내일의 여정에 대해 이야기를 나누던 리카이엔이 벌떡 몸을 일으켰다. 그리고 볼프는 이미 창을 들고 밖으로 뛰쳐나가고 있었다.

탈출을 한다면, 포로로 잡아온 바이론인일 가능성은 없다. 그렇다면 남은 것은 황혼의 기사단.

"제길!"

단숨에 황혼의 기사단을 감금했던 곳으로 달려가니, 입구에 목에서 피를 쏟은 채 죽어 있는 기사들의 모습이 보였다.

"이런 개새끼들!"

버럭 소리를 지르는 볼프의 뒤로 다른 기사들이 급히 달려왔다. 그때 저 멀리서 비명이 울려 퍼졌다.

때마침 도착한 리카이엔이 비명이 들린 쪽으로 앞장서 달리며 외쳤다.

"따라와!"

시체가 보였다. 이번에는 이곳 마을 사람의 시체였다.

"이런 개 만도 못한 놈들!"

뒤따라 달리던 볼프가 쉬지 않고 욕을 쏟아 냈다.

"아아악!"

또 한 번 비명이 들렸다.

이번에는 조금 더 가까웠다.

"서둘러!"

리카이엔은 땅을 차는 발에 더욱 힘을 주었다. 골목 끝까지 달려 모퉁이에서 방향을 트는 순간, 저 멀리 보이는 황혼의 기사단 기사들의 뒷모습이 보였다.

슈아아아악!

리카이엔의 창이 허공을 날았다. 화살처럼 단숨에 거리를 좁히며 직선으로 가로지르는 궤적!

푸욱!

"커헉!"

가장 뒤에 있던 기사가 신음을 터뜨리며 달리던 자세 그대로 멈칫하더니 그대로 고꾸라졌다. 리카이엔의 창에 허벅지를 꿰뚫린 것이다. 그 사이 볼프와 기사들이 리카이엔을 지나쳐 달리고 있었다.

창을 날리느라 잠시 멈칫했던 리카이엔이 바닥에 쓰러져 있는 바이론인 소년을 안아 들었다. 그리고 광장 쪽으로 달리며 볼프를 향해 외쳤다.

"살려서 끌고 와!"

"끅, 끄윽!"

소년의 입에서 억눌린 소리가 새어 나왔다. 옆구리에서는 피가 샘솟듯 콸콸 쏟아졌다. 리카이엔은 손으로 소년의 상처를 누르고 발에 더욱 힘을 주었다.

"힘내라. 버텨야 돼!"

리카이엔은 소년의 귀에 대고 끊임없이 중얼거렸다. 그러는 동안에도 발은 쉼없이 달리고 있었다.

몇 개의 모퉁이를 돌아 순식간에 광장에 도착해 보니, 어느새 마을 사람들이 모여 있었다.

"할망구!"

리카이엔의 외침에 테하스가 앞으로 나섰다. 달려오는 리카이엔을 보던 테하스의 두 눈이 화등잔 만하게 커졌다.

"치료, 빨리 치료!"

리카이엔의 다급한 외침에 테하스가 급히 프리엘라를 향해 말했다.

"가서 약품을 가져와라!"

"네!"

프리엘라가 급히 뛰어가려는데 라두스가 달려 나오며 외쳤다.

"여기 있다."

돌아보니 라두스가 상자 하나를 들고 테하스를 향해 달려가고 있었다. 그 사이 리카이엔이 소년을 바닥에 눕혔다.

어느새 도착한 라두스가 소년의 상처를 살폈다.

"후우, 일단 내장은 안 다쳤습니다. 그래도 지혈은 해야 하니……."

라두스가 상자에서 약을 꺼내는 것을 확인한 리카이엔은 그제야 한숨 돌렸다는 듯 길게 숨을 내뿜었다. 그러다 문득 뭔가 생각난 듯 급히 걸음을 옮겼다.

리카이엔이 향한 곳은 황혼의 기사단을 감금했던 집이었다.

얼핏 보기는 했지만 달아나는 기사들 사이에서 엘리샤의 모습이 보이지 않았던 것이다.

"읍!"

집 안으로 들어간 리카이엔이 저도 모르게 흠칫하며 발을 멈췄다. 상의가 찢어진 채 이빨로 손을 묶고 있는 천조각들을 풀려고 용을 쓰는 엘리샤의 모습 때문이었다.

"아악!"

갑자기 들어온 리카이엔의 모습에 엘리샤가 황급히 손으로 가슴을 가렸다. 와락 인상을 구긴 리카이엔이 성큼성큼 엘리샤에게 다가갔다.

"오, 오지 마요!"

엘리샤가 기겁을 하며 소리쳤다.

손이 앞으로 묶여 있어 묶여 있던 발과 재갈은 어떻게 겨우 풀었지만, 손을 묶고 있는 것만큼은 아무리 용을 써도 풀리지 않아 울고 싶은 심정이었다. 그런데 갑자기 리카이엔이 다가오니 놀랄 수밖에.

보통 남자들이라면 시선이라도 돌려 주겠지만 리카이엔에게 그 정도의 세심함은 없다. 거리낌 없이 엘리샤 앞에 앉아서 손을 묶고 있는 천 조각들을 풀어주었다. 그리고 나서야 자신의 웃옷을 벗어 엘리샤에게 건넸다.

황급히 리카이엔의 옷을 걸친 후에야 엘리샤가 인사를 했다.

"고마워요."

"지랄, 고맙기는……."

엘리샤의 모습을 보니 무슨 일이 있었는지 대충 감이 왔다. 엘리샤의 옷을 벗겨 시선을 끌고 기습을 했을 것이다.

그때 밖에서 누군가가 리카이엔을 불렀다.

"백작님!"

바깥쪽으로 시선을 던진 리카이엔이 걸음을 옮기며 말했다.

"일단 숨 좀 돌리고 있어라."

황급히 뛰어나가니 기사 하나가 헐레벌떡 뛰어오고 있었다.

"무슨 일이냐?"

"노, 놈들이 마을 사람들을 인질로!"

"뭐!"

Chapter 10.

정정당당하게

"다가오지 마!"

창을 든 세더스가 마을 사람의 목에 창을 들이대고 홍분한 목소리로 외쳤다.

"이런 썅! 야이, 개새끼들아! 상관없는 사람은 놔 둬!"

볼프 역시 잔뜩 흥분하기는 마찬가지. 하지만 마을 사람이 인질로 잡혀 있으니 다가가지도 못하고 주춤거릴 뿐이다.

"후우, 후우!"

세더스가 급히 숨을 몰아쉬며 마음을 진정시키려 애썼다.

'제길! 나이츠 베스퍼가 어쩌다가 이런 지경에!'

그때 볼프의 뒤쪽에서 누군가의 목소리가 들렸다.

"허, 이거 완전 쓰레기가 되고 싶어서 작정을 했구만!"

기사들 사이를 헤치고 나온 사람은 리카이엔이었다.

"시끄럽다! 더 다가오면 이놈은 죽는다!"

리카이엔이 피식 웃으며 말했다.

"아아, 그건 알겠는데… 어차피 결론이 안 나는 상황이라는 건 알고 그러는 거냐?"

"아, 아무튼 다가오지 마!"

그때 리카이엔의 뒤에서 소란스러운 소리가 들려왔다. 급히 뒤를 돌아보니 마을 사람들이 몰려들고 있었다. 그리고 사람들 사이에서 한 중년 여인이 앞으로 튀어나오며 외쳤다.

"여보!"

리카이엔이 흠칫하며 잡혀 있는 마을 사람을 보았다. 아마 중년 여인의 남편인 모양이다.

인상을 찡그리고 있던 리카이엔이 갑자기 멈칫하더니 슬쩍 뒤를 돌아보았다. 그리고 뭔가를 살짝 고민하는 듯하더니 세더스에게 말을 걸었다.

"하나만 묻자."

"무, 무슨?"

"니가 그 창을 찌르는 것 하고, 내가 여기서 거기까지 도착해서 널 죽이는 거 하고 뭐가 빠를 것 같냐?"

"그걸 말이라고 하는 거냐? 당연히 내가 더 빠르다!"

"아, 물론 그건 알지. 그런데 그 다음에 넌?"

그제야 세더스는 질문의 의미를 이해했다. 창을 찌르는 순간 자신도 죽을 거라는 뜻이다.

"어차피 죽을 거 다 죽여 버릴 거다!"

"진짜냐?"

그 순간 인질로 잡혀 있던 중년 남자의 입에서 갑자기 신음이 새어 나왔다. 급히 고개를 돌려보니 인질의 목에서 피가 흘러나오고 있었다.

심한 상처는 아니다. 단순한 위협일 뿐이다. 하지만 피가 흘러내리는 광경은 사람을 흥분하게 만든다.

"아, 안돼요!"

아내인 듯한 중년 여인이 비명을 질렀다.

잠시 상황을 살피던 리카이엔이 가볍게 두 손을 들어 올리며 말했다.

"아아, 알았어. 알았다고. 그래서 뭘 어쩌자는 건데?"

"말을 내놔. 우리는 돌아간……."

휘이이잉!

갑자기 바람이 불었다. 강한 바람은 아니었지만 그 위치가 참으로 공교로웠다. 하필이면 세더스 앞에서 바닥을 쓸 듯이 올라오는 바람이었다.

강 건너에서 바람에 실려오는 메마른 흙먼지가 깔려 있는 바닥. 바람이 그 흙먼지를 실어 올려 그대로 세더스의 얼굴에 뿌린 것이다.

"윽!"

깜짝 놀란 세더스가 두 눈을 질끈 감는 순간!

콰지지직!

바닥에 깔린 돌이 으스러졌다. 동시에 리카이엔의 몸이 한 줄기 바람이 되었다.

으적!

"컥!"

세더스의 손에 들린 창이 힘을 잃고 바닥으로 떨어져 내렸다. 그 순간 리카이엔은 두 발이 땅에 닿기도 전에 또 한 번 손을 휘둘렀다.

빠아악!

창을 들고 있던 또 한 명의 황혼의 기사가 그대로 바닥을 굴렀다. 뒤이어 터져 나온 볼프의 외침.

"잡아라!"

제압은 순식간에 이루어졌다. 마나를 사용하지 못하는 황혼의 기사단은 득달같이 달려든 기사들에 의해 그대로 포박당했다.

"후우~"

리카이엔이 긴 한숨을 내쉬고 있으니 뒤에 있던 프리엘라가 다가왔다.

"덕분에 손쉽게 잡았어."

사람들이 몰려왔을 때, 리카이엔은 뒤에서 마나가 한곳으로 뭉치고 있는 것을 느꼈다. 황혼의 기사단은 느낄 수 없을 정도로 미약한 기운. 하지만 리카이엔은 그 기운을 감지할 수 있었고, 그 자리에 프리엘라가 서 있는 것을 확인했다. 그리고 그녀가 무언가 해 줄 것이라는 걸 알고 기회를 기다리고 있었던 것이다.

"마법을 활용하는 게 능숙해졌는데?"

황혼의 기사단이 눈치챌 수 없도록 한 후에 찰나의 틈을 만들어 준 그녀의 기지는 확실히 예전과는 달랐다.

"안톤에게 배운 덕분이죠."

"그때 그렇게 쫓아다니더니 많은 공부가 된 모양이네. 그런데 아까 그 애는?"

리카이엔이 자신이 안고 갔던 소년의 안부를 물었다. 그 말에 프리엘라가 어두운 표정으로 고개를 저었다.

"장기가 상하지는 않았는데…… 피를 너무 많이 흘렸다고 하더군요."

"제길!"

"크흑! 네 이놈, 감이 우리를 이렇게 만들고도 무사할 줄 아는 거냐!"

"시끄러! 이 개만도 못한 새끼들아!"

악을 쓰는 세더스를 향해 볼프가 버럭 소리를 질렀다.

리카이엔이 경멸이 가득한 표정으로 입을 열었다.

"너희는 같은 편도 저딴 식으로 쓰고 버리냐?"

세더스가 힘겹게 몸을 일으키며 외쳤다.

"흥! 저런 여자를 우리는 동료로 인정하지 않는다!"

"아아, 그래? 뭐, 그건 그렇다고 치자. 나는 도저히 용서가 안 된다만, 네놈들 입장에서 백 번 양보해서 우리 기사들을 죽인 건 도망치기 위해서라고 이해해 보자. 마을 사람들은 왜 죽인 거냐?"

"흥, 그래 봐야 한통속. 길을 막고 서 있는데 당연한 일이다."

"아아~ 그랬어요? 이 개새끼야?!"

"흥, 비겁한 술수나 쓰더니 역시 말하는 것도 천박하기 짝이 없구나."

"천박한 놈한테 잡혀서 좋겠다?"

"흥! 네놈의 사악한 술수에 말려서 그런 것뿐이다. 정당하게 싸운다면 네놈 정도야 우습다!"

아무래도 점혈한 것을 두고 하는 말인 듯했다. 리카이엔이 어처구니가 없다는 표정으로 물었다.

"안 그러면 이길 수 있다고?"

"그래! 그러니 지금이라도 나한테 건 사악한 술법을 풀고 정정당당히 싸우자!"

그 말에 리카이엔이 저도 모르게 피식 웃었다. 그리고 천천히 말했다.

"싫은데?"

"비겁한 놈! 그러고도 네가 기사냐?!"

"니 말대로면 아닌가 보다. 이 씨부랄 새끼야!"

말이 끝나는 순간 리카이엔의 창이 섬전처럼 공간을 갈랐다.

서걱, 서걱!

"끄아아아악!"

세더스가 비명을 지르며 그대로 바닥을 뒹굴었다. 그런 세더스의 발목에서 붉은 피가 사방으로 솟구쳤다. 하지만 리카이엔의 창은 쉬지 않았다.

서걱, 서걱!

"커허어억, 컥!"

뒤이어 또다시 터져나온 세더스의 비명. 리카이엔이 세더스의 사지 근맥을 잘라 버린 것이다. 상처가 아물면 일상생활에는 무리가 없지만, 보통 사람의 절반의 힘도 내지 못하게 된다.

하지만 리카이엔의 손은 거기서 멈추지 않았다. 창을 거꾸로 잡고 그대로 세더스의 아랫배를 찍었다.

퍼석!

순간, 세더스는 머릿속으로 무언가 깨지는 듯한 환청을 들었다. 그와 동시에 온몸의 신경을 톱으로 긁어 대는 듯한 통증이 휘몰아쳤다. 그리고 뒤이어 몰려오는 지독한 상실감.

사지의 근맥을 잘라내고 단전까지 파괴해 버린 것이다.

"끄윽, 끅!"

제대로 된 비명도 나오지 않았다. 온몸이 사시나무처럼 부들부들 떨렸다. 하지만 지금 자신의 몸이 어떻게 움직이고 있는지조차 세더스는 인지하지 못했다.

리카이엔이 그런 세더스를 내려다보며 말했다.

"넌, 죽을 때까지 반병신으로 정당하게 살아라. 이 정정당당한 새끼야!"

뒤이어 리카이엔의 시선이 끌려온 다른 황혼의 기사들에게로 향했다. 그리고 잠시 후 황혼의 기사단은 모두 똑같은 모양으로 바닥을 뒹굴고 있었다.

"죄송합니다."

리카이엔이 깊이 허리를 숙였다. 그 앞에는 라두스가 착잡한 표정으로 고개를 끄덕였다.

"사람이 죽은 것은 안타깝지만, 어쩔 수 없는 일이라는 게 있지 않겠습니까. 들어 보니 그쪽도 기사가 넷이나 죽었다고 하던데……."

리카이엔이 고개를 저으며 말했다.

"그들은 기사입니다. 물론 저로서는 매우 안타까운 일이지만, 그거야말로 어쩔 수 없는 일입니다. 전시든 아니든 싸움에서 그 당사자가 죽는 것은 말 그대로 어쩔 수 없는 일이지요. 하지만 어제 죽은 사람은 그 싸움과는 아무런 관련이 없었습니다. 죄송합니다."

"그래도 노력해 준 덕분에 인질로 잡혔던 부탄은 목숨을 건

졌습니다. 이제 그만 이쪽으로 앉으십시오."

허리를 편 리카이엔이 여전히 미안한 표정으로 쉬이 발을 움직이지 못했다. 옆에서 보다 못한 테하스가 버럭 소리를 질렀다.

"버르장머리 없는 놈이 왜 갑자기 예의 바른 척이냐? 안 어울리니 어서 와서 앉아라!"

리카이엔이 굳은 표정으로 천천히 자리에 앉았다.

"그 망할 놈들은 두고 갈 거라고?"

황혼의 기사단 기사들을 두고 하는 말이다. 테하스의 말에 리카이엔이 고개를 끄덕인 후 라두스를 향해 말했다.

"두 번 다시 허튼짓을 못하도록 해 놨으니, 죽이든 살리든 족장님께서 처리하시면 됩니다. 이제 어린 여자 아이보다 더 힘을 못 쓸 겁니다."

리카이엔의 이야기를 들은 테하스가 라두스를 향해 물었다.

"어찌할 건가?"

"으음… 그 사람들이 이 마을에 있어 봐야 오히려 미움만 커지고 마음만 아프지 않을까요?"

라두스의 완곡한 거절에 리카이엔은 천천히 고개를 끄덕였다. 그리고 새로운 제안을 했다.

"어제 죽은 소년 이름이 카두라고 했던가요?"

"그렇습니다."

"카두의 아버지에게 처리를 맡기겠습니다. 그건 괜찮겠지요?”

“후우~ 하긴 아이 아버지는 저와 생각이 다를 수도 있겠지요. 그렇게 하십시오.”

“알겠습니다. 괜히 저 때문에 마을에 큰 피해를 입혔군요.”

“아닙니다. 그나저나 오늘 가신다고 했는데… 길잡이가 필요하지 않습니까?”

“볼프가 올 때 데리고 왔던 길잡이가 있습니다.”

잠시 정적이 흐르고, 라두스가 먼저 몸을 일으켰다.

“마을을 좀 돌아보아야 할 것 같은데……. 더 하실 말씀이 있습니까?”

“아, 아닙니다. 저도 이만 가보겠습니다.”

인사를 한 리카이엔이 밖으로 나가자 테하스가 그 뒤를 따라왔다.

“버르장머리.”

“농담할 기분 아니요.”

“흘흘, 네놈이 그러고 있는 건 처음 보는구나. 그래도 좀 얌전하게 있는 건 마음에 드는구먼.”

농담 한마디를 해도 반드시 받아쳐야 성이 풀리고, 화가 나면 그대로 내뱉어야 하고, 수틀리면 일단 욕에 주먹부터 날리는 모습은 많이 보았지만 이렇게 음울한 얼굴을 하고 있는 건 처음이었다.

“쳇, 그럼 만날 이딴 기분으로 있으란 말이요?”

"흘흘, 그래. 그래야 버르장머리지. 그나저나 가는 길에 부탁 하나 할까 하는데… 들어 주겠느냐?"

"부탁?"

"갈 때 프리엘라를 데리고 가거라."

"음? 뭔 일 있수?"

리카이엔의 물음에 테하스가 주름 가득한 얼굴로 진지하게 고개를 끄덕였다.

"이제부터 우리가 하는 일은 사실 그리 안전한 일이라고 보기가 힘들다."

바이론 왕국이 있던 땅은 현재는 모렐리아 공화국의 영토였다. 사람이 살지 않는 사막의 땅이라고는 해도 갑자기 옛날에 살던 이들이 들어와 자기네 나라라고 말한다고 그것을 눈감아 줄 리가 없었다.

더불어 바이론인들의 클리머스로 땅에서 물길을 찾아 뽑아 올릴 수 있다는 사실을 안다면 더더욱 그럴 가능성이 높았다. 완전히는 아니지만 사막을 되살릴 수 있는 방법이기 때문이다. 그리되면 사막화 문제도 조금은 위험이 덜할 테니까.

리카이엔이 고개를 갸웃거리며 말했다.

"아무리 그래도 스승이 위험한 곳에 가고 제자가 안전한 곳에 가면 그건 좀 모양새가 안 좋은데?"

하지만 테하스는 리카이엔의 말에 대답은 하지 않고 자기 할 말만 이어 갔다.

"일전에 말한 물을 끌어 올릴 수 있는 클리머스에 대해서 이야기를 했었지?"

"으음, 그랬지."

"그 클리머스는 오직 바이론 왕국의 왕족만이 사용할 수 있다."

"뭐?!"

"바이론 왕족의 피를 이은 사람이 아니고는 그 클리머스가 발동이 되지 않기 때문이다. 우리가 오랜 세월 흔들림 없이 왕조를 이어 올 수 있었던 것에는 그런 영향도 있다."

리카이엔이 저도 모르게 고개를 끄덕였다. 이런 척박한 환경에서 물을 끌어 올릴 수 있는 능력은 가장 강력한 힘이 될 수 있을 것이다.

"그런데 바이론 왕국이 멸망한 후 100년. 현재 그 물을 끌어 올리는 클리머스를 사용할 수 있는 사람은 단 두 명이다. 바로 나와 프리엘라."

"뭐? 지금 뭐라고 했소? 프리엘라? 그럼 프리엘라가……."

"그래 바이론 왕가의 혈통을 가지고 있는 아이이다."

"하지만 생긴 건……."

프리엘라의 얼굴에는 바이론인의 특징이 하나도 보이지 않았다. 리카이엔이 놀라는 것도 그런 이유였다.

"혼혈이다. 정확하게는 그 아이의 증조부가 대륙인과 결혼을 했지."

"음? 그럼 혹시 그 증조부라는 사람이……."

"그래 내 오라버니이자 바이론 왕국의 마지막 왕세자였다."

그러다 리카이엔이 뭔가 생각난 듯 말했다.

"음? 그러고 보니 아르엔 산에서 만났을 때……."

그때 리카이엔이 테하스에게 바이론의 마지막 왕족이냐고 물었을 때 테하스는 아니라고 했었다.

"그래 프리엘라가 있기 때문이지."

"흐음, 그럼 프리엘라도 이 사실을 알고 있수?"

"그것까지는 말하지 않았다. 단지 물을 끌어 올리는 클리머스를 가르쳐 주었을 뿐이다."

"흐흐, 당연히 그 술법이 왕족의 피와 관계되어 있는 건 말을 안 했겠군?"

"아직은 사실을 알릴 필요가 없지 않느냐?"

"그럼 프리엘라를 데리고 가라는 건, 그 물을 끌어 올리는 술법을 아는 두 사람이 같이 위험한 곳에 있으면 안 되니까 그러는 거요?"

테하스가 고개를 끄덕이자 리카이엔이 뒤통수를 긁적이며 말했다.

"뭐 그런 건 어려운 게 아닌데… 혼자서 괜찮겠소?"

"흘흘, 네놈이 날 걱정해 주는 게냐?"

"뭐 좀 분위기가 심상찮아서 그러지. 모렐리아 공화국도 문제지만… 그 비밀 조직 말이요. 그놈들이 영 신경에 거슬려서."

"나도 그렇게 생각은 한다만, 어차피 숨어 있는 놈들이 아니냐. 당장 어찌할 수도 없고, 잡아 온 놈은 틈만 나면 죽으려 들고. 이럴 때는 차라리 큰 변화를 일으키는 게 좋을지도 모른다."

바이론 난민들이 과거의 땅에 왕국을 재건하기 위해 모인다는 건 확실히 큰 변화다. 비밀 조직의 구성원들도, 현재 확인된 바로는 모두 바이론인. 그 정도의 변화가 생긴다면 그들도 어떤 식으로든 움직일 수밖에 없으리라.

"뭐, 그것도 나쁜 방법은 아니지. 아, 그런데 이야기는 다 된 거요?"

"거의 모든 족장들과 만나 이야기를 나눴다. 그리고 다들 내 생각을 반기는 분위기였으니 그건 걱정할 게 없다."

"하긴 무시당하고 떠도는 것보다 척박해도 자기 땅에서 사는 게 속 편하지. 그나저나 그렇게 되면 그거 대륙 자체적으로도 큰일인데? 그러면 어쩔 수 없이 이목을 끌 수밖에 없는 거 아니요. 어지간하면 처음에는 조용히 시작하지?"

대륙 곳곳에 퍼져 있는 바이론인들의 수는 대략 90만. 그 정도 대 인원이 한꺼번에 이동하게 되면 당연히 시선을 끌 수밖에 없다.

"내가 나이를 괜히 먹은 건 줄 아느냐? 그런 건 걱정하지 않아도 되니 너는 네 할 일이나 해라. 대신 프리엘라는 꼭 지켜

줘야 한다."

"알았… 아! 그런데 돈 필요한 거 아니요?"

"아직은 필요한 단계가 아니다. 우선은 지역을 몰색하고 분위기부터 살펴야지. 그러고도 물을 끌어 올리고 이것저것 준비를 하려면 시간이 많이 걸릴 거다."

"뭐, 알았소. 그럼 조심해서 하슈."

리카이엔이 진심을 담아 말했다. 처음 만날때는 서로 죽일 듯이 싸우기도 했고, 말도 함부로 하고 툭하면 티격태격하기는 해도 테하스는 리카이엔에게는 묘하게도 가족 같은 느낌을 주는 사람이었다.

"크흘흘, 거 봐라 이놈아. 그런 얼굴 자주하면 재미있지 않느냐?"

"에이~ 진짜! 나 갈 거요!"

§ § §

"음?"

리카이엔이 살짝 놀란 표정으로 엘리샤를 보았다. 그리고 엘리샤가 사납게 눈초리를 치켜 올렸다.

"이건 내 콤플렉스라고 말하지 않았나요?"

엘리샤의 옷 때문이다. 헐렁한 상의에 한참을 걷어 올린 바짓단과 소매. 꼭 어린아이가 어른 옷을 걸친 것 같은 모습이었던 것이다.

리카이엔은 그들을 끌고 오면서, 물건까지 챙겨서 올 정도의 세심함을 보이지는 않았다. 당연히 옷은 입고 있는 것 한 벌밖에 없었는데 어제 찢어지는 바람에 할 수 없이 프리엘라의 옷을 빌려 입었다.

문제는 엘리샤의 작은 키. 상대적으로 큰 키에 몸매까지 꽤 차이가 나는 프리엘라의 옷을 입었는데, 하필이면 얼굴까지 동안이라 진짜 어린아이처럼 보였던 것이다.

리카이엔이 피식 웃으며 말했다.

"거기까지 신경이 쓰이는 걸 보니 그래도 좀 진정은 된 모양이군."

"흥!"

엘리샤가 고개를 홱 돌리며 더 이상 말하지 않겠다는 의사를 피력했다. 리카이엔은 또 한 번 피식 웃어 보인 후, 프리엘라 쪽으로 시선을 돌렸다.

"준비는 다 했냐?"

"뭐, 사실 특별히 준비할 건 없어요."

"그럼 됐고. 볼프."

이번에는 볼프를 불렀다.

"예, 백작님."

"준비는?"

"이제 출발만 하면 됩니다."

"시신들은 잘 수습했겠지?"

"예, 마을 사람들 도움을 받아서 일단 방부 처리를 해놓았습니다. 그래도 빨리 움직이는 게 좋을 거라고 하더군요."

고개를 돌려 기사들이 있는 곳을 보니 커다란 천으로 감싼 네 구의 시신을 안장에 고정시키고 있는 모습이 보였다.

어제 황혼의 기사단에 죽은 네 명의 기사들의 시신이었다. 영지로 가지고 가 제대로 장례를 치러 주기 위해서였다.

전생에 전장에서 죽은 병사들이 제대로 묻히지도 못하는 모습들을 숱하게 보아온 리카이엔이었기에 죽어서 장례까지 제대로 치르지 못하는 것이 얼마나 서글픈 일인지를 잘 알고 있었다.

모든 준비가 끝나고 마을을 벗어나려고 움직이니, 입구에 테하스와 라두스가 기다리고 있었다. 마을 사람들은 어제 일의 여파 때문인지 거의 모습을 보이지 않았다.

"이제 가는 거냐?"

"일이 좀 많아서 말이요. 서둘러야지."

고개를 끄덕인 테하스가 이번에는 프리엘라에게 말했다.

"가서 준비가 되거든 최대한 빨리 돌아오거라."

"예, 스승님."

프리엘라에게는 클레우스의 보물들을 처리한 자금을 가지고 오라는 명을 내린 상태였다. 특별한 이유도 없이 보낸다면 말을 듣지 않을 거라 생각했기 때문이다. 물론, 리카이엔에게 미리 언질을 주어 최대한 시기를 늦추라는 이야기도 잊지 않았다.

그때 리카이엔 뒤에 있던 볼프가 갑자기 소리를 냈다.

"어어, 백작님. 저기요."

고개를 돌려 볼프가 가리키는 곳을 보니, 한 바이론인이 황혼의 기사단을 줄줄이 묶어 어딘가로 가고 있었다. 바로 어제 단전이 파괴되고 근맥이 잘린 그들이 제대로 걸을 수 있을 리가 없었다. 거의 무릎으로 기다시피하며 줄에 끌려가고 있었다.

눈치 빠른 리카이엔이 슬쩍 테하스를 향해 물었다.

"사막으로 가는 겁니까?"

"그렇다는 것 같더구나."

"올 때는 혼자 오겠군요."

"아마도……."

제대로 걷지도 못하는 상태로 사막에 버려진 이들의 말로는 굳이 깊이 고민하지 않아도 뻔했다. 리카이엔이 그들의 모습을 보며 속으로 중얼거렸다.

'차라리 잘된 일일지도 모르겠군.'

사실 황혼의 기사단에 대한 처리는 상당히 난감한 부분이 있었다. 그로니스 제국의 황제와 단판을 짓고 영지에 대한 위해를 가하지 않겠다는 약속을 받아낸다 해도, 저 기사들이 원한을 품지 않으리라는 보장이 없었기 때문이다.

그러던 차에 일이 벌어져 이런 결과가 나온 것이다. 물론 관계없는 사람이 죽은 것은 안타까운 일이지만, 결과 자체만 놓고 본다면 리카이엔에게는 그리 나쁘지 않았다.

리카이엔의 시선이 엘리샤에게로 향했다. 이제 클레우스의 보물과 자신의 관계를 아는 외부인은 오직 한 명 그녀밖에 없었다. 어떻게든 황제와 독대를 하려면 엘리샤가 필요했다. 그러니 일단은 이대로 있는다지만, 나중에 그녀를 어찌해야 할지는 아직도 고민되는 부분이었다.

끌려가는 황혼의 기사단을 보고 있는 엘리샤의 눈빛에는 복잡한 감정이 뒤섞여 있었다. 리카이엔이 궁금한 표정으로 물었다.

"불쌍해 보이냐?"

그 말에 엘리샤가 묘한 미소를 지으며 고개를 저었다.

"난 더 이상 저들을 나와 같은 곳에 있던 자들로 보지 않아요. 불쌍하기는……."

어제, 묶이기도 전에 이미 질려 버린 엘리샤였다. 동정할 가치도 없는 자들이라는 걸 잘 알고 있었다. 하지만 그렇다고 해서 조금의 죄책감이 없지는 않았다. 자신이 주도한 일을 함께하다 저리 된 것이기 때문이다.

"자업자득이다. 그만 생각해."

리카이엔이 차갑게 한마디 더 하고는 말고삐를 움직였다.

"가자!"

§ § §

"오, 오빠. 머리가……!"

세이나가 비명같은 외침을 터뜨렸다. 갈색으로 물든 리카이엔의 머리카락에 어지간히 충격을 받은 표정이었다. 슬쩍 고개를 들어 보니 데인과 힐더 역시 꽤 놀란 얼굴이었다.

영지를 떠날 때 데인에게 당분간 운영을 맡아 달라는 편지만을 남긴 채 빠져나온 리카이엔이었다. 가족들은 염색한 리카이엔의 머리를 볼 일이 없었으니 놀라는 건 당연한 일이었다.

"은밀하게 움직여야 하는 일이라, 눈에 띄는 머리카락을 염색을 했습니다."

영지의 상황을 알고 있는 데인이 천천히 고개를 끄덕이며 말했다.

"뭐, 머리카락 색이야 무슨 상관이겠느냐. 그래, 갔던 일은 잘 마무리하고 왔느냐?"

"예, 어느 정도 처리가 되었습니다."

그때 세이나가 앞으로 툭 튀어나오더니 리카이엔의 손을 꽉 그러쥐었다.

"도저히 안 되겠다. 얼른 가!"

"어딜?"

"머리! 그 염색 빨리 지워!"

도저히 참을 수 없다는 표정으로 떼를 쓰는 세이나를 보며 리카이엔이 가볍게 손을 휘둘렀다.

딱!

"아악!"

머리를 부여잡고 주저앉은 세이나가 눈물이 글썽한 얼굴로 리카이엔을 쳐다보았다. 하지만 리카이엔은 엄한 표정으로 한 마디 할 뿐이다.

"오빠, 바쁘다."

"히잉! 오빠, 미워!"

빽 소리를 지르고 안으로 후다닥 달려들어 가는 세이나의 뒷모습에 리카이엔이 걱정스러운 표정으로 말했다.

"어머니, 저래서 어디 결혼이나 시킬 수 있겠어요?"

"글쎄다? 평생 결혼 안 할 거라고 하던데?"

"네?"

"오빠 옆에 있겠다고 하더구나."

자신은 아무것도 모른다는 듯 말하는 힐더의 모습에 리카이엔이 묘한 표정을 지었다. 그리고 이내 허탈한 표정으로 말했다.

"뭐, 언젠가는 지가 알아서 하겠죠."

"호호, 그렇겠지. 그나저나 얼른 들어가서 쉬어라. 온다는 연락을 받고 준비를 해 놓았다."

하지만 리카이엔은 고개를 저었다. 느긋하게 앉아서 쉴 때가 아니었다. 영지를 비운 동안의 일도 보고를 받아야 했고, 앞으로 있을 일들에 대해서도 할 이야기가 많았다.

"쉬는 건 조금 있다가 하는 것이 좋을 것 같아요. 두 분 먼저 들어가 계세요. 일이 좀 밀려 있거든요."

그 말에 힐더가 걱정스러운 표정을 지었지만, 데인이 그녀의 손을 잡았다.

"부인, 우리는 들어가서 두던 체스나 마저 합시다. 이야기는 저녁 식사 때 하면 되지 않겠소? 리카이엔, 그럼 어서 가서 일 보거라."

"예, 아버지."

데인이 힐더를 데리고 안으로 들어가는 것을 확인한 리카이엔은 곧장 자신의 집무실로 향했다. 집무실 앞에는, 라울과 안톤을 포함한 몇 사람이 경직된 자세로 서 있었다.

"들어와."

짧게 한마디 하고 안으로 들어가자, 라울을 선두로 모두 집무실로 들어왔다. 리카이엔은 자리에 앉기가 무섭게 라울을 향해 말했다.

"그 동안 별 일은 없었겠지?"

"물론입니다."

"그래서 경과는?"

리카이엔의 말에 가장 오른쪽에 서 있던 문관 차림의 남자가 먼저 말했다.

"행정 단위 개편이 완전히 마무리되었습니다. 처음 논의한 대로 인구를 1만 단위씩 묶어 20개의 행정 지구로 나누었습니다. 그리고 각 행정 지구는 다시 1천 명씩 소지구로 구획을 나누고, 영지민들의 이전과 마을의 개편을 마무리했습니다."

그리고 손에 들고 있던 두꺼운 서류뭉치를 리카이엔의 책상 위에 올렸다. 그리고 두 번째 사내가 입을 열었다.

"농지 개간은 당초 계획의 70% 정도가 마무리되었습니다. 파종할 때가 오기 전에 완전히 마무리될 것으로 예상됩니다."

그리고 이번에도 두꺼운 서류뭉치를 리카이엔 앞에 올려놓았다.

그리고 연이어진 보고에 리카이엔의 책상은 서류뭉치로 가득했다.

리카이엔이 작위를 물려받은 후 가장 먼저 한 것은 행정 업무의 개선이었다. 물론 그 실무를 전담한 것은 라울이었다. 라울이 내놓은 개선안은 행정 업무를 모두 다섯 개로 나누어, 각각의 행정관과 서기들을 두는 것이다.

총괄적으로 세금을 관리하는 출납관, 영지 전체의 세세한 서류와 총괄적 업무를 담당하는 총무관, 토지의 관리에서부터 개간 및 치수(治水) 등을 담당하는 토지관, 주백령이나 주변 영지와의 일을 담당하는 외무관이다.

그것은 단순히 사람만 구하면 끝나는 일이 아니었다. 각 행정관들 사이에서의 연계와 보고, 처리 등의 절차와 명령 계통까지 정리해야 하는 엄청난 업무였다.

라울은 아카데미에 있을 당시에 알고 있던 이들을 불러 업무를 맡기고 함께 무지막지한 양의 일들 처리했다. 그렇게 모든 일이 마무리하는데 걸린 시간만 해도 무려 두 달.

리카이엔은 라울을 자신의 수행관인 동시에 행정 총관으로 임명하고, 다섯 행정관의 위에 두어 관리하게 했다. 그리고 그때부터 영지의 각종 사업들을 추진하게 했다.

하루가 멀다 하고 밤샘을 하며 긴 회의를 한 끝에 가닥이 잡혔고, 가장 시급한 일들부터 사업을 추진했다. 그리고 지금 그 결과가 조금씩 보이기 시작한 것이다.

행정관들의 보고를 다 들은 리카이엔은 이번에는 안톤에게 시선을 돌렸다.

안톤이 난감한 표정으로 조심스럽게 입을 열었다.

"아직 군정관이 정해지지 않아서……."

그 말에 리카이엔은 저도 모르게 인상을 찌푸렸다. 업무의 개선은 행정 쪽에서만 한 것이 아니었다. 군을 관리하는 것 역시 전체적으로 업무를 분할하고 체계를 잡았다.

병사들의 훈련을 담당할 훈련관, 보급과 관련된 업무를 총괄할 보급관, 병사를 모으고 선별할 모병관. 모두 세 명의 군정관을 두고 군대의 업무를 처리하려 했었다. 문제는 그 일을 맡을 사람이었다.

군에 익숙한 동시에 행정 처리까지 능숙하게 할 수 있는 사람이 필요했는데, 지금 있는 대부분의 기사나 병사들은 그런 쪽으로는 거의 소질이 없었던 것이다.

잠시 고민하던 리카이엔이 어쩔 수 없다는 표정으로 말했다.

"결국 문관을 같이 두는 수밖에 없나?"

사람을 뽑기 힘들어지자 라울이 제안을 했었다. 군에 능숙한 사람에게 행정에 능숙한 사람을 붙여 함께 업무 처리를 하게 하자는 이야기였다. 나쁜 의견은 아니었느나 의견의 불일치나 관점의 차이로 인해 오히려 더 업무의 진행이 더뎌질 위험이 있었기에 일단은 보류를 했었다.

하지만 이렇게까지 사람을 구하기가 힘들다면 어쩔 수 없었다.

리카이엔이 라울을 향해 말했다.

"사람 뽑아라."

순간, 라울이 저도 모르게 인상을 찌푸렸다. 자신이 그 의견을 내놓았을 때는 지금의 행정관을 데리고 오기 전이었다. 진작 이런 결정을 내렸으면 또 사람을 뽑아야 하는 불편함은 없지 않았겠는가.

그렇다고 반항을 할 수는 없는 일.

"알겠습니다."

모든 보고가 끝이 나자 집무실에는 리카이엔과 라울, 안톤 세 사람 만이 남았다.

리카이엔이 라울을 향해 물었다.

"이번 국무회의가 언제지?"

브렌 왕국에서는 1년에 네 번 국무회의가 열린다. 왕국의 전체적인 통치 방향이나 국정, 혹은 외교와 관련된 회의였는데, 백작 이상의 귀족들만이 참석할 수 있었다.

이 국무회의의 참여는 의무라기보다는 권리에 가까웠다. 반드시 참석해야 하는 것은 아니라는 뜻이다. 하지만 참석을 할 경우 자신의 영지에 유리한 사안의 추진 등에 대해 의견을 실을 수 있는 만큼 대부분의 귀족들이 빠지지 않고 참석했다.

작년 가을과 겨울의 국무회의에 프로커스 백작가는 참석을 하지 않았다. 가을에는 데인이 작위를 가지고 있었는데, 그때는 영지전이 한창이었기에 참석을 하지 못했다. 그리고 겨울에는 리카이엔이 이제 막 작위를 물려받고, 영지의 한창 영지의 행정 업무를 개선하고 있었기에 참석을 하지 않았던 것이다.

하지만 이번에는 빠질 수가 없었다. 세 번이나 연달아 불참을 하게 되면 입지가 좁아진다는 문제도 있었지만, 왕국 전체의 국정 흐름에서 멀어질 위험도 있기 때문이다. 더불어 이제 갓 작위를 이은 신임 영주가 국무회의에 참석을 하지 않는 다는 것은, 국왕의 눈 밖에 날 위험도 있었다.

라울이 곧장 대답했다.

"두 달 후, 3월이라는 연락이 왔었습니다."

"두 달이라… 조금 빡빡하지만 시간이 없지는 않겠군."

"네?"

라울이 고개를 갸웃거렸다. 프로커스 백작령에서 수도 에델슈트까지는, 배를 타고 폴넨 강을 거슬러 올라갔다가 다시 말을 타고 이동하면 열흘이면 충분했다. 그런데 시간이 빡빡하다고 하니 잠시 이해를 못했던 것이다.

"흐음, 그로니스 제국에 잠시 들러야 해서 말이야."

"네? 그로니스 제국이요?"

"아, 그럴 일이 좀 있어."

국무회의에 참석하기 전에 제국 황제의 '황금 홀'을 건네주러 가야 했다. 제국의 입장에서 보면, 엘리샤를 포함한 황혼의 기사단은 연락 두절 혹은 실종 상태일 것이다. 그 상태가 오래 간다면 또 다른 조사가 이루어 질 수도 있었다. 그러니 그전에 처리하는 것이 좋았다.

제국의 수도에 들렀다가 다시 브렌 왕국의 에델슈트로 가는데 두 달이라는 일정을 꽤 빡빡했다.

"방금 여행을 끝내고 오셨는데 또 그렇게 급한 일정으로 움직이시면……."

안톤이 걱정스러운 표정으로 말했지만 리카이엔은 어깨를 으쓱거릴 뿐이었다.

Chapter 11.

제국의 황제

"흠, 확실히 크긴 크군."

리카이엔이 천천히 말을 몰며 주변을 훑어보았다.

여러 시대의 건축 양식들이 뒤섞여 묘한 조화를 이루는 거리의 모습. 종류를 세기조차 힘들 정도로 다양한 복장을 한 사람들. 그리고 저 멀리 보이는, 웅장하다는 말밖에 할 수 없는 무시무시한 수준의 궁궐까지.

나란히 말을 몰고 가던 엘리샤가 설명하는 투로 말했다.

"대륙에서 가장 오래된 도시예요. 그리고 인구의 이동이 가장 많은 곳이기도 하죠."

그 뒤를 따라오던 볼프와 율리아, 톰, 잭은 입을 쩍 벌리고 정신없이 주위를 둘러보고 있었다.

프로커스 백작령을 벗어나 본 적이 없는 볼프와 톰, 잭은 물론이고, 용병으로 많은 곳을 돌아다녔던 율리아조차 이 정도로 거대한 도시는 처음인 모양이었다.

지금 그들이 걷고 있는 곳은 흔히 대륙 최고의 도시라 불리는 곳. 바로 그로니스 제국의 수도인 황도 크벤티움이었다.

"일단 방부터 잡자."

리카이엔의 말에 엘리샤가 고개를 저었다.

"그럴 필요는 없어요. 우리가 필요할 때마다 쓰는 집이 있으니, 거기로 가죠."

하지만 리카이엔은 고개를 저었다.

"지금 나보고 호랑이 아가리에 머리를 들이밀란 말이냐?"

"네?"

"너희가 쓰는 집이면, 당연히 너희 병력이 있다는 건데 거길 왜 가?"

그 말에 엘리샤가 잠시 질린 표정을 짓더니, 갑자기 도발적인 표정으로 말했다.

"흐응~ 그렇게 간이 작아서야 원……."

리카이엔에게 좋은 말이 나왔을 리가 없다.

"까대지 마라~"

물론 그런다고 기가 죽을 엘리샤가 아니었다.

"흥! 내가 뭐 틀린 말 했나요?"

"그 생각은 해 봤냐?"

"무슨 생각이요?"

"나는 그냥 너를 죽이고 이쯤에서 그간의 일을 덮어 버리는 게 더 편하다는 거."

"네?!"

깜짝 놀란 엘리샤가 흠칫 어깨를 떨었다. 그녀와 함께 있던 황혼의 기사단은 이미 사막에 버려진 지 한참이 지났다. 그리고 현재 리카이엔이 문제의 황금 홀을 들고 있다는 사실을 아는 사람은 엘리샤가 유일했다.

뭐라고 말을 하지 못하는 엘리샤를 향해 리카이엔이 싸늘하게 웃으며 말했다.

"그러니까 그냥 조용히 입 다물고 있어라."

"아, 알았어요!"

엘리샤는 속이 부글부글 끓었지만 어쩔 수 없이 입을 다물었다.

'아아~ 내가 어쩌다가.'

말로는 누구에게도 지지 않을 자신이 있었다. 그리고 지금까지 한 번도 져 본 적이 없었다. 그런데 그게 안 되는 유일한 인물이 리카이엔이었다. 앞뒤가 꽉 막힌 성격도 아니고, 단순히 힘으로 억누르기만 하는 것도 아닌데 이상하게도 말로 이길 수가 없었다.

크벤티움의 성문과 가까운 곳에 숙소를 잡은 후, 리카이엔이 엘리샤를 불렀다.

"자, 이제 어떻게 해야 되지?"

"제일 좋은 방법은 제가 물건을 가지고 가서 황제 폐하의 약속을 받아 오는 거지만… 그건 싫겠죠?"

"당연한 걸 확인하려고 들지 마."

"그러면 우선 제가 기사단에 연락을 해서, 밤에 우리 쪽 사람을 만나는 수밖에 없어요."

"그럼 그렇게 해야지. 연락을 해라."

"일어나."

나지막한 목소리가 볼프의 귓가에 울렸다.

"헉!"

깜짝 놀라 벌떡 일어서려는 볼프의 입을 누군가의 손이 우악스럽게 막았다.

"조용히 일어나라."

눈동자를 돌려보니 입을 막고 있는 사람은 리카이엔이었다. 볼프가 놀란 눈으로 고개를 끄덕였다.

리카이엔이 막았던 볼프의 입에서 손을 떼며 말했다.

"저 두 놈 조용히 깨워서 대기 시켜."

리카이엔이 손짓으로 톰과 잭을 가리켰다. 리카이엔이 인원의 분산을 막기 위해 네 명이 잘 수 있는 큰 방을 빌렸던 것이다.

"알겠습니다."

말이 끝나기가 무섭게 볼프가 조용히 침대에서 내려왔다. 그 사이 리카이엔은 엘리샤와 율리아가 묵고 있는 옆방으로 향했다.

"누구……!"

텁!

리카이엔이 방문을 여는 순간, 율리아가 벌떡 몸을 일으키며 외쳤다. 아니, 외치려 했지만 순식간에 몸을 날려 입을 틀어막은 리카이엔에 의해 제대로 소리를 내지 못했다.

"쉿!"

리카이엔의 소리에 겨우 상황을 파악한 율리아가 천천히 고개를 끄덕였다.

"깨워서 우리 방으로 와라."

잠시 후, 리카이엔의 방에 여섯 사람이 모두 모였다.

"여관이 포위당했다."

리카이엔의 말에 볼프가 화들짝 놀라 벌떡 일어나려 했지만, 리카이엔의 손짓에 급히 다시 앉았다.

"엘리샤, 어떻게 된 일이냐?"

제국의 수도 크벤티움에 리카이엔이 아는 사람은 없었다. 더군다나 이렇게 큰 규모로 적대적인 행동을 할 사람은 더더욱 없었다. 이곳 크벤티움과 관계가 있는 사람은 오직 한 명 엘리사밖에 없었다. 그리고 엘리샤와 관계 되었다면 황혼의 기사단일 가능성이 높았다.

하지만 엘리샤 역시 당황하기는 매한가지였다.

"난 내일 아침에 은밀하게 만나자는 연락밖에 안 했어요."

"그런데 왜 건물을 포위하고 있는 거지?"

"그건 저도 잘……."

잠시 뭔가를 곰곰이 생각하던 리카이엔이 엘리샤를 향해 피식 웃으며 말했다.

"아무래도 너 버림받은 모양인데?"

"그, 그게 무슨?"

"그렇지 않고서야 이렇게 우리를 적대할 이유가 없잖아."

"우리 쪽 사람이 아닐 수도 있어요."

"치안이 좋기로 유명한 황도 크벤티움에서, 이 정도 규모의 병력이 움직이는 게 가능하다고 생각하냐?"

"그렇기는 하지만……."

엘리샤가 말끝을 흐리며 할 말을 찾는 사이, 리카이엔이 다시 물었다.

"너 혹시 연락이 너무 오래 끊어져서 배신자 취급받는 거 아니냐?"

"그럴 리가 없어요. 저는 전권을 위임받았고 반년이 넘지 않는 한 제 임의로 행동이 가능해요."

"하지만 이게 현실이잖아."

"일단 제가 이야기를 해 볼게요."

엘리샤의 말에 리카이엔이 마음대로 해 보라는 표정으로 고개를 끄덕였다.

천천히 창가로 다가간 엘리샤가 안쪽의 창문을 열고 바깥쪽의 덧문까지 열었다. 그 순간.

쉬우욱!

싸늘한 바람이 엘리샤를 덮쳤다. 그리고 리카이엔이 급히 창을 휘둘렀다.

탁!

가벼운 소음과 함께 엘리샤의 코앞에서 튕겨나간 것은 한 대의 화살.

쉬쉬쉬쉭!

뒤이어 여러 대의 화살이 창문을 향해 쏟아졌다.

"피해, 이 멍청아!"

리카이엔이 황급히 엘리샤를 창가에서 밀어냈다. 그와 동시에 창을 통해 열 대의 화살이 방 안으로 밀고 들어왔다.

리카이엔이 엘리샤를 향해 물었다.

"이래도 얘기 해 볼래?"

하지만 엘리샤는 이미 큰 충격을 받았는지 아무런 반응도 보이지 않고 있었다.

엘리샤의 어깨를 툭툭 두드려 준 리카이엔이 인상을 굳히며 기사들에게 말했다.

"일단 이곳을 빠져나가야겠다."

뒤늦게 정신을 수습한 엘리샤가 다급한 목소리로 말했다.

"빠져나가서 어쩌시게요? 차라리 여기서 잡히면 만나서 이야기를 할 수도 있잖아요."

"미쳤냐? 잡혀서 물건 뺏기고 죽을 게 뻔한데 무슨! 역시, 황제와 이야기를 하려고 생각한 것 자체가 실수였어."

리카이엔에게는 두 가지 길이 있었다. 물건을 놓고 황제와 협상을 하는 방법과 엘리샤를 제거해 일 자체를 덮어 버리는 방법.

하지만 일을 덮는다고 해결되지 않을 거라는 건 잘 알고 있었다. 엘리샤가 사라진다고 황제가 물건의 추적을 포기할 리가 없기 때문이다. 그래서 일단 협상을 해 볼 생각이었는데, 저쪽은 확인도 하기 전에 다짜고짜 공격을 해 온 것이다. 그렇다면 또 다른 방법을 생각해 낼 수밖에 없었다.

엘리샤가 재차 물었다.

"그럼 어떻게 할 건데요?"

"우선은 빠져나간 후에 생각해 봐야지."

마음을 굳힌 리카이엔이 볼프를 향해 말했다.

"뒷문으로 빠져나간다!"

쉑, 쉐에엑!

여관 2층의 복도 끝에 나 있는 창문에서 화살이 뿜어져 나왔다.

푹푹!

맞은편 건물 지붕 위에서, 여관을 향해 시위를 당기고 있던 두 명의 궁수가 그대로 고꾸라졌다.

"이 무슨!"

옆에 있던 궁수가 황급히 몸을 낮추고 여관 창문을 노려보았다. 하지만 창문 너머로 보이는 것은 어둠 외에 아무것도 보이지 않았다.

"어떻게 된 일이지?"

궁수가 심각한 표정으로 재차 창문 쪽을 살필 때였다. 갑자기 그 어둠의 안쪽에서 무언가가 번쩍 빛났다.

"헉!"

깜짝 놀라 지붕 위에 납작 엎드리려는 순간, 그 어둠속에서 튀어나온 화살이 창문을 지나 궁수의 이마에 박혔다.

율리아였다. 그녀는 복도 창문의 반대쪽 끝의 어둠에 몸을 숨긴 채 화살을 날린 것이다.

다른 궁수들이 그제야 상황을 파악하고, 창문을 향해 시위를 튕겼다.

하지만 쉽지가 않았다. 창문이 활짝 열려 있기는 했지만, 그 사이로 화살을 집어넣어 그 너머에 있는 적을 맞추는 것은 절대 쉬운 일이 아니었다. 네모난 창틀의 크기가 화살이 파고들 수 있는 각도를 제한하기 때문이다.

그나마 정면에서 화살을 쏠 수 있는 세 사람은 가장 먼저 율리아의 화살에 당한 후였다.

팍, 파바박!

화살들이 창문 안과 바깥쪽 벽에 쉴 새 없이 틀어박혔다.

벌컥!

순간 아래쪽에 있는 문이 열리며 네 개의 인영이 튀어 나왔다.

"조져 버려!"

가장 선두에 선 리카이엔이 버럭 소리를 지르며 주변을 포위하고 있는 검사들 사이로 몸을 날렸다.

단번에 적진으로 뛰어든 리카이엔에 의해 진형이 무너졌다. 검사들이 황급히 리카이엔을 향해 롱소드를 휘두르는 순간, 리카이엔의 손에 들린 레이피어가 느릿하게 반원을 그렸다. 쇄도해 오는 네 자루의 롱소드와 그것을 맞받아치는 느릿한 레이피어.

검사들은 곧 손으로 전해져 올 것에 대비했다. 인간의 몸뚱이를 꿰뚫을 때 전해지는 섬뜩한 감각. 검신이 얇은데다가 느릿하게 움직이기까지 하는 레이피어가 자신의 롱소드를 막을 리가 없기 때문이다.

카앙!

의외의 금속성과 손을 타고 오는 반발력에 한 검사가 멈칫하며 자신의 롱소드를 보았다. 그리고 그 롱소드에 달라붙어 있는 레이피어.

"음?!"

있을 수 없는 일이었다. 이 레이피어가 자신의 검신에 달라붙기 전에, 롱소드는 어깨를 꿰뚫어야 정상이었다. 그렇다고 주저할 이유가 없다. 검사는 롱소드를 쥔 손에 더욱 힘을 얹으며 밀어 넣었다.

카카캉!

이번에는 연달아 세 번.

"흡!"

한 자루 레이피어에 네 자루의 롱소드가 얽혔다. 네 명의 검사가 불신 가득한 얼굴로 자신들의 검을 확인하는 순간.

"으윽!"

네 사람의 입에서 동시에 신음이 터져 나왔다. 롱소드를 내리누르는 거대한 압력. 그와 함께 턱밑으로 파고드는 싸늘한 예기.

츄악!

날렵한 소음이 연달아 네 번을 울려 퍼졌다.

"끄아아악!"

네 개의 목소리가 동시에 비명을 내질렀다.

철푸덕!

턱이 세로로 쪼개져 피를 콸콸 쏟아내고 있는 네 명의 검사. 그리고 리카이엔은 그들의 몸뚱이가 땅에 닿기도 전에, 한 검사의 손에서 롱소드를 낚아챘다.

'역시 레이피어는…….'

황도 크벤티움 안으로 가지고 들어올 수 있는 무기는, 길이 20cm 이하의 단검이거나 호신용으로 사용할 수 있는 레이피어로 제한되어 있었다. 당연히 활이나 크로스 보우 같은 장거리 무기도 들여올 수 없다.

황제나 주요 대신들에 대한 위협을 제거하는 동시에, 무장 봉기와 같은 단체 행동을 막기 위함이었다.

이러한 조치는 다른 왕국에서도 비슷하게 행해지고 있었고, 그런 이유로 리카이엔은 영지를 출발할 때부터 레이피어를 가지고 움직였다.

문제가 되는 것은 율리아의 활. 율리아는 자신의 장궁을 포기하고, 세 조각으로 분해했다가 이어서 쓸 수 있는 활을 제작해 휴대했다. 당연히 탄성이 떨어지기 때문에 위력이나 사거리가 일반 활의 절반도 나오지 않았다. 하지만 없는 것보다는 나았다. 그리고 오늘 의외로 톡톡히 제 구실을 하고 있었다.

리카이엔이 펼치는 검술은 북진무사 이율에게 전수받은 그의 독문무공 '혈하'. 굳이 분류를 하자면 만검(慢劍) 혹은 중검(重劍)에 속했다. 그런 검술을 가벼운 레이피어로 펼치니 제대로 위력이 나오지 않았던 것이다. 방금도 제대로 위력이 나왔으면 검사들의 턱이 아니라 머리가 갈라졌을 것이다.

삐이익!

다급한 피리 소리가 여기저기서 울려 퍼졌다. 신호를 받은 검사들이 우르르 뒷문 쪽을 향해 달려왔다.

"으랏차차!"

볼프가 있는 힘껏 기합을 지르며 손을 휘둘렀다. 그의 손에도 어느새 레이피어가 아닌 롱소드가 들려 있었다.

휘잉, 휭!

오랫동안 장가창법을 수련한 영향인지 호쾌하게 허공을 가르는 소리가 사방으로 울려 퍼진다.

챙, 채챙!

요란한 쇳소리가 터지고, 검과 검이 부딪칠 때마다 불똥이 번뜩였다.

카칵!

뼈와 뼈가 만나는 관절 사이로 검날이 파고들고, 섬뜩한 소음이 귓바퀴를 타고 흘렀다.

"크아아아악!"

귀가 먹먹해질 정도로 커다란 비명이 어두운 거리 위에 메아리쳤다.

푸아아악!

볼프는 얼굴 가득 뿌려지는 뜨거운 피를 아랑곳하지 않고 또 한 번 발을 굴렀다.

쿠우웅!

장가창법을 통해 몸에 익은 진각은, 단순히 창술에서만 쓰이는 것이 아니었다. 볼프의 몸이, 마치 투석기가 쏘아 낸 바윗돌이라도 된 듯 저돌적으로 검사들을 향해 쇄도했다.

"느려 터져 가지고! 오늘 한 번 구를까?!"

볼프의 커다란 호통에 두 개의 인영이 멈칫하는가 싶더니 더욱 빠르게 내달렸다.

타다다닥!

잽싸게 발을 놀리던 잭이 순식간에 벽을 타고 지붕으로 올라갔다. 지붕 위에 널브러져 있는 것은 율리아의 화살에 맞아 죽은 궁수들.

"받아라!"

잭이 죽은 궁수의 활과 전통을 톰을 향해 던졌다.

"에이, 썅!"

잭 외에 가장 친하게 지내는 사람인 볼프의 영향인지, 톰의 입에서는 쉬지 않고 욕이 터져 나왔다.

챙강!

"이런, 씨부럴!"

쉴 새 없이 날아드는 롱소드를 정신없이 막아 내던 중 갑자기 손안이 허전해졌다. 과격한 공격을 이기지 못하고 레이피어가 부러져 버린 것이다.

검이 부러지니 자신감도 순식간에 위축된다.

칵, 카칵!

반토막 남은 레이피어로 몰려드는 공격을 막아 내고는 있지만, 발은 끊임없이 뒷걸음질 친다.

그때 위로 올라갔던 잭이 아래로 뛰어내렸다.

쉬리릭!

잭의 레이피어가 날렵한 선을 그렸다.

푸우욱!

손끝으로 타고 오르는 묵직한 감각.

"쿨럭!"

목을 꿰뚫린 검사가 입으로 피를 쏟으며 무너졌다. 잭은 검사의 죽음을 확인할 새도 없이 뒤로 돌아, 톰을 공격하는 검사들을 향해 달려들었다.

톰과는 달리 페르온에게 틈틈이 배워 왔던 검술이 이런 때에 요긴하게 쓰이는 것이다.

스걱, 스걱!

날렵한 소음과 함께 두 명의 검사가 뒷목을 잡고 그대로 바닥을 구른다.

"서둘러!"

잭의 호통에 톰이 반사적으로 달리기 시작했다.

타악!

바닥에 떨어진 활과 전통을 집어 들더니, 달리는 힘을 더해 그대로 집어 던졌다.

"율리아!"

톰의 외침과 함께 창문으로 접근한 율리아가 날아오는 활과 전통을 받아 들었다.

가볍게 시위를 당긴 율리아가 싸늘하게 웃으며 말했다.

"니들 다 죽었어!"

애용하던 장궁은 아니지만, 충분히 잘 만든 활이다. 지금 쓰고 있는 활보다 훨씬 더 위력을 낼 것이다.

끼이이익!

한껏 팽팽해진 시위, 그리고 손가락 사이마다 걸려 있는 화살들.

슉, 슈슈슈슉!

화살비가 내렸다. 리카이엔과 볼프를 향해 달려들던 검사들이 난데없이 날아온 화살에 속절없이 무너져 내렸다.

"으아아악!"

사방에서 단말마의 비명이 터져 나왔다.

율리아의 가세로 리카이엔 일행은 순식간에 승기를 그러쥐었다. 여관을 포위하고 있던 검사들의 수도 이미 절반으로 줄어 있었다.

리카이엔과 볼프, 톰, 그리고 잭은 한곳에 모여 달려드는 검사들을 상대하고 있었다. 적의 수가 어느 정도 줄어든 듯하자, 온몸에 피를 뒤집어쓴 리카이엔이 주변을 살펴보더니 여관을 향해 소리쳤다.

"나와!"

하지만 여관의 뒷문에서는 아무런 반응도 보이지 않았다. 원래는 몸을 숨기고 있던 엘리샤가 뛰어나왔어야 했다.

"이런 썅!"

리카이엔이 와락 인상을 구겼다. 엘리샤가 나오지 않는 이유는 뻔했다. 갈등하고 있는 것이다. 지금 리카이엔과 싸우는 자들은 황혼의 기사단 소속 기사들과 근위대 병사들이다. 아마도 기사들이 독립 기사의 지위로 근위대 병사들과 함께 나온 것이리라.

그런데 이런 곳에서 같이 있다가 나간다면? 그리고 이곳을 벗어나면? 그 순간 자신은 더 이상 황혼의 기사단 소속이 아니게 되는 것이다.

"율리아! 끌고 나와!"

리카이엔이 다급한 목소리로 소리쳤다. 이제 남은 적은 겨우 열 명 남짓. 하지만 조금만 더 있으면 지원군이 올 것이 뻔했다. 그전에 이곳을 빠져나가야 했다.

"빨리 가!"

율리아가 버럭 소리를 질렀으나 엘리샤는 여전히 초조한 표정으로 발만 동동 구를 뿐이다.

짜아아악!

참다못한 율리아의 손이 엘리샤의 따귀를 걷어 올렸다.

"정신 차려, 이 멍청한 년아!"

"크윽!"

얼얼한 볼을 감싼 엘리샤의 얼굴이 참담하게 일그러져 있었다. 하지만 그런 것을 신경 써 줄 율리아가 아니었다.

"따라와!"

그대로 엘리샤의 손목을 잡고 끌었다. 엘리샤도 이제는 포기를 한 듯 두 발에 힘을 주었다.

엘리샤를 끌고 밖으로 나온 율리아의 눈에 처음 들어온 것은 더 할 수 없이 일그러진 리카이엔의 얼굴이었다. 뭔가 잘못됐다는 걸 직감한 율리아가 황급히 주변을 돌아보았다.

삐익, 삐이익!

마침 여기저기서 요란한 신호용 피리 소리가 울려 퍼졌다. 결국 지원군이 도착한 것이다.

리카이엔이 율리아에게 이끌려 온 엘리샤를 그대로 어깨에 들쳐 멨다.

"뭐, 뭐하는 거예요!"

깜짝 놀라 발버둥치는 엘리샤를 향해 리카이엔이 버럭 소리를 질렀다.

"가만히 있어!"

버럭 소리를 지른 리카이엔이 볼프를 향해 외쳤다.

"길을 뚫어라!"

"예!"

"율리아, 엄호. 톰, 잭! 율리아를 지켜라. 볼프, 뛰어!"

단숨에 명령이 떨어지고, 볼프가 달리기 시작했다.

"잡아라!"

"여기 있다!"

골목 맞은편에서 20여 명의 병사들이 달려오고 있었다.

슈슈슉!

가장 먼저 반응한 사람은 율리아.

잭이 지붕에서 바닥으로 떨어뜨려 놓았던 전통을 세 개나 허리에 맨 율리아가 쉴 새 없이 활을 날렸다.

"크으윽!"

이미 여관 2층에서 많은 활을 쏜 탓에 어깨가 저릿저릿했다. 하지만 아프다고 쉬어 버리면 두 번 다시 활을 들 일이 없으리라.

율리아가 이를 악물고 날려 대는 화살에 병사들이 픽픽 쓰러졌다.

쉬, 쉬쉿!

병사들 역시 궁수들이 함께 왔는지 화살이 쏟아져 내렸다. 하지만 가장 선두에 있던 볼프의 손은 의외로 빠르고 정확했다.

타다다다닥, 푸욱!

"끄윽!"

날아오는 화살들을 모조리 걷어 내려 했지만 그 사이를 뚫고 들어온 화살이 볼프의 허벅지에 박혔다. 하지만 볼프의 다리는 달리고 있었다.

순식간에 거리가 좁혀졌다.

"뒤로 빠져!"

적과 맞닥뜨린 순간, 리카이엔이 소리치며 앞으로 튀어 나갔다.

챙, 채챙!

푹, 카칵!

"크아아악!"

요란한 소리와 함께 병사들이 비명을 지르며 쓰러졌다. 어깨에 엘리샤를 들쳐 메고 있었지만, 운신에 아무런 영향도 받지 않았다. 그가 굳이 직접 엘리샤를 들쳐 멘 이유가 바로 그것이었다. 그렇다 해도 싸울 수 있기 때문에.

맞은편에서 달려들던 병사들이 단숨에 전멸당했다.

"이대로 빠져나간다!"

리카이엔의 또 한 번의 외침에 나머지 네 사람이 미친 듯이 달리기 시작했다.

"크헉, 허억!"

리카이엔이 가쁜 숨을 몰아쉬며 바닥에 주저앉았다. 그에 따라 그의 어깨에 들쳐 메여 있던 엘리샤가 거칠게 바닥으로 떨어졌다.

"윽!"

등으로 전해지는 충격에 저도 모르게 비명이 나왔지만, 억지로 입을 막고 참았다. 아직도 볼이 얼얼했지만 거기에 신경 쓸 수 있는 상황이 아니었다.

"괜찮냐?"

율리아가 볼프를 향해 걱정스러운 목소리로 물었다. 허벅지며 팔뚝에 싸운 도중 날아온 화살이 박혀 있었기 때문이다.

그녀 역시 멀쩡한 상태는 아니었다. 쉬지 않고 화살을 쏘아

댄 탓에 어깨가 퉁퉁 부어 들어 올리는 것조차 힘이 들었다.

톰과 잭은 율리아에게 달려드는 적들을 상대하느라, 온몸이 상처투성이였다.

그나마 부상을 입지 않은 사람은 리카이엔과 리카이엔의 어깨에 들쳐 메여 있던 엘리샤였다.

지금 그들이 몸을 눕힌 곳은 크벤티움 외곽에 있는 한 주택의 창고였다. 정신없이 추격을 뿌리치고 몸을 숨긴 것이다.

엘리샤가 어깨의 통증을 애써 무시한 채 볼프의 상처를 살폈다. 그리고 어두운 표정으로 말했다.

"화살 뽑고 꿰매야겠는데?"

"끄응!"

볼프가 인상을 찌푸리며 앓는 소리를 냈다. 치료가 필요한 사람은 볼프만이 아니었다. 톰과 잭도 온몸에 난 상처에 붕대라도 감아 줘야 했다. 크고 작은 상처들 중에 몇 군데는 꿰매야 할 정도로 심각했기 때문이다.

리카이엔이 엘리샤를 가리키며 율리아에게 말했다.

"같이 가서 약하고 꿰맬 걸 가지고 와라."

그러자 엘리샤가 고개를 저으며 말했다.

"혼자 갔다 올게요."

"안돼!"

그 말에 엘리샤가 어두운 표정으로 물었다.

"왜요?"

"그 상황에서도 갈등하는 널 어떻게 믿으라는 거냐?"

"후우~"

엘리샤가 긴 한숨을 내쉬는 사이 리카이엔이 율리아를 향해 한 번 더 말했다.

"같이 갔다 와."

"예."

잠시 후, 율리아와 엘리샤가 응급처치할 물건들과 옷, 음식들을 가지고 돌아왔다.

"치료부터."

리카이엔의 말에 율리아가 볼프에게 다가갔다. 용병 생활을 길게 한데다 활을 쓰다 보니, 화살에 의한 상처에는 꽤 정통한 편이었다.

볼프의 입에 작은 막대기를 물린 후, 율리아가 나지막한 목소리로 말했다.

"참아라."

말이 끝나기가 무섭게 율리아가 칼을 움직였다.

적에게 빼어 쓴 화살로 미루어 볼 때, 볼프의 몸에 박힌 화살의 촉은 거꾸로 선 미늘이 있는 형태였다. 그대로 뽑으면 살점이 뜯겨 나올 수가 있었다. 그러니 칼로 상처를 째고 화살을 뽑아야 했다.

"윽!"

볼프의 입에서 비명을 참는 신음 소리가 새어 나왔다. 하지만 아직 더 큰일이 남아 있었다.

율리아가 화살대를 잡고 당부하듯 말했다.

“이번에 뽑는다. 진짜 제대로 참아야…….”

볼프가 고개를 끄덕이려는 찰나, 율리아가 손에 불끈 힘을 주었다.

“끄으으으윽!”

입에 물고 있던 나무막대가 으스러질 정도였다. 하지만 큰 비명을 터뜨리지는 않았다.

율리아가 이마에 흐르는 땀을 닦으며 두 번째 화살이 박힌 쪽으로 손을 뻗었다.

그 사이 리카이엔은 톰과 잭을 불러 큰 상처를 꿰매고 있었다. 전생에 수 많은 전장을 돌아다닌 그에게, 상처를 꿰매는 정도는 눈 감고도 할 수 있는 일.

“후우우~”

리카이엔과 율리아가 동시에 긴 한숨을 뱉었다. 그리고 볼프가 쓰러지듯 바닥에 드러누웠다. 상처를 째고, 화살을 뽑고, 꿰매는 동안의 고통을 참는 것은 극심한 체력을 요구하는 일이다 보니 완전히 탈진해 쓰러진 것이다. 상황은 톰과 잭도 마찬가지였다.

리카이엔이 율리아를 향해 말했다.

“내가 먼저 지킬 테니 잠시 눈 좀 붙여.”

“예? 에이~ 내가 먼저 할게요. 먼저 좀 주무세요.”

율리아가 손사래를 치며 말하자 리카이엔이 고개를 저었다.

"니 어깨도 정상이 아니다. 어서 쉬어."

"아……."

"빨리!"

"예."

율리아가 얼른 바닥에 드러누웠다. 그녀 역시 미친 듯이 활을 쏘고, 치료를 하느라 진을 뺐는지 금세 곯아 떨어졌다.

네 사람이 잠이 들고, 창고 안에는 리카이엔과 엘리샤 만이 깨어 있었다. 잠시 혼자 생각에 잠겨 있던 엘리샤가 리카이엔을 향해 기어들어 가는 목소리로 말했다.

"미안해요."

그녀도 머리가 있는 이상 지금의 상황이 자기 때문에 만들어졌다는 것 정도는 충분히 알고 있었다.

"알기는 아냐?"

"네, 또 그런 일은 없을 거예요."

기가 죽은 목소리로 말하는 엘리샤였지만, 리카이엔은 그런 걸로 성질을 누그러뜨리는 성격이 아니었다.

"지랄하네. 눈에 뻔히 두고도 그따위로 했는데 무슨!"

"이제는 진짜……."

엘리샤가 뭐라고 말을 하려 했지만, 리카이엔은 고개를 저었다.

"됐다. 더 말하지 마."

"그래도……."

"대신, 나하고 내기 하나 하자."

§ § §

마치 하늘을 찌를 듯한 기세로 뾰족하게 솟아 있는 첨탑들이 일정한 간격으로 원을 그리며 세워져 있고, 그 안에 웅장한 건축물이 자리 잡고 있었다. 건물 벽 곳곳에 세월의 흔적이 남아 있지만 여전히 견고했다.

빼곡한 첨탑들의 날카로운 기세가 대단히 호전적인 느낌을 주는 이 건축물의 이름은 글라디온 궁전. 바로 그로니스 제국의 황제가 사는 곳이다.

궁전 주위에 견고하게 솟은 성벽과 그 너머로 보이는 첨탑들이, 마치 땅에 거꾸로 박힌 검처럼 보이는 탓에 '검의 궁전'이라는 별명도 가지고 있었다.

역사적으로 수많은 정복 전쟁을 거듭하며 지금과 같은 거대한 영토를 가지게 된 제국의 호전적인 기질을 잘 나타내 주는 별명이기도 했다.

그런 글라디온 궁전의 가장 깊숙한 곳. 한 사내가 천천히 복도를 걷고 있다. 그 옆으로 갈색 머리에 희끗희끗한 흰머리가 섞여 있는 반백의 사내가 뒤따라 걸으며 말했다.

"현재 추적 중에 있으니, 조만간 붙잡을 수 있을 것으로 사료되옵니다."

하지만 앞서 걷던 사내, 짙은 붉은 머리에 탄탄한 체구를 가진 젊은 사내의 표정은 그리 밝지 않았다. 반백의 사내의 말이 끝나기가 무섭게 걸음을 멈추고 뒤를 돌아보았다.

둥글게 휜 부드러운 눈매지만, 뿜어져 나오는 기세는 보통 사람이 감히 범접할 수 없는 것이었다.

깜짝 놀란 반백의 사내가 급히 자신의 말을 정정했다.

"오늘 밤, 오늘 밤 안으로 처리를 하겠사옵니다. 황제 폐하!"

황제 폐하. 붉은 머리의 사내. 그는 바로 제국, 아니, 대륙 최고의 권력자. 그로니스 제국의 젊은 황제 크리온테스 황제였다.

황제가 나직한 목소리로 말했다.

"내일 아침까지 결과를 가져와야 할 거요."

"무, 물론이옵니다. 황제 폐하!"

반백의 사내가 깊이 허리를 숙이는 사이, 황제는 천천히 복도를 걸어 거대한 방 문 앞에 섰다.

그러자 문 앞을 지키던 두 명의 근위 기사가 급히 문을 열어주었다.

황제가 두 근위 기사를 향해 말했다.

"오늘 밤은 황후가 온다 해도 들이지 말라."

극히 심기가 불편한 듯한 황제의 말에 두 근위 기사가 급히 군례를 올렸다.

"예, 폐하!"

황제가 방으로 들어가고 문이 닫혔다. 아무리 큰소리도 새어 나갈 수 없을 정도로 두꺼운 문이 닫히고 나면 바깥과 안은 철저하게 별개의 공간이 된다.

"후우~"

황제가 크게 한숨을 쉬며 자신의 침대에 걸터앉았다. 최근 그는 극히 신경이 날카로워져 있었다. 100여 년 전 선대 황제가 잃어 버린 황금 홀 때문이다.

정확하게는 그 물건을 찾아 나선 황혼의 기사단의 기사와 엘리샤가 실종된 탓이다.

그 사실을 들은 황제는 따로 조사를 명했고, 그 결과 모렐리아 공화국에서 실종된 것을 알아냈다. 그리고 마지막으로 조사를 한 것으로 추정되는 경매장을 통해 놀라운 사실을 알아냈다.

문제의 물건, 클레우스에 의해 사라졌던 물건을 내놓는 자와 함께 했다는 이야기였다.

그런데 보고도 없이 사라졌다는 것은 둘 중 하나였다. 급히 추적을 했거나, 당했거나.

그런데 실종된 지 두 달만에 엘리샤가 수도에 나타났다. 그것도 황혼의 기사단이 아닌 다른 일행과 함께.

황제의 의심은 짙어져만 갔다.

물론 말하지 못한 사정이 생겼을 가능성도 있었다. 하지만 그는 이런 때에 여유를 두는 것을 좋아하지 않았다. 이럴 때는 일단 잡아 들여 심문을 해야 했다.

그래서 황혼의 기사단을 보내 그들을 잡아들이라고 했었는데, 어이없게도 놓쳤다는 보고만 올라온 것이다.

"무능한 것들!"

황제가 씹어 뱉듯 중얼거리며 침대에 몸을 뉘이는 순간이었다.

갑자기 어둠 속에서 누군가의 목소리가 들려왔다.

"어이~ 황제 아저씨."

"누구냐?"

깜짝 놀란 황제가 벌떡 몸을 일으키며 물었다.

채앵!

어느새 완전히 몸을 일으킨 황제가 벽에 걸린 롱소드를 뽑아 겨누었다.

"감히 이곳이 어디라고……."

그 사이 문제의 그림자가 어둠속에서 걸어 나오더니, 창가에 기대섰다. 탄탄한 체격의 젊은 남자. 하지만 복면을 뒤집어 쓰고 있어 얼굴을 확인할 수는 없었다.

"빨리 말하지 않으면……."

그때 복면인이 황제를 제지하듯 가볍게 손을 들어 보인 후 말했다.

"이봐, 이봐. 황제 아저씨."

"감히 어디서 혓바닥을 함부로 놀리는 게냐!"

"거 얘기 좀 하자고 왔는데 되게 빡빡하게 구네."

"뭐라?"

"당신, 나하고 얘기 좀 하자고. 귀가 먹었냐?"

"이, 무엄한 놈……."

그때 복면인이 갑자기 품에서 무언가를 꺼내 들었다.

"흡! 그것은!"

복면인의 손에 들린 것은 황금으로 만든 홀이었다. 하지만 그가 쓰는 물건은 아니었다.

무언가 황제의 뇌리를 스치고 가는 생각.

"설마 그건 클레우스의……."

복면인의 정체는 리카이엔이었다. 엘리샤를 통해, 황혼의 기사단이 드나드는 비밀 통로로 황궁으로 숨어들어 온 것이다. 리카이엔이 고개를 끄덕이며 말했다.

"맞아, 니 고조할아버지가 100년 전에 클레우스한테 도둑맞은 그거."

"으음……."

황제의 입에서 신음이 새어 나왔다. 그 모습을 본 리카이엔이 웃음기 섞인 목소리로 말했다.

"이제 얘기할 마음이 좀 생겼냐?"

〈『철혈백작 리카이엔』 제4권에서 계속〉

철혈백작 리카이엔

1판 1쇄 찍음 2010년 3월 13일
1판 1쇄 펴냄 2010년 3월 15일

지은이 | 윤지겸
펴낸이 | 정 필
펴낸곳 | 도서출판 **뿔미디어**

기획 | 이주현, 한성재
편집책임 | 심재영
편집 | 장상수, 권지영, 조주영, 주종숙
관리, 영업 | 김미영

출력 | 예컴
본문, 표지 인쇄 | 광문인쇄소
제본 | 성보제책사

출판등록 | 2002년 9월 11일 (제1081-1-132호)
주소 | 부천시 원미구 중3동 1058-2 중동프라자 402호 (우)420-849
전화 | 032)651-6513 / 팩스 032)651-6094
E-mail | BBULMEDIA@paran.com

값 8,000원

ISBN 978-89-6359-341-8 04810
ISBN 978-89-6359-298-5 04810 (세트)